À PROPOS DE L'AUTEUR

Nora Roberts est l'un des auteurs les plus lus dans le monde, avec plus de 400 millions de livres vendus dans 34 pays. Elle a su comme nulle autre apporter au roman féminin une dimension nouvelle ; elle fascine par ses multiples facettes et s'appuie sur une extraordinaire vivacité d'écriture pour captiver ses lecteurs.

Nora Roberts

Un secret au manoir

Traduction française de
JEANNE DESCHAMP

HARLEQUIN

Titre original :
THE ART OF DECEPTION

Ce roman a déjà été publié en 2016

HARPERCOLLINS FRANCE
83-85, boulevard Vincent-Auriol, 75646 PARIS CEDEX 13
Service Lectrices — Tél. : 01 45 82 47 47

www.harlequin.fr

ISBN 978-2-2804-3756-1

Nora Roberts

Un secret au manoir

1

Massive et hautaine, la résidence de Fairchild tenait plus de la forteresse médiévale que de la maison lambda. La pierre grise des murs avait été travaillée de manière à faire ressortir les veines colorées qui miroitaient en façade. Des tours et des tourelles s'étiraient vers le ciel, reliées à la base par la ligne altière d'un toit crénelé. De hautes fenêtres à meneaux allégeaient la sévérité de l'ensemble.

Adam contempla les lieux en secouant la tête. Dominant le fleuve Hudson, la construction offrait un mélange détonant d'excentricité et de démesure. On aurait presque dit que cet anachronisme érigé au rang d'édifice affichait un air d'autosatisfaction profonde. Une description qui correspondait en tout point au portrait de son propriétaire tel qu'on l'avait brossé à Adam.

« Il ne manque plus que des douves et un dragon », songea-t-il, incrédule, en foulant les pavés de la cour.

Deux gargouilles aux gueules grandes ouvertes ricanaient en haut de l'escalier monumental qui menait à la porte d'entrée. Adam les contempla avec le scepticisme propre aux esprits pratiques. Il n'avait rien contre les tours, les donjons et les gargouilles. Mais il aimait les voir à leur place. Autrement dit, ailleurs que dans l'Etat de New York, à quelques heures de route à peine du centre de Manhattan.

Décidé à réserver son jugement, Adam souleva le lourd heurtoir en cuivre pour le laisser retomber contre le battant clouté surmonté d'une imposte grillagée. Au troisième coup seulement, la porte s'entrouvrit en grinçant. Refrénant son impatience, Adam découvrit un être jeune, de petite taille, de sexe visiblement féminin, avec de grands yeux gris et un visage tellement couvert de suie qu'il était impossible de se faire une idée de ses traits. Ses cheveux noirs étaient séparés en tresses. Elle portait un sweat-shirt froissé et un jean fatigué par l'usage.

Sous son regard scrutateur, la fille se frotta le nez d'une main noircie et le dévisagea attentivement à son tour.

— B'jour.

Adam réprima un soupir. Si le personnel était exclusivement composé de domestiques à moitié demeurés, les quelques semaines à venir promettaient d'être éprouvantes.

— Je suis Adam Haines. M. Fairchild m'attend.

L'expression qui se peignit sur le visage de la jeune personne oscillait entre la curiosité et la suspicion.

— Vous attend ? Vous êtes sûr ?

L'accent était rustique, typique de la Nouvelle-Angleterre. La fille continua à l'examiner un instant puis, avec un léger haussement d'épaules, finit par s'écarter pour le laisser entrer.

Le hall central était large et semblait se prolonger jusqu'à l'infini. Les lambris en chêne sombre luisaient doucement. Un rayon de soleil tombant d'une haute fenêtre d'angle nimbait la petite servante d'une lumière dorée. Mais l'attention d'Adam était ailleurs.

Il n'avait d'yeux que pour les tableaux aux murs.

Il oublia sa contrariété. Les fatigues du voyage. Et se remplit les yeux et l'esprit des œuvres qui l'entouraient.

Van Gogh. Corot. Ruysdael. Monet. Seuls les plus grands musées offraient des collections aussi variées, aussi prestigieuses. Adam se sentait interpellé, appelé, happé par les couleurs, les nuances, les traits de pinceau, les paysages.

Etrangement, il parvenait presque à comprendre pourquoi Fairchild avait jugé bon d'enfermer ces trésors dans une sorte de forteresse. Tournant la tête, il vit que la petite employée de maison l'observait avec intérêt, ses yeux gris rivés sur son visage.

Son impatience le reprit.

— Allez, allez ! Filez dire à M. Fairchild que je suis arrivé.

— Et qui donc que je dois annoncer ?

Apparemment, il en fallait plus qu'un mouvement d'humeur pour impressionner la demoiselle.

— Adam Haines, répéta-t-il avec une irritation à peine dissimulée.

Il venait d'un milieu où il était habitué à être servi. Depuis toujours. Avec discrétion et efficacité.

— Adam Haines, répéta-t-elle, avec une lueur dans le regard qui ressemblait à de l'amusement.

Comment les yeux de la fille pouvaient-ils être aussi limpides et en même temps voilés de mystère ? se demanda-t-il distraitement. Il songea, sans s'y attarder, que son regard reflétait une intelligence et une maturité qui contrastaient avec son allure générale.

— Mademoiselle, répéta-t-il en prenant soin d'articuler. Je suis ici sur l'invitation de M. Fairchild. Et je souhaiterais que vous lui fassiez savoir que je suis là. Vous pensez que la mission est dans vos cordes ?

Un sourire étincelant d'humour s'épanouit brusquement sur ses traits.

— Je pense que la mission est dans mes cordes.

Le sourire décontenança Adam. Il nota ce qu'il avait omis de remarquer jusque-là : elle avait une bouche exquise, épanouie, comme sculptée dans le velours. Et sous la crasse du visage se cachait... Oui, se cachait quoi, au juste ? Soudain intrigué, il eut envie d'essuyer la suie sur son front lorsque des hurlements s'élevèrent dans son dos.

— Pas moyen d'arriver à quoi que ce soit ! Je te dis que c'est impossible. Une épreuve ! Une torture ! Une atteinte à la raison !

Un homme d'une soixantaine d'années dévalait l'escalier central à une vitesse alarmante. Son visage était le masque même de la tragédie, sa voix exprimait le plus profond des désarrois.

— Et tu es l'unique responsable ! cria-t-il en s'immobilisant devant la jeune domestique.

« Un elfe », songea Adam. L'homme avait tout de l'elfe, avec ses cheveux dressés droit sur la tête, sa petite taille, son visage de chérubin. Il était si léger qu'il semblait danser lorsqu'il se déplaçait.

Il pointa un index vengeur sur la fille aux tresses noires. Qui ne parut pas affectée outre mesure par les accusations proférées contre elle.

— Votre pression artérielle s'élève, monsieur Fairchild. Vous feriez mieux de respirer avant d'avoir un vertige.

— Un vertige ! Je n'ai jamais eu de vertige de ma vie !

— Il y a un début à tout, rétorqua calmement la fille. Nous avons ici un M. Adam Haines.

— Haines ? Que diable Haines a-t-il à voir là-dedans ? C'est la fin, je te dis. La fin !

Adam connut un moment de consternation où il crut que Fairchild allait fondre en larmes. Mais ce dernier s'avisa soudain de sa présence.

— Haines ? répéta-t-il avec un soudain sourire. Je vous attendais, n'est-ce pas ?

Non sans hésitation, Adam lui tendit la main.

— Vous m'attendiez, oui.

— Je suis ravi que vous ayez pu vous libérer. Venez, fit l'elfe en lui attrapant le bras. Allons boire un verre dans le salon.

Fairchild partit d'une démarche vive et joyeuse. Comme s'il n'avait plus l'ombre d'un souci. Adam le suivit dans une pièce remplie d'antiquités et de magazines éparpillés et, sur un signe de son hôte, prit place dans un canapé remarquablement inconfortable.

Quant à la jeune employée de maison, elle leur avait emboîté le pas et s'employait à récurer une énorme cheminée en pierre, tout en sifflotant.

— Pour moi, ce sera du scotch, annonça Fairchild en s'emparant d'une bouteille de Chivas.

— Va pour le scotch également.

— J'aime beaucoup votre travail, Haines. Vous êtes un peintre de talent.

Fairchild lui tendit son verre. Sa main ne tremblait pas ; son expression était sereine et sa voix parfaitement calme. Adam se demanda s'il avait imaginé la scène surprise quelques minutes auparavant.

— Merci.

Tout en buvant son whisky, Adam examina le génial farfadet assis en face de lui. Les cheveux de Fairchild se raréfiaient, un fin réseau de rides marquait le tour des yeux et deux plis profonds lui encadraient la bouche. Mais pour le reste, on ne détectait chez lui que peu de signes de vieillissement. Il émanait de sa personne une vitalité essentielle, une énergie encore juvénile. Aucun voile ne ternissait les yeux d'un bleu intense ; des yeux qui voyaient bien au-delà de ce que le commun des mortels discernait d'ordinaire.

Philip Fairchild était, sans conteste, l'un des plus grands artistes peintres encore vivants de ce siècle. Son style était éclectique mais toujours flamboyant. Depuis trente ans, son talent était reconnu et encensé, tant dans les cercles artistiques que dans le grand public. Un succès à la fois d'estime et populaire dont peu de ses pairs pouvaient se vanter de jouir.

Et pour en jouir, Fairchild en jouissait. Avec un tempérament qui naviguait entre le pontifiant et le généreux, l'exubérant et l'irascible. De temps à autre, lorsqu'il lui en venait le caprice, il conviait d'autres créateurs à venir travailler chez lui. Souvent pour quelques semaines ; parfois même pour plusieurs mois. Une occasion unique pour l'artiste invité de peindre, de méditer et parfois même de se détendre en compagnie du maître.

Mais Philip Fairchild passait également par d'autres phases où il se bouclait dans sa forteresse des mois d'affilée, en refusant l'accès de sa maison, même à ses amis les plus proches.

— J'apprécie l'opportunité de peindre ici quelques semaines, monsieur Fairchild.

Le maître se renversa contre son dossier et balaya ses remerciements d'un geste ample de la main, tel un roi tout-puissant bénissant un de ses humbles sujets.

— Tout le plaisir est pour moi.

Adam dissimula un sourire dans son verre.

— J'ai hâte de vous voir travailler de plus près. Votre œuvre m'a toujours fasciné, monsieur Fairchild. Elle est d'une diversité incroyable.

— La diversité est mon royaume, répondit pompeusement l'artiste.

Un petit rire moqueur s'éleva en provenance de la cheminée.

— Sale gamine irrévérencieuse, marmotta Fairchild dans son verre de scotch.

Lorsqu'il lui fit les gros yeux, la jeune domestique aux cheveux noirs jeta ses nattes sur une épaule et laissa tomber bruyamment sa brosse dans un seau.

— Cartes ! aboya Fairchild — si soudainement qu'Adam faillit renverser son whisky sur ses genoux.

— Je vous demande pardon ?

— Ne vous excusez pas. Il n'y a aucune raison à cela, répondit l'artiste d'un ton magnanime avant de recommencer à crier.

Au second hurlement, le plus britannique des majordomes entra dans la pièce.

— Vous m'avez demandé, monsieur Fairchild ?

Grand, avec des cheveux blancs comme neige et un accent impeccable, il se tenait aussi droit qu'un soldat avant la bataille.

— Occupez-vous de la voiture de M. Haines, Cartes. Puis vous vous chargerez de ses bagages. Il dormira dans la chambre bleu de Delft.

— Très bien, monsieur Fairchild, acquiesça le majordome lorsque la fille dans la cheminée eut approuvé d'un discret hochement de tête.

— Et placez son chevalet et ses toiles dans l'atelier de Kirby, poursuivit le maître.

La domestique faillit s'étrangler.

— Kirby est ma fille, comme vous le savez sans doute, précisa-t-il à l'intention d'Adam. Elle est sculpteur. Tantôt les mains dans l'argile, tantôt à travailler le bois ou le marbre… Et moi, pas moyen, vous m'entendez ? Pas moyen !

Serrant son verre à deux mains, Fairchild laissa tomber la tête sur sa poitrine en signe de défaite.

— Dieu sait que j'essaye pourtant. J'y ai tout mis : mon cœur, mon talent, mon âme. Et pour quel résultat, je vous le demande ? s'exclama-t-il en se redressant d'un mouvement brusque.

— Je suis désolé, mais je ne vois vraiment pas…

— Le ratage, gémit Fairchild sans le laisser terminer sa phrase. Ne croyez pas que ce soit facile, à mon âge, d'affronter l'échec… Et la faute t'en revient, précisa-t-il d'un ton lugubre en gratifiant la domestique d'un regard lourd de reproche.

La fille se tourna pour s'asseoir en tailleur sur le bord de la cheminée et se frotta le bout du nez. Ce qui eut pour résultat d'étaler encore un peu plus la suie sur son visage.

— Est-ce ma faute si tu as le cœur sec, si ton âme est morte et que tes doigts se sont engourdis, Fairchild ?

La voix de la jeune femme avait soudain perdu son épais accent local. Et elle s'exprimait avec la finesse et l'élégance propres aux strates les plus cultivées de la haute société. Déconcerté, Adam fronça les sourcils.

— Tu t'es lancé dans la sculpture avec une idée fixe, Daddy : être meilleur que moi. C'est pour ça que ta tentative est vouée à l'échec.

Fairchild se leva d'un bond.

— Comment ça « vouée à l'échec » ? Moi, Philip Fairchild ? Je vaincrai, fille sans cœur ! C'est à moi que reviendront le triomphe et la gloire. Et tu te mordras les doigts d'avoir prononcé pareille prédiction, malheureuse Cassandre !

La jeune femme brune bâilla ostensiblement.

— Ne dis pas de bêtises, Daddy. Tu as ton mode d'expression et moi le mien. Apprends à vivre avec.

Fairchild porta la main à son cœur.

— Jamais. La défaite est un mot de cinq lettres.

— Sept, rectifia-t-elle en se levant pour vider le verre de whisky de son père.

— Cinq. Je m'exprimais par métaphore.

— Quel poète tu fais, mon cher père.

Elle l'embrassa sur la joue, transférant une partie de la suie sur la peau de Fairchild.

— Berk. Tu as le visage noir de crasse, maugréa le peintre.

Haussant les sourcils, elle lui effleura le front.

— Toi aussi, maintenant.

Ils se sourirent. Et pendant une fraction de seconde, la ressemblance entre eux fut si frappante qu'Adam se demanda pourquoi elle ne lui avait pas sauté aux yeux plus tôt. La souillon couverte de suie n'était autre que Kirby Fairchild, enfant unique de Philip, membre à part entière de la jet-set et elle-même artiste de renom.

Kirby tourna vers lui un sourire désinvolte.

— Venez, Adam. Vous avez l'air fatigué. Je vais vous montrer votre chambre… Tiens, Daddy, l'édition de cette semaine d'*Arts nouveaux* vient d'arriver. Tu la trouveras sur la console dans l'entrée, précisa-t-elle juste avant de passer la porte.

En précédant Adam dans l'escalier, elle ajouta en aparté :

— Ça devrait l'occuper un moment.

Il la suivit à pas lents, notant qu'elle se déplaçait avec la grâce sans faille des filles de bonne famille qui avaient appris à se mouvoir depuis l'enfance. Par contraste, ses deux tresses se balançaient dans son dos, son jean usé jusqu'à la corde ne portait pas l'étiquette d'un couturier célèbre. Et une de ses baskets avait un lacet cassé.

Kirby passa une demi-douzaine de portes avant de s'immobiliser dans le couloir. Elle regarda ses mains couvertes de suie et fit la grimace.

— Je vous laisse ouvrir, Adam.

En pénétrant dans la chambre, il eut l'impression de faire un bond en arrière dans le temps. Le bleu de Delft était largement dominant dans un décor d'un autre siècle. Le mobilier était de pur style géorgien : fauteuils à dos canné, lit à baldaquin, petites tables de bois avec motifs en marqueterie. Là encore, des tableaux de maître ornaient les murs. Mais cette fois, l'attention d'Adam était entièrement monopolisée par la femme qui se tenait sur le pas de la porte.

— Pourquoi avez-vous fait cela ?

— Fait cela ?

— La petite comédie de tout à l'heure. L'attitude simplette et l'accent du terroir ?

Il constata qu'elle lui arrivait à peine à l'épaule. Pour la seconde fois, il fut tenté d'essuyer la suie sur son visage afin de distinguer ses traits.

Kirby sourit et s'adossa au chambranle. Il y avait une élégance chez Adam Haines qui l'intriguait. Et son regard lui plaisait : intelligent, avec une pointe d'arrogance.

— Lorsque vous m'avez vue, vous m'avez prise pour une petite servante à demi idiote. Alors j'ai joué le jeu pour ne pas vous décevoir. L'apéritif est à 19 heures. Vous pensez pouvoir retrouver votre chemin ? Ou préférez-vous que je revienne vous chercher ?

Adam décida qu'il se contenterait de cette explication. Au moins, dans un premier temps.

— Je trouverai mon chemin.

— Entendu. *Ciao* Adam. A tout à l'heure.

Fasciné malgré lui, il la suivit des yeux jusqu'au moment où elle disparut à l'angle d'un couloir. Sans l'ombre d'un doute, Kirby Fairchild serait une énigme aussi intéressante à résoudre que ne l'était son père.

Mais il verrait pour la fille plus tard.

Avec un léger soupir, Adam ferma sa porte et tira le verrou. Ses bagages étaient déjà sur place, soigneusement alignés à côté de l'armoire de bois de rose. Il prit l'attaché-case et en sortit un émetteur miniaturisé qu'il mit en marche.

— Ça y est. Je suis dans la place.

— Mot de passe ? répondit une voix laconique.

Il jura tout bas.

— Mouette. Et c'est le mot de passe le plus stupide que l'on ait jamais inventé.

— Ce sont les règles, Adam. On respecte la procédure.

La procédure, oui. Comme s'il y avait eu quoi que ce soit qui ressemblât de près ou de loin à une procédure depuis qu'il avait garé sa voiture dans la cour pavée de ce château !

— Comme je te le disais donc, je suis dans la place, McIntyre. Et je veux juste que tu saches à quel point j'apprécie que tu m'aies largué dans cette maison de fous.

Il coupa la transmission avant que son correspondant puisse répondre.

Sans prendre le temps de se débarbouiller, Kirby gravit au pas de course les deux escaliers successifs qui menaient à l'atelier de son père. Elle ouvrit la porte sans frapper et la referma si violemment que les tubes et les pots en tremblèrent sur leurs étagères.

— Qu'est-ce que tu trames encore ? explosa-t-elle.

Fronçant ses sourcils en broussaille, Fairchild se tenait en contemplation devant une motte d'argile humide.

— Je reprends la sculpture à zéro. C'est un nouveau départ, Kirby. Une renaissance.

— Je ne te parle pas de tes tentatives idiotes pour modeler la matière ! Je te parle de la présence d'Adam Haines chez nous !

D'un pas martial, Kirby fondit sur son père. Elle avait découvert des années plus tôt qu'en matière d'autorité, une petite taille ne constituait pas forcément un désavantage. A condition d'avoir un certain talent pour l'intimidation. Et elle avait toujours pris soin de cultiver le sien à fond.

Posant les deux mains à plat sur la table de travail, elle avança son visage vers celui de son père.

— De quel droit l'as-tu fait venir ici sans me demander mon avis ?

En six décennies de vie, Fairchild, de son côté, avait appris à maîtriser l'art de l'esquive.

— Sois charitable, ma petite Kirby : pas de scène maintenant. Je t'assure que ce serait au-dessus de mes forces. Cette invitation m'était sortie de l'esprit, c'est tout.

Kirby savait mieux que personne que rien ne sortait jamais de l'esprit de son père.

— Je veux savoir ce que tu complotes, Daddy.

Il lui décocha le plus innocent des sourires.

— Ce que je complote ?

— Pourquoi l'as-tu invité ici maintenant, bon sang ? Tu crois vraiment que c'est le moment ?

— J'ai eu l'occasion d'admirer son travail... Toi aussi, d'ailleurs, précisa-t-il en la voyant serrer les lèvres. Et il m'a écrit une très belle lettre au sujet de *Lune écarlate,* lorsque je l'ai exposé au Metropolitan, le mois dernier.

— Tu ne convies pas chez toi tous les peintres qui te complimentent sur ton œuvre.

— Bien sûr que non, mon petit. Sinon la maison serait pleine à craquer toute l'année, précisa son père avec sa modestie coutumière. Maintenant, j'aimerais me remettre à ma sculpture pendant que mon inspiration est active.

— Daddy, si tu t'es encore lancé dans un de tes projets alors que tu m'as juré que...

— Kirby !

Le visage rond de son père frémissait d'indignation peinée. Ses lèvres en tremblaient. Philip Fairchild avait toujours eu un grand talent pour le drame et la mise en scène.

— Kirby Fairchild ! Douterais-tu de la parole de ton propre père ? De la graine féconde dont tu es issue ?

— Je ne suis pas un gardénia, Dad. Trouve autre chose, O.K. ?

Fairchild effleura l'argile encore informe posée devant lui.

— Je te promets que mes motifs sont purement altruistes.

— C'est ça.

— Adam Haines est un jeune artiste prometteur. Tu l'as dit toi-même.

Avec un profond soupir, Kirby souleva le menton de son père.

— Tout à fait. Et je suis persuadée qu'en d'autres

circonstances il aurait été d'une compagnie tout à fait intéressante. Mais pas maintenant, d'accord ?

Fairchild secoua la tête d'un air désapprobateur.

— Quelle sauvage tu fais, ma fille. Ta pauvre chère mère, que Dieu ait son âme, serait horrifiée de t'entendre. Tu n'as donc aucun sens de l'hospitalité ?

Kirby se retint de grincer des dents.

— Ce n'est pas une question d'hospitalité, c'est une question de Van Gogh !

— Van Gogh ? Tout se passe pour le mieux de ce côté-là, ma chérie. Il avance de façon satisfaisante et devrait être terminé dans quelques jours.

— Oh, Seigneur ! Mais qu'ai-je fait pour mériter cette épreuve ?

Ne sachant si elle devait s'arracher les cheveux ou étrangler l'auteur de ses jours, Kirby se dirigea au pas de charge vers la fenêtre de la tour. « A croire qu'il devient sénile ! » songea-t-elle, exaspérée. Comment sinon aurait-il pu introduire cet homme chez eux dans les conditions actuelles ? Dans un mois, d'accord. Même dans une semaine. Mais pas maintenant !

Pour couronner le tout, Adam Haines n'avait rien d'un rêveur distrait. Au premier regard, elle avait noté qu'il n'était pas seulement bel homme — très bel homme, même — mais qu'il avait également un sens aigu de l'observation. Ses yeux sombres brillaient d'intelligence et la ligne impérieuse de ses lèvres semblait indiquer qu'il avait de la suite dans les idées. Même s'il avait quelque chose d'altier dans son maintien et ses attitudes, il n'était pas superficiel pour autant. D'instinct, elle sentait qu'Adam Haines pouvait être dur, voire même tranchant.

Il avait un visage qu'elle aurait aimé sculpter dans le bronze : le nez droit, les angles marqués, les pommettes saillantes ; les cheveux blond doré qu'il portait un peu plus longs que la moyenne. Elle aurait également eu plaisir à transcrire dans la matière un peu de sa morgue et de son assurance.

Mais pas dans les circonstances actuelles.

Avec un soupir résigné, Kirby haussa les épaules. Ce qui était fait était fait, cela dit. Et n'avait-elle pas déjà passé le plus clair de son existence à gérer les complications que son père créait ?

Sentant sa fille se radoucir, Fairchild sourit dans son dos. Mais lorsque Kirby se retourna, elle le trouva penché d'un air concentré sur sa future sculpture.

— Haines voudra monter ici pour visiter ton atelier, commenta-t-elle, pragmatique. Et cela paraîtrait bizarre si nous lui en refusions l'accès.

— Et alors ? Nous lui montrerons mon atelier demain.

Kirby ferma les yeux.

— Il ne faut absolument pas qu'il voie le Van Gogh, Dad. Ne commence pas à compliquer inutilement les choses, d'accord ? La situation est déjà bien assez épineuse comme cela.

— Pourquoi voudrais-tu que je lui montre le Van Gogh ? protesta Fairchild en ouvrant de grands yeux. Cela n'a rien à voir avec sa visite ici.

A tort ou à raison, Kirby se sentit rassurée. Son père était incontestablement un peu… spécial. Mais il n'avait jamais été négligent.

— Tant mieux s'il est presque terminé, en tout cas.

— Encore quelques jours et il partira dans un coin reculé, en Amérique du Sud.

Poussée par la curiosité, Kirby alla soulever le drap qui recouvrait le chevalet dans le fond de l'atelier. Elle examina le travail avec un regard de fille, d'artiste et d'amoureuse de l'art.

Le paysage représenté n'était pas apaisant mais vibrant et solaire. Chaque coup de pinceau, travaillé en pleine pâte, était d'une éclatante justesse. La toile exprimait la souffrance et le triomphe, l'agonie mais aussi la joie conquise de haute lutte. Non, la toile n'attendait pas qu'on s'approche pour l'admirer. Elle n'était pas immobilité, mais mouvement compulsif qui saisissait à la gorge. Les lèvres de Kirby frémirent car c'était plus fort qu'elle. Vincent Van Gogh lui-même n'aurait pas fait mieux.

— Daddy…

Lorsqu'elle tourna la tête, son regard et celui de son père se rencontrèrent dans un élan de complicité totale.

— Oui ?

— Tu es incomparable.

A l'heure de l'apéritif, Kirby n'était pas seulement résignée à la présence d'Adam chez eux. Elle se préparait même à apprécier pleinement sa visite. De fait, il s'agissait d'un des traits de base de sa personnalité : elle avait toujours su tirer le meilleur parti de ce qu'il lui fallait endurer. En se servant un doigt de sherry, elle réalisa qu'elle se réjouissait à l'idée de converser plus longuement avec Adam. Et d'explorer les méandres internes qui se cachaient sous la façade policée. Quelque chose lui disait que la personnalité d'Adam Haines pourrait révéler quelques strates fascinantes.

Se laissant tomber dans un fauteuil, Kirby croisa

les jambes et tendit une oreille distraite à la tirade enflammée de son père.

— Elle me hait, Kirby. Et elle me trahit quoi que je fasse. Pourquoi tant d'hostilité, bon sang ? Je suis pourtant un homme de cœur, un père aimant, un ami fidèle !

Kirby porta son verre à ses lèvres.

— C'est un problème d'attitude, Dad. Ton approche émotionnelle manque de justesse.

— Comment cela ? Elle est parfaite, mon approche émotionnelle ! protesta Fairchild en sirotant son whisky. C'est l'argile qui pose problème. Pas moi.

— Tu es effronté, Daddy, rétorqua-t-elle simplement.

— Effronté ? Effronté ? Qu'est-ce que c'est que ce mot, encore ?

— Un adjectif. Trois syllabes. Huit lettres.

Adam entendit leur discussion du couloir. Après un après-midi paisible, il se demanda s'il était d'humeur à supporter une nouvelle crise de Fairchild. La voix du maître montait peu à peu dans les aigus. Et lorsque Adam s'immobilisa dans l'encadrement de la porte, il vit que le peintre s'était levé pour arpenter furieusement la pièce.

McIntyre allait lui payer cette petite plaisanterie. Et cher, qui plus est. Voyant Fairchild pointer un index accusateur, il suivit la direction de son doigt. Et demeura un instant interdit.

La femme assise dans le fauteuil à dossier droit était si éloignée de la souillon à couettes qu'il se demanda un instant s'il s'agissait bien de la même personne. Kirby Fairchild portait une robe de soie blanche fendue sur le côté qui révélait une cuisse longue et lisse, aux proportions particulièrement affriolantes.

Pendant que Fairchild continuait à tempêter et à

vociférer, Adam examina le profil exquis de sa fille. Le visage était d'un ovale classique, avec des pommettes très légèrement marquées. Un discret sourire incurvait les lèvres pleines. Débarrassée de son épaisse couche de suie, sa peau était douce et lisse, avec une carnation qui se situait entre l'or et le miel. Seuls les yeux lui confirmèrent qu'il avait affaire à la même femme qui lui avait ouvert la porte quelques heures plus tôt.

D'une main, Kirby repoussa dans son dos les longs cheveux noirs qui lui tombaient sur les épaules. Elle était belle, certes. Mais la force d'attraction qui émanait d'elle tenait à autre chose qu'à sa seule beauté. Il y avait chez elle quelque chose d'indéterminable… une certaine qualité de présence qu'il ne parvenait pas à nommer…

Alors qu'il tentait de définir ce qu'il percevait de si irrésistible en elle, Kirby tourna la tête dans sa direction. Laissant Fairchild poursuivre ses divagations, elle le regarda fixement, avec insistance, sans chercher à dissimuler sa curiosité. Puis un lent sourire se dessina sur ses lèvres.

Adam sentit l'impact en lui de ce regard, de ce sourire. Violent comme un coup de massue.

C'est une question de sexualité, comprit-il brusquement. Une aura de sexualité émanait d'elle comme d'autres exhalaient un parfum. Une sexualité primitive, vitale et totalement décomplexée.

D'un seul regard, Adam estima que Kirby Fairchild ne serait pas facile à feinter. Et qu'il devrait tenir compte de la fille dans la façon dont il s'y prendrait avec le père.

Il décida également qu'il ferait l'amour avec elle avant la fin de son séjour. Une raison de plus, donc, pour agir avec le plus de doigté et de discrétion possibles.

Sans même élever le ton, Kirby Fairchild couvrit le lamento paternel de sa voix suave.

— Ah, vous voici Adam ! Je vois que vous avez réussi à nous retrouver. Entrez, entrez… Mon père a bientôt terminé.

— Terminé ? Rien n'est terminé. Je suis défait, oui. Et par ma propre fille, énonça sombrement Fairchild en se tournant vers lui à son tour. Elle m'a accusé d'être « effronté ». Croyez-vous que ce soit un terme dont une fille puisse user pour qualifier son propre père ?

— Je vous sers un apéritif ? proposa Kirby, imperturbable.

— Volontiers, oui. Je vous remercie.

— Vous êtes content de votre chambre ? s'enquit Fairchild, de nouveau souriant, en se laissant tomber sur le canapé.

— Très content, oui.

Adam décida que la meilleure façon d'affronter la situation serait de se comporter comme s'il avait affaire à des gens normaux. Prétendre, après tout, était l'essence même de sa présence sur les lieux.

— Vous avez une maison plutôt exceptionnelle, monsieur Fairchild.

— Elle est assez particulière en effet. Mais je l'adore. Elle a été construite au tournant du siècle par un lord anglais aussi riche que cinglé. Tu feras visiter à Adam demain, Kirby ?

— Avec le plus grand plaisir.

Elle lui tendit son verre en lui souriant. Les diamants à ses oreilles scintillaient, durs et froids comme de la glace. Ce qui ne l'empêcha pas de sentir sa température s'élever.

Que la classe de Kirby Fairchild fût acquise ou

innée, il n'aurait su le dire. Mais cette fille avait incontestablement du chien.

Kirby sourit par-dessus le bord de son verre. En faisant exactement le même constat au sujet d'Adam.

— Votre collection de tableaux est digne des plus grands musées, commenta ce dernier en se tournant vers Fairchild. Le Titien dans ma chambre est fabuleux. Je me réjouis de passer la nuit sous les auspices d'un grand maître de la Renaissance italienne.

« Oh mon, Dieu, le Titien », songea Kirby dans un sursaut de panique. Comment avait-elle pu ne pas y penser plus tôt ?

— La vue de l'Hudson sur le mur ouest est de vous ? enchaîna Adam en se tournant vers elle.

— La vue de... ? Ah oui ! Elle est de moi, en effet, confirma Kirby en se promettant de régler la question du Titien plus tard. J'avais oublié que j'avais commis ce truc-là. C'est affreusement sentimental, j'en ai bien peur. Mais j'ai peint ce tableau pendant des vacances d'été, il y a des années, alors que j'étais tombée amoureuse du fils du chauffeur. C'est là que nous allions nous embrasser en cachette, lui et moi.

Fairchild eut une moue désapprobatrice.

— Ce garçon avait des dents de cheval.

— Exact. Mais le pouvoir de l'amour balaye tout sur son passage.

— Mmm... Les rives de l'Hudson ne me paraissent pas être le meilleur endroit pour perdre sa virginité, commenta son père, soudain ouvertement réprobateur.

Amusée, Kirby ne put résister à la tentation d'attiser encore un peu le feu de l'indignation paternelle.

— Je ne suis pas devenue femme sur les rives de l'Hudson, mais à Paris, sur le siège arrière d'une Renault.

« L'amour balaye tout sur son passage », se répéta pensivement Adam. L'arrivée de Cartes mit une fin abrupte à cette conversation pour le moins surprenante.

— Le dîner est servi.

— Eh bien ! Il était temps ! s'exclama Fairchild.

Bondissant de son fauteuil, il disparut dans le couloir de sa démarche nerveuse de farfadet en état de surexcitation permanente. Avec un sourire indulgent, Kirby tendit la main à Adam.

— Passons à table, voulez-vous ?

Dans la salle à manger, tous les tableaux au mur portaient la signature de Fairchild. Dominant l'éclat des lustres de verre de Venise, la finesse de la porcelaine, et la lumière du cristal, les toiles du maître conféraient à la pièce une atmosphère d'une beauté singulière. Adam fut frappé une fois de plus par l'absence de style pictural défini chez Fairchild. Le talent de son hôte était aussi magistral que protéiforme. Et chacune de ses toiles constituait un univers en soi.

Quant aux connaissances en histoire de la peinture de Fairchild, elles étaient inépuisables. Pendant tout le dîner, il les entretint de Véronèse, de Monet ou de Goya comme s'il avait vécu dans leur intimité, dîné à leur table et travaillé dans leur atelier. Il semblait avoir vécu mille vies, traversé toutes les époques, parcouru l'Europe médiévale et participé à l'explosion de la Renaissance.

Les théories de Fairchild étaient passionnantes, son intuition phénoménale. En tant que peintre, Adam était fasciné. Alors que l'homme en mission, lui, restait sur la réserve. Et ce début de conflit interne qui se dessinait en lui le mettait mal à l'aise. Quant à l'attirance qu'il ressentait pour la femme assise en face de lui, elle le rendait distinctement nerveux.

Deux raisons de plus, donc, pour maudire McIntyre.

Cela dit, les quelques semaines qu'il s'apprêtait à passer chez les Fairchild seraient sûrement mémorables dans leur genre. Adam avait toujours proclamé qu'il avait mieux à faire de sa vie que de la compliquer inutilement. Mais à présent qu'il s'était engagé, il ne pouvait plus revenir en arrière. Il avait accepté de se lancer dans cette douteuse aventure. Et la meilleure chose à faire pour le moment serait d'écouter, d'observer et de laisser le temps faire son œuvre.

De ses hôtes, il ne savait, au fond, pas grand-chose. Fairchild, qui avait récemment fêté son soixantième anniversaire, était veuf depuis presque vingt ans. S'il exposait son œuvre abondamment et sans réserve, le grand peintre était beaucoup plus discret sur sa vie privée. Restait à déterminer si son goût pour le mystère était affaire de tempérament… ou de nécessité.

Au sujet de Kirby, Adam disposait de moins d'informations encore. Sur le plan artistique, la fille unique de Fairchild était longtemps restée dans l'ombre. Jusqu'à l'année précédente, où elle avait accepté pour la première fois d'exposer son travail. Même si les critiques avaient été unanimement élogieuses, elle n'avait pas cherché pour autant à faire de la publicité autour de ses sculptures.

Si son nom apparaissait de temps en temps dans la presse people, c'était surtout à l'occasion de ses escapades amoureuses. Lorsque les magazines mentionnaient Kirby Fairchild, c'était pour annoncer qu'elle s'était éclipsée à Saint-Moritz avec un champion de tennis. Ou qu'elle séjournait à la Martinique en compagnie d'un golden boy quelconque. A vingt-sept ans, elle n'avait jamais été mariée. Et ce n'était sans doute pas faute d'en avoir eu l'opportunité. Il suffisait de la regarder pour comprendre que Kirby Fairchild devait susciter des passions ravageuses. Elle appartenait à ce type de femmes pour lesquelles, de tous temps, les hommes s'étaient entredéchirés sans pitié.

Les Fairchild, de leur côté, n'étaient guère plus informés au sujet de leur invité. Ils savaient d'Adam Haines qu'il était né dans un milieu favorisé. La fortune familiale lui avait permis d'embrasser sa vocation de peintre sans passer pour autant par les affres des fins de mois difficiles. Dès l'âge de vingt ans, il avait commencé à exposer dans de petites galeries. Aujourd'hui, à trente-deux ans, sa réputation de portraitiste n'était plus à faire. Il avait vécu quelques années à Paris, puis avait poursuivi sa carrière en Suisse avant de rentrer s'établir aux Etats-Unis.

Même si la peinture avait toujours été sa priorité, il avait également beaucoup voyagé. Sous une apparence posée et des manières sophistiquées, se cachait un goût discret pour l'aventure. Le tout mâtiné d'un solide esprit de déduction assorti à des capacités d'observation particulièrement développées.

Il ne lui restait plus qu'à apprendre une chose, dans la vie, et c'était à dire non, conclut Adam. Un non ferme et définitif, de préférence. D'ailleurs, la prochaine fois que McIntyre aurait une de ses idées de génie, il lui claquerait la porte au nez.

Lorsqu'ils retournèrent s'installer dans le petit salon avec du café et du cognac sur un plateau, Adam avait déjà calculé que deux semaines lui suffiraient pour boucler sa mission. La maison était certes immense. Mais ses occupants se comptaient sur les doigts de la main. Et une fois que Kirby lui aurait fait visiter les lieux, il ne lui resterait plus qu'à se livrer à de discrètes explorations nocturnes. Tôt ou tard, il finirait par tomber sur ce qu'il était venu chercher.

Rassuré sur l'organisation de son séjour, Adam se concentra sur Kirby. Depuis le début de la soirée, elle se comportait comme la plus accomplie des hôtesses. Charmante, cultivée, elle entretenait la conversation avec juste ce qu'il fallait de talent, d'intelligence et d'humour. De fait, elle était le type même de femme qui l'avait toujours attiré : belle, intelligente et vive, avec un fond solide, quoique jamais ostentatoire, de distinction et de savoir-vivre. Une odeur de roses de serre et de fumée de cheminée flottait dans la pièce, subtilement magnifiée par le parfum de Kirby.

Cognac en main, Adam se laissait aller peu à peu à une agréable détente.

— Et si tu nous jouais quelque chose, Kirby ? proposa Fairchild. Cela m'éclaircira les idées.

— Pourquoi pas ?

Avec un rapide sourire, Kirby se leva et se dirigea vers un instrument au fond de la pièce qu'Adam avait d'abord pris pour un petit piano. Lorsqu'elle effleura les touches de l'instrument, il découvrit son erreur. « Mon Dieu, un clavecin ! » Lorsque les premières notes aigrelettes s'élevèrent, Adam reconnut une pièce de Bach. Sidéré, il se retint de secouer la tête. Bach au clavecin dans un château ! A se demander si la machine du temps ne s'était pas déréglée, le propulsant par mégarde un siècle ou deux en arrière.

Fairchild, les yeux clos, écoutait en battant la mesure sur son accoudoir. Kirby, elle, continuait de jouer, le regard rivé sur sa partition, avec un air de sobriété sur ses traits adoucis par la concentration. Brusquement, sans s'interrompre ni manquer une note, elle lui adressa un clin d'œil et enchaîna sur Brahms.

En cet instant, Adam comprit qu'il ne se contenterait pas de coucher avec elle. Il ferait également en sorte qu'elle accepte de poser pour lui.

Avec la brusquerie qui le caractérisait, Fairchild bondit soudain de son fauteuil.

— Ça y est ! Je la tiens ! La lumière ! L'inspiration suprême ! La grâce est sur moi !

— Amen, soupira Kirby.

— Je vais t'apprendre la politesse, sale gamine !

Ricanant comme une de ses gargouilles, Fairchild s'accouda au clavecin.

— D'ici à la fin de la semaine, j'aurai sculpté une pièce tellement extraordinaire que tout ce que tu as fait jusqu'ici ressemblera à des boutons de porte en comparaison.

Kirby haussa les sourcils et l'embrassa sur le front.

— Ou à des crottes de chèvre, peut-être ?

— Tu vas voir ce que tu vas voir ! prédit Fairchild en se précipitant hors de la pièce.

Se levant de son tabouret, Kirby récupéra son verre.

— Mon père a la compétition dans le sang, observa-t-elle avec un léger sourire. C'est un de ses plus gros défauts mais j'avoue que ce n'est pas pour me déplaire… Encore une goutte de cognac ?

— Votre père a une personnalité assez… unique.

Il vit une émeraude scintiller à son doigt tandis qu'elle lui servait un second digestif. Bien qu'étroites et délicates d'aspect, ses mains dégageaient une étonnante impression de puissance. Mais on n'exerçait pas le métier de sculpteur comme elle le faisait sans avoir une grande force dans les doigts.

— Vous êtes très diplomate, n'est-ce pas, Adam ? s'enquit-elle en levant le visage vers lui lorsqu'il la rejoignit au bar.

— En certaines circonstances, oui.

— Dans la plupart des circonstances, même. Dommage.

— Dommage en quoi ?

Portant son verre à ses lèvres, Kirby garda ses yeux gris rivés aux siens.

— Je pense que vous seriez de meilleure compagnie si vous ne vous préserviez pas tant. Vous êtes quelqu'un de prudent et de réfléchi.

— Et c'est un grave défaut, selon vous ? s'enquit-il froidement. Votre analyse de ma personne me paraît assez hâtive alors que nous avons fait connaissance il y a à peine quelques heures.

Non, elle ne s'ennuierait pas avec lui, tout compte fait, comprit Kirby, ravie d'avoir réussi à déclencher un mouvement d'humeur chez son hôte. Elle ne craignait ni le conflit ni la colère. Mais détestait la fadeur et l'indifférence.

— Il ne m'aurait pas fallu dix minutes pour aboutir à ces conclusions. Mais je vous connaissais déjà un peu à travers votre œuvre, Adam. Sous le talent évident, on sent une maîtrise de soi inflexible ainsi qu'un grand respect des conventions.

— Je doute que, venant de vous, il s'agisse d'un compliment.

— Et perspicace avec ça.

Lorsqu'il répondit à son sourire, Kirby prit une décision rapide. L'expérience lui avait appris qu'hésitations et tergiversations étaient rarement payantes. Sans le quitter des yeux, elle reposa son cognac.

— Je suis impulsive, expliqua-t-elle. Et j'ai envie de sentir quel effet ça fait.

Nouant les bras autour de sa taille, elle pressa ses lèvres contre les siennes. Avec ce baiser spontané, elle prit Adam par surprise. Il capta un mélange d'impressions tentantes : roses et fumée, douceur et force. Puis Kirby s'écarta de lui. Avec toujours la même amorce de sourire flottant sur ses lèvres sensuelles. Elle reprit son verre et finit son cognac d'un trait. Embrasser Adam avait été agréable. Mais elle avait pris infiniment plus de plaisir encore à le choquer.

— Très plaisant, commenta-t-elle, modérément appréciative. Le petit déjeuner est servi à partir de 7 heures. Si vous avez besoin de quoi que ce soit, n'hésitez pas à sonner Cartes. Bonne nuit, Adam.

Elle allait passer la porte lorsqu'il la retint par le bras. Ce fut au tour de Kirby d'être surprise lorsqu'elle se trouva ramenée contre lui d'autorité.

— Vous m'avez pris au dépourvu, murmura-t-il à voix basse. Mais je peux faire mieux que « très plaisant ».

Il prit sa bouche sans attendre, en l'attirant étroitement contre lui. Très vite, il sentit le corps de Kirby se modeler au creux du sien. La soie crissa contre le lin. Il puisait à ses lèvres une liqueur primitive, presque… intemporelle. Elle éveillait en lui des associations puissantes : soir d'automne au fond des bois, sombre humus et mystère des profondeurs.

Le baiser se prolongea, gagna en profondeur sans intention délibérée de part et d'autre. La réaction de Kirby fut immédiate, comme toujours. Et sans retenue, comme c'était souvent le cas. Ses mains, qui reposaient sur les épaules d'Adam, glissèrent vers son cou, puis remontèrent sur son visage, explorant, palpant avec des gestes sûrs de sculpteur. Une vibration partagée les fit frissonner de conserve.

Ils s'embrassaient, et le sang en eux parlait plus fort que la volonté. Elle était accoutumée à fonctionner à l'impulsion. Lui, par principe, n'obéissait qu'à la raison. Mais il ne trouvait dans les débordements de ce baiser ni logique ni explication. Rien que la brûlure, le désir, l'élan aveugle, sans réponse ni question. Ce fut Adam qui, à contrecœur, finit par s'écarter. La prudence — car il aimait gagner — était sa voie.

Même à distance, Kirby conservait l'empreinte de ses lèvres sur les siennes. Et dans sa bouche flottait encore l'arôme intime de leur baiser. Elle comprit qu'elle avait sous-estimé l'adversaire. La tête lui tournait, ce qui était nouveau pour elle. Elle connaissait l'accélération du pouls, le frémissement de la chair, la montée du désir. Mais jamais encore, elle n'avait senti son esprit s'embrumer.

Doutant qu'il garderait l'avantage très longtemps, Adam sourit.

— C'était mieux ?

Kirby hocha la tête et attendit pour parler que le sol se raffermisse sous ses pieds.

— Beaucoup mieux, oui. Un notable progrès.

Tout comme son père, elle connaissait l'art de l'esquive. Se dégageant d'entre les bras d'Adam, elle fit un pas de côté vers la porte.

— Combien de temps séjournerez-vous ici, Adam ?

— Quatre semaines, répondit-il, surpris qu'elle ne soit pas au courant.

— Avez-vous l'intention de coucher avec moi avant votre départ ?

Partagé entre l'amusement et l'admiration, il la dévisagea un instant. Il respectait la franchise. Mais n'était pas habitué à ce qu'elle soit si brutale. Il opta cependant pour une réponse aussi directe que ne l'avait été sa question.

— Oui.

Kirby hocha la tête, ignorant le frisson qui montait le long de sa colonne vertébrale. Ce n'était qu'un jeu, décida-t-elle. Et elle avait toujours aimé jouer.

Mais avant tout pour le plaisir de gagner.

— Voilà qui demande réflexion, n'est-ce pas ? Bonne nuit, Adam.

2

Le soleil doré du matin entrait par les hautes fenêtres et dessinait des losanges d'ombre et de lumière sur le parquet de la salle à manger. Dans le parc, les arbres portaient la marque de septembre. L'écarlate se mêlait aux ors et à la rouille, soulignant les dernières touches de vert encore tendre. Les fleurs de l'automne s'entremêlaient dans un joyeux désordre, égayant la rigueur des pelouses. Tournant le dos à la vue, Adam étudiait les toiles de Fairchild une à une, frappé une fois de plus par l'incroyable diversité de styles que cultivait le peintre.

Il admira une nature morte inspirée par Goya; un paysage qui aurait pu être signé par Manet, un portrait dont il aurait été prêt à jurer qu'il avait été exécuté par Raphaël. Intrigué par le sujet, Adam s'attarda sur ce dernier tableau.

La femme qui lui faisait face dans le portrait était brune, plutôt menue. De sa personne se dégageait une impression de sérénité et de généreuse patience. Le regard était du même gris pur que celui de Kirby, mais les traits étaient plus réguliers, moins aigus. La mère de Kirby était une vraie beauté. Et une femme d'exception dont on sentait qu'elle avait réuni avec un rare bonheur ces deux belles qualités qu'étaient la tolérance et la force. Elle-même n'aurait jamais pratiqué le ramonage de cheminée intempestif. Mais elle aurait été amusée de voir sa fille se lancer dans l'entreprise.

Adam fut impressionné une fois de plus par le génie de Fairchild. Qu'il puisse percevoir ces traits de la personnalité de Rachel Fairchild sans l'avoir jamais connue était entièrement dû à l'extraordinaire talent expressif du peintre.

Le tableau suivant, exécuté dans le style de Gainsborough, représentait un portrait en pied d'une petite fille. Des boucles noires luisantes tombaient sur une robe en mousseline blanche. Elle portait des collants blancs, de sages chaussures à boucles et des roses dans un petit panier. Mais l'enfant n'avait rien d'une petite fille modèle pour autant.

Elle gardait la tête haute et son attitude était de défi plus que de séduction. Les yeux gris brillaient d'une lueur malicieuse et le demi-sourire sur ses lèvres semblait évoquer quelque bêtise récemment commise. Adam se surprit à sourire. Même à onze ou douze ans, Kirby n'avait pas dû être commode à vivre.

— Adorable, cette enfant, n'est-ce pas ?

Debout sur le pas de la porte, Kirby observait Adam depuis cinq bonnes minutes. Et elle avait pris autant de plaisir à disséquer ses expressions et ses attitudes qu'il n'en avait eu lui-même à analyser les tableaux.

Adam se tenait très droit, dans une attitude qui pouvait paraître guindée. Mais elle nota malgré tout une certaine décontraction dans la façon dont il déambulait, les mains enfoncées dans les poches. Il était vêtu très simplement d'un jean et d'un pull, et pourtant son allure avait quelque chose de formel. Et la femme, tout autant que l'artiste en elle, se passionnait pour ces détails éloquents, ces contradictions, ces menus contrastes.

Tournant la tête, Adam constata que Kirby avait changé de personnage une fois de plus. La veille, il avait vu la souillon se muer en femme fatale. Ce matin, elle avait choisi l'option « artiste bohème ». Pieds nus, les cheveux relevés en queue de cheval, le visage vierge de tout maquillage, elle disparaissait dans un grand pull informe qu'elle portait sur un jean maculé de peinture.

Bizarrement, elle ne le fascinait pas moins pour autant. Elle bougea la tête et — par hasard ou à dessein — le soleil éclaira son profil. En cet instant, sa beauté lui parut si éblouissante qu'elle lui coupa le souffle.

Avec un léger soupir, Kirby examina son propre portrait.

— Quel ange, cette petite, n'est-ce pas ?

— Apparemment, ce n'était pas la vision que votre père avait de vous lorsqu'il vous a représentée.

Kirby rit de bon cœur.

— C'est vrai. Et pourtant la plupart des gens se laissent prendre au leurre de la petite fille modèle lorsqu'on leur montre ce tableau. Vous êtes observateur, Adam, commenta-t-elle, ravie par sa perspicacité. Vous avez déjeuné ?

Adam se détendit. Kirby avait changé de position et la lumière ne tombait plus sur son visage. Il avait de nouveau devant lui une femme simple, amicale et attirante. Et non plus cette beauté presque surnaturelle qui l'avait subjugué un instant jusqu'à paralyser en lui toute pensée.

— Pas encore, non. J'étais trop occupé par ma contemplation.

— Rien de plus dommageable pour la santé que d'admirer avec l'estomac vide, décréta Kirby en passant son bras sous le sien.

Elle sonna un de ses domestiques avant de le conduire jusqu'à la table.

— Une fois que vous vous serez restauré, je vous ferai visiter la maison.

— Avec plaisir.

Adam prit place en face de Kirby. Elle ne portait pas d'eau de toilette, ce matin. Seule une odeur fraîche et nette de savon émanait d'elle. Rien de vraiment excitant a priori. Et pourtant cette simple senteur sans complications lui tournait la tête comme le plus capiteux des parfums.

Une femme pénétra dans la salle à manger d'une démarche pesante. Elle avait un visage long, un peu chevalin, avec de petits yeux bruns enfoncés et un nez épais. Ses cheveux grisonnants étaient ramassés en chignon. Et les plis profonds qui barraient son front indiquaient une nature pessimiste.

Kirby sourit à la nouvelle venue.

— Bonjour, Tulipe. Il faudra que tu fasses monter un plateau à mon père. Il refuse de bouger de sa tour et ne songe plus qu'à sculpter… Pour moi, ce sera juste un café avec quelques toasts. Et inutile de me faire la leçon. Je ne suis plus en âge de grandir, de toute façon.

Tulipe marmonna quelques syllabes désapprobatrices avant de porter son attention sur Adam. Sa commande d'œufs au bacon fut accueillie par un grognement similaire. Puis la femme disparut sans un mot.

Adam tourna un regard interrogateur vers Kirby.

— Elle s'appelle vraiment Tulipe ?

Une lueur amusée scintilla dans ses yeux gris.

— C'est le prénom que ses parents lui ont donné, en effet... Même si elle ne le porte pas aussi bien que l'on pourrait l'espérer, Tulipe est une merveille, en termes d'efficacité et d'organisation. Elle et moi, avons un débat en cours depuis quinze ans. Selon Tulipe, je grandirais si seulement je consentais à m'alimenter correctement. Lorsque j'ai atteint l'âge de vingt ans, j'ai considéré que j'étais la preuve vivante que sa théorie ne tenait pas debout.

La robuste jeune fille qui leur avait servi le dîner la veille entra pour leur apporter le café. Elle fit pleuvoir sur Adam quelques sourires si aguichants que Kirby finit par s'éclaircir la voix.

— Merci, Polly. Nous allons nous débrouiller, maintenant.

La jeune fille rougit et disparut sans demander son reste. Kirby les servit elle-même.

— Notre Polly est adorable, mais elle a tendance à se montrer un peu... familière avec la population mâle dans son ensemble. Si vous êtes prêt à vous contenter de petites privautés prises en passant, Polly est la femme qu'il vous faut. Sinon, je vous conseille de garder vos distances. Je l'ai même surprise en train de faire des avances à Daddy, vous imaginez ?

Une image de la ronde Polly et de Fairchild l'elfe s'imposa à l'esprit d'Adam. La vision était si désopilante qu'il écalata soudain de rire.

« Tiens, tiens », songea Kirby en l'observant. Un homme capable d'un rire aussi franc avait forcément du potentiel. Avec un peu de chance, il lui réservait encore quelques autres bonnes surprises de ce genre.

Adam versa du lait dans son café.

— Vous avez ma parole, pour Polly. Je résisterai à la tentation.

— Elle est toute en rondeurs appétissantes, commenta Kirby.

— Ah vraiment ? Je n'avais pas remarqué, répondit-il de son air le plus innocent.

Kirby découvrit que le sourire d'Adam exerçait une action marquée sur son système nerveux.

— Je vous ai mal jugé, murmura-t-elle. Vous êtes différent de ce que vous semblez être.

Adam songea à l'émetteur dissimulé dans son attaché-case.

— N'est-ce pas plus ou moins le cas pour tout le monde ?

— Pas pour tout le monde, non. Certaines personnes ressemblent à ce qu'elles sont. Pour le meilleur et pour le pire.

— Vous, par exemple ?

Il lui posait la question car il éprouvait un désir soudain et impérieux de savoir qui elle était. Pas pour McIntyre. Pas pour sa mission. Pour lui-même.

Elle garda le silence un moment. Puis un rapide sourire ironique glissa sur ses lèvres.

— Ce à quoi je ressemble aujourd'hui est exactement ce que je suis... aujourd'hui. Mais voici le petit déjeuner.

Pendant le repas, ils parlèrent de choses et d'autres, en personnes habituées à soutenir en toute circonstance une conversation brillante, quoique dépourvue de contenu personnel. Mais même si leurs propos restaient anodins, Kirby avait une conscience aiguë de la présence d'Adam. Plus aiguë qu'il ne l'aurait fallu. Plus aiguë qu'elle ne l'aurait souhaité, surtout.

Qui était, au fond, Adam Haines ? Elle avait déjà

constaté qu'il était moins conventionnel qu'il ne paraissait — ou ne pensait — l'être. Il y avait de l'aventurier chez lui, elle en avait désormais la certitude. La seule chose qui l'ennuyait, dans l'affaire, c'était d'avoir été si longue à s'en apercevoir.

Elle n'avait oublié ni les turbulences ni les temps forts du baiser qu'ils avaient échangé. Adam ferait un amant exigeant sans l'ombre d'un doute. Et un amant fascinant qui plus est. Ce qui signifiait qu'il lui faudrait redoubler de vigilance. Croire que sa présence au château serait simple à gérer avait été exagérément optimiste de sa part.

Et pourtant, il lui faudrait faire en sorte de contrôler Adam d'une façon ou d'une autre. Terminant son café, elle éleva une muette prière pour que son père ait songé à dissimuler le Van Gogh.

— La visite se fait du bas vers le haut, annonça-t-elle gaiement en se levant. Nos cachots sont merveilleusement sombres, lugubres et insalubres. Mais je propose de différer l'expédition par égard pour votre pull en cachemire.

Adam accepta le bras qu'elle lui offrait.

— Des « cachots », vous dites ?

— Nous n'en faisons plus usage. Mais il arrive qu'au plus profond de la nuit, on entende encore des gémissements et des tintements de chaînes.

Elle mentionnait ce « détail » avec une telle désinvolture qu'il faillit la croire. Kirby avait un art consommé pour rendre plausible l'invraisemblable.

— Lord Wickerton, le propriétaire d'origine, était un individu assez ignoble, d'après le peu que nous en savons, précisa-t-elle avec l'ombre d'un sourire.

— Et vous approuvez ?

— Si j'approuve ?

Kirby réfléchit un instant.

— Pas vraiment. Mais cela m'intrigue. Vu à un siècle de distance, le mal peut prendre des dimensions assez romantiques, vous ne trouvez pas ?

— Je n'avais encore jamais considéré les choses sous cet angle.

— Parce que votre conception du bien et du mal est sans concession et solidement arrêtée.

Adam s'immobilisa pour la regarder avec une intensité qui la déconcerta.

— Et la vôtre ?

Kirby ouvrit la bouche, puis la referma, consciente qu'elle avait été sur le point de dire une bêtise.

— Disons que je suis flexible. Vous devriez apprécier ce salon d'apparat, enchaîna-t-elle en poussant une porte. Il est austère et collet monté.

— Comme moi, vous voulez dire ?

Encaissant l'insulte sans sourciller, Adam lui emboîta le pas. Pendant près d'une heure, ils errèrent ainsi dans le château. Adam découvrit qu'il avait sous-estimé les dimensions de l'édifice. Les couloirs étaient tortueux, les escaliers innombrables. Des chambres, des boudoirs, des salons de jeux, des fumoirs se succédaient en ordre labyrinthique. Sauf coup de chance, il lui faudrait un temps fou pour mener à bien sa mission.

Parvenue devant une porte double en chêne sculpté, Kirby l'introduisit dans la bibliothèque. La pièce occupait deux étages sur une surface équivalente à un trois-pièces de base. Des tapis de Perse aux teintes fanées coupaient la monotonie du parquet en chêne sombre. De hautes fenêtres de verre biseauté monopolisaient le mur du fond. Et toutes les autres surfaces étaient tapissées de livres du sol au plafond.

En s'approchant pour regarder les titres, Adam nota qu'ils étaient placés en parfait désordre et que classiques et essayistes se mêlaient aux auteurs de romans policiers. Mais malgré l'absence totale d'ordre et de classification, le lieu dégageait une atmosphère à la fois recueillie, studieuse et apaisante.

Si les tableaux étaient absents, faute de place, la sculpture, elle, était bien présente dans la grande salle de lecture. Traversant la pièce, Adam saisit un jeune étalon sculpté dans du bois de noyer. La liberté, la grâce, le mouvement semblaient vibrer au creux de sa main. Un buste en bronze de Fairchild était posé sur une colonne. L'artiste avait capté le côté farfadet, l'énergie concentrée. Mais sur le visage du peintre, on lisait également une gentillesse, une générosité qu'Adam n'avait pas encore eu l'occasion de percevoir chez son hôte.

Il parcourut la bibliothèque en silence, examinant avec attention chaque pièce exposée. Kirby le regardait aller et venir, en proie à une fébrilité croissante. Il était rare qu'elle ressente de la nervosité. Et plus rare encore qu'elle y cède. Elle se répéta que ce n'était pas la première fois que quelqu'un s'intéressait à son travail. A quoi bon être artiste, d'ailleurs, si l'on redoutait le regard d'autrui sur ses œuvres ? Croisant et décroisant les doigts, elle attendit que le verdict tombe. L'opinion d'Adam, après tout, n'avait pas tant d'importance.

Adam s'attarda sur une boule de flammes représentée dans le marbre. Bien que la pierre fût blanche, l'effet obtenu était remarquable. Kirby avait hérité le don paternel de donner l'illusion du réel, de faire naître la vie qui se cachait au cœur de la matière.

Oubliant les raisons de sa présence au château, il ne songea plus qu'à la femme et à l'artiste.

— Où avez-vous étudié la sculpture ?

Devant la gravité du regard d'Adam, Kirby ravala la remarque désinvolte qu'elle s'apprêtait à prononcer pour détendre l'atmosphère.

— A l'Ecole des beaux-arts, à Paris. Mais mon père a été mon maître et mon enseignant de toujours.

Il fit tourner le morceau de marbre entre ses mains. Même l'esprit le plus prosaïque aurait senti la vie, la chaleur, le talent dans ce morceau de pierre.

— Depuis combien de temps sculptez-vous ?

— De façon sérieuse ? Quatre ans, à peu près.

— Et pourquoi diable n'avez-vous exposé qu'une seule fois ? De quel droit enterrez-vous votre travail entre ces murs ?

Kirby haussa les sourcils. Quelle colère ! Elle s'était demandé quel genre de caractère Adam cachait sous ses dehors policés. Mais elle ne s'était pas attendue à voir son humeur exploser pour de pareils motifs.

— J'ai une autre expo au printemps, rétorqua-t-elle d'une voix égale. Mais je reconnais qu'il a fallu qu'on me fasse violence pour que j'accepte d'affronter le regard du public. Je n'étais pas encore prête.

— C'est ridicule, objecta-t-il en lui agitant le marbre sous le nez. Absolument ridicule.

Pourquoi se sentirait-elle vulnérable sous prétexte qu'une des pièces qu'elle avait sculptées reposait au creux de la paume d'Adam ?

Se détournant de son regard trop pénétrant, Kirby fit courir un doigt hésitant le long du nez en bronze de son père. Etrangement, alors qu'elle ne s'expliquait jamais, elle éprouvait le besoin de se justifier face à Adam.

— Il fallait que je sois sûre, vous comprenez ? Il y avait tous ceux qui prétendaient — et qui prétendront toujours, d'ailleurs — que je surfais sur la vague de la notoriété paternelle. Et j'avais besoin de savoir d'abord, avec la plus grande certitude, que ce n'était pas de l'imposture, que mon talent était réel.

Adam écoutait en prenant soin de ne pas l'interrompre. Jamais il ne se serait attendu à tant de vulnérabilité de sa part. Sa sincérité fit vibrer en lui une corde qu'il ignorait avoir aussi sensible. Il était touché par sa fragilité comme il avait été touché par la façon dont elle l'avait embrassé la veille.

— Mais vous savez ce que vous valez, maintenant, observa-t-il à voix basse.

Elle se tourna lentement vers lui.

— Je le sais, oui.

Avec un étrange sourire, Kirby lui prit le morceau de marbre des mains.

— Je n'avais encore jamais parlé de mes incertitudes à quiconque. Pas même à mon père. Je me demande pourquoi il a fallu que ce soit à vous.

Il lui effleura les cheveux — un geste qu'il brûlait de faire depuis qu'il les avait vus illuminés par le soleil du matin.

— Et je me demande pourquoi je suis heureux que vous m'ayez choisi comme confident.

L'espace d'une seconde, Kirby crut qu'elle allait se jeter dans ses bras. Se souvenant juste à temps que la prudence était de mise, elle recula d'un pas et reprit son rôle de guide touristique.

— Et voilà. C'est ici que se termine la première partie de la visite. Les questions et les commentaires sont les bienvenus.

Adam songea qu'il avait égratigné la surface et

touché des zones un peu trop vulnérables. Kirby s'en défendait. Et il était le premier à comprendre qu'elle éprouve le besoin de se protéger.

— Votre petite chaumière est charmante, commenta-t-il avec l'ombre d'un sourire. Il ne manque que les douves et le dragon.

— Essayez de laisser des légumes dans votre assiette ce soir et vous verrez que Tulipe peut faire un dragon tout à fait convaincant. Quant aux douves… Ah, par l'enfer ! Comment avais-je pu oublier ?

Sans attendre sa réponse, elle lui prit la main et l'entraîna vers le petit salon.

— Nous n'avons pas de douves, précisa-t-elle en se dirigeant vers la cheminée, mais nous avons des passages secrets.

— J'aurais dû m'en douter.

— Il faut dire que cela fait une éternité que je n'y ai pas mis les pieds.

Kirby marmonna tout bas en explorant le manteau de la cheminée.

— C'est au niveau d'un de ces motifs, j'en suis sûre. Mais il faut appuyer juste au bon endroit.

Sourcils froncés, elle rejeta sa queue-de-cheval dans son dos. Adam regarda ses longs doigts sensibles effleurer le bois. Ses ongles étaient coupés courts et non vernis. Comme ceux d'une petite fille ou d'une religieuse. Et pourtant, sa vitalité sexuelle était plus tangible que jamais.

— Et voilà ! s'exclama-t-elle d'un air de triomphe lorsqu'un panneau de bois s'écarta en grinçant. Il faudra que je pense à huiler le système.

Adam songea que ces passages secrets pourraient être une aubaine. Quel moyen plus commode de se déplacer dans la demeure sans se faire remarquer ?

— Impressionnant. Ce couloir mène aux cachots ?

S'approchant de l'entrée, Kirby scruta l'ouverture obscure.

— En fait, ces passages forment un véritable labyrinthe qui dessert quasiment tout le château. Il y a un accès secret dans quasiment chaque pièce. Ces couloirs sont horriblement sombres et bas de plafond. Ils me font penser à des catacombes.

Avec un léger frisson, elle recula d'un pas.

— Je n'y pense même plus, à ces couloirs cachés, en fait. Mais quand j'étais gamine, j'adorais m'y aventurer. Je m'amusais à disparaître, puis à resurgir aux endroits les plus inattendus. Ça terrorisait les domestiques.

— J'imagine, oui.

— Un jour, cependant, j'ai été « punie » de mes bêtises. La pile de ma lampe de poche a lâché et je me suis retrouvée dans le noir complet. Impossible de ressortir ou de retrouver mon chemin. Et il y a des araignées monstrueuses, là-dedans. Sans parler des tribus de rongeurs qui sévissent dans ces profondeurs.

Kirby ponctua son récit d'un léger rire. Mais Adam vit qu'une panique rétrospective troublait le gris limpide de ses yeux.

— Je ne sais pas combien de temps j'ai passé là-dedans à errer dans le noir, mais lorsque mon père a fini par me retrouver, j'étais folle de terreur. Inutile de préciser que j'ai trouvé d'autres moyens par la suite pour taquiner le personnel.

— Même aujourd'hui le passage vous effraie encore.

Elle voulut nier mais, là encore, quelque chose dans l'attitude d'Adam la poussa à dire la vérité.

— Oui, c'est sans doute ridicule, mais cela me glace de terreur rien que d'en regarder l'entrée. Bon, maintenant que j'ai confessé mes angoisses névrotiques, nous pouvons poursuivre la visite.

Le panneau se referma lentement lorsqu'elle actionna le mécanisme. Adam sentit plus qu'il n'entendit son soupir de soulagement. Lorsqu'il saisit sa main dans la sienne, il découvrit qu'elle était glacée. Il aurait voulu la prendre dans ses bras, la rassurer. Mais ce n'était pas le but de sa mission. Se concentrant sur la tâche à accomplir, il résolut de se lancer dans l'exploration des passages le soir même.

— Des fleurs pour vous, mademoiselle Fairchild.

Adam et Kirby s'immobilisèrent au pied de l'escalier lorsque Cartes s'approcha avec un bouquet à la main.

— Oh non, ce n'est pas possible, Cartes. Ne me dites pas que ça recommence.

— Il semblerait que si, mademoiselle.

Kirby poussa un soupir.

— Il faut croire que je n'ai pas encore été assez dissuasive… Je sais que ce n'est pas très poli, Cartes, mais donnez-les à Polly, voulez-vous ? Je ne peux plus les voir, ses roses rouges.

— Comme vous voudrez, mademoiselle. Et la carte ?

— Laissez-la sur mon bureau. Je m'en occuperai tout à l'heure… Désolée, Adam, enchaîna-t-elle en lui reprenant le bras. J'ai dit expressément à Jared que je ne serais jamais sa maîtresse, mais il ne veut rien entendre. S'il continue à m'inonder de roses, je vais être obligée de le menacer de le dénoncer à sa femme.

— La méthode devrait porter ses fruits.

Kirby fit la grimace tout en gravissant les marches d'un pas élastique.

— Un homme de soixante ans ! Franchement. Je me demande ce qui a pu lui passer par la tête.

Adam qui montait l'escalier derrière Kirby n'avait aucun mal à imaginer ce qui avait pu « passer par la tête » du dénommé Jared.

Après lui avoir montré une dizaine de chambres avec salle de bains, toutes meublées et décorées dans des styles différents, Kirby s'immobilisa devant une dernière porte.

— Et voici, pour conclure, mon boudoir privé… Je vous promets de ne pas vous compromettre, susurra-t-elle d'une voix de velours, si vous voulez bien vous souvenir que je tiens rarement mes promesses.

Avec un léger rire, elle poussa la porte et pénétra dans la pièce.

— Corbleu !

— Je vous demande pardon ?

— Oh, ne vous excusez pas. Vous n'y pouvez strictement rien… Vous avez vu ça ? s'exclama-t-elle en se plantant devant le lit.

Un petit tas de poils hirsutes dormait en rond sur une courtepointe. Sourcils froncés, Adam s'en approcha.

— De quoi s'agit-il ?

— Quelle question ! D'un chien, bien sûr.

— Si vous le dites… Mais on ne voit pas très bien où est le début et où est la fin.

Comme en réponse à sa remarque, la boule de poils agita une queue courte et trapue. Kirby secoua la tête.

— Tu sais qu'il n'y a pas de quoi rire, Montique ? Nous allons avoir droit à une scène musclée, toi et moi.

Le chien bougea de telle façon qu'Adam vit apparaître un minuscule museau noir ainsi qu'une langue rose.

— J'avoue que je vous aurais plutôt imaginée

propriétaire d'un couple de lévriers afghans que de cette espèce d'affectueuse serpillière.

Kirby effleura le chien étalé sur son lit.

— Montique n'est pas à moi. Il appartient à Isabelle.

Adam fronça les sourcils. Il ne se souvenait pas que McIntyre ait mentionné une Isabelle.

— Isabelle ? C'est un membre du personnel ?

— Grands dieux, non. Isabelle ne sera jamais au service de quiconque sauf d'elle-même. Elle est... Mais la voici, justement. Et nous n'avons pas fini de l'entendre, précisa-t-elle à voix basse.

Adam tourna la tête vers la porte. Il s'apprêtait à faire remarquer qu'il n'y avait personne lorsqu'il baissa les yeux et vit une chatte siamoise à l'entrée de la pièce. Le regard bleu de la bête était glacial. Avec une expression de contrariété hautaine, la chatte s'avança droit sur Kirby et s'assit devant elle.

— Inutile de me regarder de cet air courroucé, Isabelle, protesta Kirby. Je refuse d'endosser une quelconque responsabilité dans l'affaire.

Pour toute réponse, la siamoise remua la queue et émit un son menaçant. Kirby croisa les bras sur la poitrine et tapa du talon sur le tapis d'Aubusson.

— Ah, non, ça suffit. Je ne tolérerai plus cette attitude ! Et il est hors de question que je ferme ma porte, vous m'entendez ? Cela fait des années que je la laisse ouverte et je ne modifierai pas mes habitudes. Si cela vous dérange que Montique entre ici, vous n'aurez qu'à le surveiller de plus près.

Sidéré de la voir s'énerver comme si elle avait affaire à une personne réelle, Adam lui posa la main sur le bras.

— Euh... Vous êtes en plein débat existentiel avec un chat, Kirby. C'est normal ?

Elle lui tapota gentiment la main.

— Ne vous inquiétez pas pour moi. J'aurai le dessus... Comme je vous le disais, Isabelle, vous n'avez qu'à le mettre en laisse, si vous ne voulez pas qu'il erre partout. Maintenant, emmenez-le avec vous et qu'on n'en parle plus. Et la prochaine fois, ayez la correction de frapper avant d'entrer, voulez-vous ?

Sans cesser d'agiter nerveusement la queue, la siamoise se dirigea vers le lit et darda son regard bleu sur le chien. Ce dernier poussa un jappement joyeux et bondit maladroitement au sol. Puis il emboîta le pas à la chatte et sortit de la pièce au petit trot.

— Incroyable. Il est bel et bien parti avec elle, murmura Adam.

— Montique a intérêt à filer doux. Isabelle a un caractère effroyable.

Adam la regarda droit dans les yeux.

— Vous essayez de me faire croire que ce bout de chien appartient réellement à cette siamoise caractérielle ?

— Vous n'auriez pas une cigarette ? éluda Kirby. Je ne fume pratiquement jamais. Mais Isabelle a un effet terrible sur moi.

Imperturbable, Adam sortit une cigarette de son paquet et l'alluma pour elle. Kirby étouffa un petit rire. Il était décidément parfait. Elle rejeta la fumée sans l'avoir inhalée.

— Isabelle soutient que Montique l'a suivie jusqu'à la maison. Mais je suis convaincue qu'elle l'a kidnappé.

Adam écoutait sans ciller. Si elle avait envie de jouer à ce jeu-là, rien ne l'empêchait de répondre sur le même mode.

— Et à qui appartient Isabelle ?

— Isabelle ? Mais à personne d'autre qu'à elle-même ! Qui voudrait d'un animal de compagnie aussi déplaisant ?

Lui prenant la cigarette, il tira une bouffée à son tour.

— Et pourquoi ne vous débarrassez-vous pas d'elle ?

Kirby lui reprit la cigarette.

— Pas moyen de la mettre dehors alors qu'elle paie régulièrement son loyer, n'est-ce pas ? Voilà, j'ai recouvré mon calme, annonça-t-elle. Je vais vous conduire jusqu'à l'atelier de mon père.

Adam avait déjà ouvert la bouche pour lui demander des précisions sur cette histoire de loyer félin. Mais il la referma, jugeant plus avisé de garder le silence.

L'escalier s'élevait en une courbe paresseuse jusqu'au deuxième étage. Puis il formait un angle aigu et se prolongeait jusque dans une tour. Kirby s'immobilisa un instant sur le palier du second avant de poursuivre son ascension.

— Cet étage a été construit selon un plan exactement similaire à celui du premier. Vous voyez les marches, là-bas, à l'autre extrémité du couloir ? Elles conduisent à mon atelier. Les autres pièces sont rarement utilisées. Et toutes, bien sûr, sont hantées, ajouta-t-elle avec son lent sourire en lui prenant la main.

— Qui en aurait douté ? rétorqua Adam en lui emboîtant le pas.

3

L'antre de Fairchild, en haut de la tour ouest, ressemblait à tous les ateliers de peintre du monde. Rien de plus familier pour Adam que les tubes éparpillés, les pinceaux dans les pots, l'odeur de la térébenthine et de l'huile de lin. La pièce était ronde, avec de grandes fenêtres cintrées et une belle hauteur sous plafond. Le sol avait dû être élégant à l'origine, mais le bois désormais terni disparaissait sous les taches de peinture. Partout où se posait le regard, on voyait des toiles alignées ou empilées, vierges ou à demi terminées.

En entrant, Kirby embrassa les lieux d'un rapide regard circulaire. Constatant que le Van Gogh avait disparu, elle sentit sa tension retomber. Philip Fairchild se tenait dans une immobilité parfaite. Pas un muscle de son visage ne bougeait tandis qu'il contemplait fixement une motte d'argile encore à l'état d'ébauche.

Sans un mot, Kirby fit le tour de la table de travail en examinant l'œuvre de son père sous tous les angles. Le regard de Fairchild, lui, demeura rivé sur son œuvre.

Kirby finit par se redresser avec une moue sceptique.

— Bof.

— C'est juste ton opinion, riposta Fairchild d'un ton aigre.

Elle acquiesça gravement.

— Tu as raison. Il t'en faut une seconde… Adam ? Venez voir par ici, voulez-vous ? Et donnez-nous votre avis éclairé.

Pris au piège, Adam lui jeta un regard assassin. Il traversa l'atelier pour se pencher à son tour sur le faucon sculpté par Fairchild. L'essai n'avait rien de grotesque. L'oiseau de proie était ressemblant, avec son bec entrouvert, ses serres puissantes. Mais l'extraordinaire fluide de vie qui était présent à la fois dans ses toiles et dans les sculptures de sa fille faisait défaut dans cette ébauche.

En vain, Adam chercha une voie de sortie.

— Eh bien… en vérité, je…

Kirby se jeta sur ce début de phrase sans même le laisser terminer.

— Qu'est-ce que je te disais, Dad ! Il est exactement du même avis que moi.

— Qui est-il pour porter un jugement ? rétorqua Fairchild. Haines n'est pas sculpteur. Il est peintre.

— Comme toi, mon cher père. Et un peintre de grand talent qui plus est.

Fairchild enfonça un doigt dans l'argile.

— Et bientôt, sale môme, je serai également le plus doué des sculpteurs.

— Je t'achèterai de la pâte à modeler pour ton anniversaire.

Kirby s'interrompit sur un cri lorsque son père lui tordit l'oreille entre le pouce et l'index.

— Vieux sadique ! protesta-t-elle en se frottant le lobe.

— Surveille ton langage ou je te transforme en Van Gogh à l'oreille coupée.

Cette menace fit beaucoup rire Fairchild. Mais le sang se retira du visage de Kirby, en revanche. Sous le regard surpris d'Adam, elle se pétrifia — le visage, les mains, les épaules. Et ce n'était pas de l'irritation, il en était certain. De quoi s'agissait-il alors ? Avait-elle peur ? Pas de Fairchild en tout cas. Il était évident que Kirby ne craignait pas son père. Ni aucun autre homme, d'ailleurs. Se pouvait-il qu'elle ait peur pour son père, alors ? Bizarre.

Elle se ressaisit très vite et leva le menton.

— Puisque c'est ça, je vais montrer mon atelier à Adam. Cela lui permettra d'installer son matériel de peinture.

— Bien, bien.

Fairchild lui tapota la main.

— C'est un sacré beau brin de fille, pas vrai, Adam ?

— Elle est très belle, en effet.

Lorsque Kirby émit un soupir exaspéré, son père lui effleura la joue de sa main couverte d'argile.

— Tu vois, ma chérie ? J'espère que tu m'es reconnaissante, à présent, pour l'appareil dentaire que je t'ai obligée à porter à quinze ans ?

— Daddy...

Avec un sourire involontaire, Kirby posa la joue sur la tête de son père.

— Je n'ai jamais eu d'appareil dentaire.

— Exact. Tu as hérité de ma dentition parfaite... Revenez me voir ici une fois que vous aurez mis votre matériel en place, Adam. J'ai grand besoin de compagnie masculine.

Fairchild pinça affectueusement la joue de Kirby.

— Quant à toi, ma fille, ne crois pas qu'Adam se traînera à tes pieds comme notre Rick Potts.

— Adam n'a rien à voir avec Rick, riposta Kirby en s'essuyant les mains sur un chiffon. Rick est gentil, lui.

Le maître leva les yeux au ciel.

— Je me demande de qui tu as hérité tes manières déplorables, ma fille. Du facteur, sans doute.

Kirby laissa courir un bref regard songeur sur leur invité.

— Je suis sûre qu'Adam peut être très gentil, lui aussi, concéda-t-elle sans grande conviction. Rick est un grand spécialiste de l'aquarelle — il excelle dans les teintes douces et les perspectives effacées. C'est le genre d'homme qu'une femme a envie de materner. Je suis sûr qu'il doit bégayer un peu lorsqu'il est sexuellement excité.

— Rick est follement amoureux de notre Kirby. Et il a bon espoir de l'épouser.

Fairchild aurait sans doute émis un de ces rires caquetants si Kirby ne l'avait pas arrêté d'un regard sévère.

— Il s'est juste mis des idées en tête. Je ne lui ai jamais donné le moindre encouragement.

— Ah non ? Et comment se fait-il que je vous aie surpris enlacés dans la bibliothèque, alors ?

Fairchild se tourna vers Adam pour le prendre à témoin.

— Lorsqu'un homme a les oreilles rouges et les lunettes embuées, ce n'est jamais sans raison, si ?

— Il y a forcément une émotion forte à la base, en effet.

Adam ne put s'empêcher de sourire. Il avait de l'affection pour l'étrange duo, même s'il ne savait toujours pas s'il avait affaire à deux innocents un peu foutraques ou à deux habiles dissimulateurs.

Kirby prit un air de hautaine majesté.

— Tu sais pertinemment que cela venait de lui, pas de moi. Rick a momentanément perdu le contrôle de lui-même. Mais assez parlé de cette histoire.

— Rick vient passer quelques jours ici la semaine prochaine, annonça Fairchild alors que Kirby se dirigeait déjà vers la porte.

Malgré cette nouvelle bombe que venait de lâcher son père, Kirby, très digne, ralentit à peine l'allure.

— Très bien. Je dirai à Rick que j'ai pris Adam comme amant, qu'il souffre d'accès de jalousie morbide et qu'il garde en permanence un poignard dissimulé dans sa chaussette gauche.

— Et le pire, c'est qu'elle est capable de le faire, murmura Adam alors que Kirby avait déjà quitté la pièce.

— Ah ça, oui. Sans l'ombre d'une hésitation.

Fairchild ne cherchait pas à dissimuler l'amusement dans sa voix. Il adorait semer le trouble. Et un des grands avantages de la soixantaine, c'est qu'on pouvait s'en donner à cœur joie dans ce domaine.

La structure de la seconde tour était identique à celle de la première. Et l'atelier de Kirby ressemblait comme un frère à celui de Fairchild. A part qu'il était beaucoup plus diversifié au niveau du contenu. En plus des pinceaux, des pots et des tubes, on trouvait des gouges, des burins, des ciseaux et des maillets. Des blocs de marbre et de calcaire et des morceaux de bois s'alignaient par terre et sur les étagères.

Seul le matériel d'Adam formait un îlot d'ordre dans la pièce. Cartes en personne était venu l'entreposer dans l'atelier.

La longue table de bois qui faisait office d'établi était couverte d'outils, de copeaux, de chiffons. Une chaîne haute-fidélité trônait dans un coin, près de l'antique poêle à gaz.

Même s'il régnait une forme de chaos, c'était le type même de désordre dans lequel Adam se sentait à son aise. Spacieuse et inondée de soleil, la pièce lui plut au premier regard.

D'un geste large du bras, Kirby lui fit signe de s'installer où il le désirait.

— Ce n'est pas la place qui manque. Choisissez l'endroit qui vous paraît le plus confortable. J'imagine que nous devrions pouvoir travailler l'un et l'autre sans nous gêner mutuellement.

Kirby avait ses doutes sur la question, mais elle était consciente d'avoir tout intérêt à s'accommoder de sa présence. Mieux valait encore l'avoir sur les bras ici, que le savoir à proximité du Van Gogh, dans l'atelier de son père.

— Vous êtes versatile et colérique, Adam ?

— J'ai l'impression d'être d'humeur plutôt égale, en règle générale, répondit-il distraitement en déballant ses toiles et ses pinceaux. Mais d'autres pourraient ne pas partager cet avis. Et vous ?

— Oh, moi, j'ai des sautes de caractère fréquentes.

Se laissant tomber derrière sa table de travail, Kirby prit une pièce de bois.

— Il m'arrive de piquer des crises de rage. Puis de sombrer dans des accès de mélancolie. J'espère que cela ne vous perturbera pas trop… Je travaille sur mes émotions en ce moment. Alors j'ai quelques excuses.

Poussé par la curiosité, Adam interrompit son déballage pour se diriger vers l'étagère derrière elle, où étaient alignées une douzaine de petites sculptures à des degrés divers d'achèvement. Il souleva un morceau de bois fruitier qui avait été travaillé et poli.

— Vos émotions, murmura-t-il en effleurant la sculpture du doigt.

— Oui. Ça, c'est le…

— *Chagrin*, compléta-t-il pour elle.

— Exact.

Kirby avait du mal à savoir si elle était contente ou non qu'il ait deviné au premier regard. Surtout dans la mesure où sculpter cette pièce avait été une douleur et un arrachement pour elle.

— J'ai également fait la *Joie* et le *Doute*. Je pense garder la *Passion* pour la fin, en revanche.

Passant la main sous le morceau de bois qu'elle examinait, Kirby le porta à hauteur de ses yeux.

— Celui-ci sera la *Colère*. Un des sept péchés capitaux donc. Pour ma part, je ne la rangerais pas sous une étiquette aussi négative. J'ai toujours pensé que la colère avait une grande utilité.

Il vit son regard se charger de souvenirs alors qu'elle scrutait le morceau de bois entre ses mains. « Des secrets », songea-t-il. Kirby en avait à revendre. En cet instant, néanmoins, elle paraissait incroyablement ouverte, incroyablement transparente, livrée sans retenue aux émotions qui l'habitaient.

Se ressaisissant avec sa vivacité coutumière, elle lui adressa un sourire malicieux.

— Dans la mesure où je travaille sur la colère, j'espère que vous me pardonnerez quelques mouvements d'humeur.

— Je m'efforcerai d'être objectif.

— Mmm… J'imagine que l'objectivité est votre fort. Cela n'a jamais été le mien, en revanche… Et vous, où en êtes-vous de votre peinture ? Vous avez un projet en cours ?

— J'avais un projet en cours. Mais je vais le laisser en plan pour le moment. C'est vous que je veux peindre.

Non sans étonnement, il vit le regard clair de Kirby se charger de défiance.

— Et pourquoi cela ?

S'avançant d'un pas, il lui prit le menton. Kirby se soumit passivement à l'examen dont elle faisait l'objet. Tout en scrutant son profil, Adam laissait glisser son pouce sur sa joue, en un lent mouvement de va-et-vient. L'ossature de son visage était délicate, presque fragile. Mais son regard direct ne vacillait pas.

— Pourquoi je veux vous peindre ? Parce que vous avez des traits fascinants. Je veux essayer de capter ce qu'il y a en vous d'à la fois très sensuel et de pur, de translucide.

Les mains de Kirby se crispèrent sur le bois.

— Et si je refuse ?

Cet air hautain, de fierté et de commandement qu'elle prenait — très efficacement — parfois, offrait un contraste saisissant avec la grande simplicité qui était sienne d'ordinaire. Délibérément, Adam se pencha sur ses lèvres et l'embrassa. Il la sentit se raidir, résister, puis se maintenir parfaitement immobile et… attendre.

Lorsqu'il releva la tête, Adam ne vit que le gris pur, profond de ses yeux.

— Je vous peindrai quand même, murmura-t-il.

Puis il quitta la pièce, leur laissant à l'un comme à l'autre le temps de la réflexion.

Effectivement, elle réfléchit. Pendant près d'une demi-heure, Kirby resta sans bouger, à laisser son esprit travailler. C'était un aspect surprenant chez elle. Normalement infatigable, hyperactive, toujours en mouvement, elle n'en avait pas moins une étonnante capacité à demeurer immobile. Lorsque c'était nécessaire, elle pouvait renoncer à toute autre activité pour examiner un problème sous tous les angles et chercher des réponses.

Et un homme comme Adam demandait réflexion.

Il suscitait en elle des sensations, des émotions qu'elle n'avait encore jamais ressenties auparavant. Or tout ce qui était nouveau l'attirait par définition. Effectuer le grand plongeon serait tentant… très tentant, même. Mais compte tenu des circonstances, elle savait qu'elle devrait laisser sa curiosité au placard et tenir Adam à distance.

Il ne lui déplaisait pas qu'il appartienne à cette race d'homme orgueilleuse qui n'hésitait pas à imposer son désir comme une évidence. Et l'idée de se frotter à une personnalité aussi impérieuse pour lui opposer sa propre volonté était à ses yeux très… stimulante.

Mais il y avait le Van Gogh et le « hobby » de son père à prendre en compte. Son attirance pour Adam tombait au mauvais moment. Kirby toucha sa lèvre supérieure avec la pointe de la langue. Elle aurait été prête à jurer que la saveur de son baiser y subsistait encore. «Désolée, mais ce n'est pas le moment, ma fille », se répéta-t-elle, avec impatience. Vraiment pas le moment.

Son père, en tout cas, aurait tout intérêt à se montrer prudent. Kirby étouffa un soupir. Espérer la prudence chez Philip Fairchild équivalait à souhaiter un Casanova fidèle. Mais au moins pouvait-on faire en sorte que le fichu Van Gogh disparaisse rapidement. Sans parler du Titien, d'ailleurs, dont il faudrait qu'elle s'occupe le plus rapidement possible.

En attendant, elle ne pouvait pas faire grand-chose, sinon prier pour que tout se passe pour le mieux.

Dans quelques jours, avec un peu de chance, tout serait terminé et elle n'aurait plus la moindre raison de s'inquiéter.

Une ébauche de sourire vint soudain errer sur ses lèvres. Après le départ du Van Gogh, rien ne l'empêcherait plus de goûter sans arrière-pensée la compagnie d'Adam. Les yeux clos, elle revit son visage : le regard sérieux de ses yeux bruns, la bouche grave, la force et l'ironie souriante.

Il pourrait constituer un plaisir dangereux. Mais quoi de plus rébarbatif qu'une vie trop sécurisante ? Toujours souriante, Kirby reprit ses outils et se remit à sa *Colère.*

Elle travailla en silence, dans une concentration totale. Adam, son père, le Van Gogh étaient balayés de ses pensées. La pièce de bois sur son établi constituait le centre comme la périphérie de son univers. Elle sculptait avec des gestes rapides, sondant l'essence du bois, cherchant le souffle de la vie au cœur inerte de la matière. Elle savait qu'elle finirait par trouver et que la découverte déclencherait en elle une exultation qui ressemblait à l'extase.

Jamais, l'acte de peindre ne lui avait procuré ce flash comparable à celui que provoque une drogue. Elle s'était amusée avec la toile, les pinceaux, la couleur. Mais elle n'avait pas possédé la peinture. De même qu'elle n'avait jamais été possédée par elle. Or, en art, la possession était essentielle.

A mesure qu'elle sculptait, le bois s'animait, s'approchait de l'état de vie désiré. Brusquement, il lui sembla percevoir le sentiment qu'elle cherchait, tout prêt à émerger pour trouver son expression dans les lignes du bois. Elle était proche… tellement proche à présent que…

A l'appel de son nom, Kirby tressaillit si violemment qu'elle faillit lâcher son outil.

— Pétard de bois !

— Oh, Kirby… Je suis vraiment désolée. Tu étais en pleine concentration, n'est-ce pas ?

Elle ravala les invectives qu'elle avait sur le bord des lèvres.

— C'est toi, Mélanie ! Je ne t'avais pas entendue monter.

Reposant sa gouge, elle garda néanmoins la main posée sur l'ébauche. Impossible de se résoudre à lâcher sa sculpture maintenant.

— Entre, Melly. Je ne te hurlerai pas dessus.

Son amie hésita sur le seuil.

— Je suis sûre que tu as de bonnes raisons de hurler. Je te dérange en pleine création.

— Oui, tu me déranges mais je te pardonne. Viens donc t'asseoir un moment, maintenant que tu es là.

Avec un sourire affectueux, Kirby fit signe à sa meilleure amie de prendre une chaise. Mélanie, fidèle à elle-même, avait coiffé avec art ses cheveux blond pâle qui encadraient un visage à l'ovale parfait. La forme des pommettes légèrement saillantes était relevée par une discrète touche de blush beige rosé. Kirby songea une fois de plus que Mélanie Burgess avait le plus beau profil de femme que la terre ait jamais porté.

— Tu es superbe, Melly. Comment s'est passé ton périple à New York ? Tu en as profité pour te distraire un peu ?

Fronçant ses narines délicates, Mélanie épousseta le siège en velours du fauteuil.

— C'était avant tout un voyage d'affaires. Mais je

ne suis pas mécontente. Mes croquis pour le printemps ont été bien accueillis.

Kirby releva les jambes pour s'asseoir en lotus sur sa chaise. Réprimant un soupir, elle admit avec résignation que le fil de son inspiration était rompu.

— Je ne parviendrai jamais à comprendre comment tu fais pour décider en août de ce que les gens porteront en avril l'année suivante… Tu as révolutionné quoi, cette fois ? Les matières ? Les formes ? La hauteur de l'ourlet ?

Mélanie détailla sa tenue avec un mélange d'amusement et de consternation.

— Je ne vois pas pourquoi tu poses la question alors que tu ne prêtes jamais la moindre attention aux impératifs de la mode.

— En principe, je penche plutôt pour une garde-robe intemporelle que pour des vêtements qui ne durent qu'une saison… Et pourquoi regardes-tu ce sweat-shirt avec cet air lugubre ? Il doit avoir douze ans à peine, précisa Kirby avec un sourire malicieux.

— Il fait son âge, crois-moi… Tu sais que je suis tombée sur Ellen Parker au 21 ?

Se préparant sans déplaisir à entendre les derniers ragots du moment, Kirby posa le menton sur ses mains croisées.

— Ah oui ? Ça fait une éternité que je ne l'ai pas revue. Elle a gardé l'habitude de parler en italien lorsqu'elle fait ses confidences ?

Avec un délicat frisson, Mélanie tira une cigarette ultrafine d'un étui en or fin.

— Tu ne le croiras pas, je te jure. Il a fallu que je le voie de mes yeux pour me convaincre. Mais j'avais déjà eu la nouvelle par Jerry. Tu te souviens de Jerry Turner, n'est-ce pas ?

— Celui qui dessine des culottes et des soutiens-gorge ?

— Le terme consacré est « lingerie féminine », Kirby, rectifia Mélanie avec un soupir.

— Peu importe. J'apprécie les jolis dessous. Alors qu'est-ce qu'il t'a révélé de croustillant, ton Jerry ?

Mélanie alluma sa cigarette avec un briquet marqué à ses initiales.

— Il m'a dit qu'Ellen avait une liaison.

Bâillant sans retenue, Kirby étira les bras vers le plafond pour détendre les muscles crispés de ses épaules.

— Tu parles d'une nouvelle ! Tu m'aurais surprise si tu m'avais dit qu'elle n'avait personne. Ellen a toujours un amant qui traîne.

— La différence, c'est que cette fois-ci, elle couche avec l'orthodontiste de son fils. Tu imagines ?

En entendant perler le rire clair de Kirby, Adam s'immobilisa dans l'escalier de la tour. Le son était joyeux, authentique et excitant.

— Kirby, franchement. Un orthodontiste ! Ça fait tellement classe moyenne.

— Oh, Melly, tu es merveilleusement et incurablement snob, ma chérie. Tu veux dire qu'Ellen peut avoir tous les amants qu'elle veut, à condition qu'elle les choisisse dans le milieu qui convient ?

Prise au piège de la logique de Kirby, Mélanie haussa les épaules.

— Ce n'est pas très moral, bien sûr. Mais si cela reste discret et…

— Et sélectif, tu veux dire ? Pense à ce pauvre Harold qui dépense des fortunes en soins d'orthodontie pendant qu'Ellen file le parfait amour avec le praticien en question. Le pauvre homme se ruine pour payer l'amant de sa femme. Où est la justice en ce bas monde ?

— Tu as une façon de voir les choses, Kirby, commenta Mélanie avec un soupir. Dis-moi comment va Stuart, plutôt.

Alors qu'il s'apprêtait à pénétrer dans l'atelier, Adam se figea sur le pas de la porte. Le sourire de Kirby s'était évanoui. Et ses yeux qui, une seconde plus tôt encore, pétillaient d'humour, s'étaient assombris de façon inquiétante. Il vit son regard se durcir dangereusement. Et songea qu'elle pourrait faire une ennemie redoutable. Derrière l'humour iconoclaste et l'excentricité policée de la petite fille riche, elle cachait une personnalité plus forte et plus combative qu'il ne l'avait cru. Adam se promit de ne pas l'oublier.

— Stuart ? répéta Kirby d'une voix cassante. J'ignore comment il se porte. Et je n'ai pas envie de le savoir.

Mélanie se mordit la lèvre.

— Oh, mon Dieu. Vous vous êtes disputés, tous les deux ?

Kirby eut un sourire glacial.

— On doit pouvoir appeler cela une dispute, oui.

Elle sentit au fond d'elle-même comme un embrasement. La colère qu'elle avait cherché à tirer de sa pièce de bois, sans doute. Avec un effort de volonté, elle réussit à réprimer la bouffée de rage qui montait en elle avec la force d'une tornade.

— Dès l'instant où j'ai accepté de l'épouser, j'ai compris que je commettais une erreur. J'aurais dû la rectifier sur-le-champ au lieu de laisser les choses traîner en longueur.

Mélanie écrasa sa cigarette pour prendre les mains de Kirby dans les siennes.

— Tu m'avais dit que tu craignais de t'être trompée.

Je pensais que c'était juste une petite phase de panique passagère. C'était la première fois que tu acceptais de t'engager durablement dans une relation.

Jamais, en effet, elle n'avait été jusqu'à donner sa parole qu'elle épouserait un homme. Pour elle, une telle promesse avait valeur de serment. Et un serment était sacré à ses yeux.

— Je m'étais trompée en pensant que cela pourrait marcher, Melly. Mais la situation est réglée, désormais.

— Oh, mon Dieu ! Tu as rompu ! Et comment Stuart a-t-il réagi ? J'imagine qu'il a dû être furieux ?

Un sourire dépourvu d'humour effleura les lèvres de Kirby.

— Furieux, il l'était, oui. Mais il m'a lui-même fourni une excuse en or pour justifier ma décision. Tu sais qu'il m'avait demandé à plusieurs reprises de fixer une date pour notre mariage ?

— Je me souviens, oui. Et tu m'as dit que tu avais négocié un délai de réflexion.

— Par chance, oui, murmura Kirby. Quoi qu'il en soit, à force de tourner en rond avec mes angoisses et mes doutes, j'ai fini par me décider à me dédire de ma promesse. Je crois que, pour la première fois de ma vie, j'ai compris ce que se sentir coupable voulait dire. J'en étais malade de revenir ainsi sur l'engagement que j'avais pris. Mais une fois ma décision prise, j'étais pressée d'en finir et je me suis précipitée chez Stuart sans même m'annoncer par un coup de fil. Je sentais que c'était maintenant ou jamais. Vu le désordre de sa tenue, j'aurais dû comprendre de quoi il retournait dès l'instant où il m'a ouvert sa porte. Mais j'étais tellement obnubilée par ce que j'avais à lui dire que je n'ai rien remarqué dans un premier temps. J'étais déjà parvenue aux deux tiers de mon discours de rupture lorsque j'ai vu quelques… comment dis-tu, déjà ? quelques articles de « lingerie » gisant sur le sol derrière lui.

— Oh, non… Ma pauvre Kirby…

— Je dois reconnaître que, sur ce plan-là, j'étais partiellement en faute puisque je refusais de coucher avec lui. Pour la bonne raison que je n'en avais jamais eu envie. Je ne ressentais aucune chaleur, aucun désir d'intimité lorsque j'étais dans ses bras. C'est d'ailleurs ce qui a achevé de me convaincre que ce serait absurde de l'épouser… Mais je lui ai toujours été rigoureusement fidèle, en revanche, ajouta-t-elle dans un nouvel accès de fureur.

— Je ne sais que te dire, murmura Mélanie d'une voix vibrante de détresse. Je suis tellement, tellement désolée.

Kirby secoua la tête. Elle n'avait jamais été de celles qui recherchent la compassion.

— J'aurais été nettement moins en colère s'il n'avait pas été là, à me jurer son amour éternel, alors que cette autre femme l'attendait entre ses draps encore chauds. J'ai trouvé l'expérience très humiliante.

— Ce n'est sûrement pas à toi de te sentir humiliée, Kirby, protesta Mélanie d'un ton indigné. C'est lui qui s'est couvert de honte, dans l'histoire.

— Je ne sais pas. Quoi qu'il en soit, cela aurait déjà été suffisamment moche si on en était restés là. Mais les choses se sont encore envenimées.

La voix de Kirby se perdit dans un murmure. Et une ombre douloureuse passa dans ses yeux. L'heure des secrets était revenue.

— J'ai découvert un certain nombre de choses peu plaisantes, ce soir-là. Je ne pensais pas être crédule, mais j'ai appris que j'avais une certaine capacité à me laisser prendre pour une idiote.

Mélanie reprit sa main dans la sienne.

— Comme ç'a dû être affreux pour toi de te rendre compte qu'il te trompait alors que vous n'étiez même pas encore mariés !

Kirby s'arracha à ses souvenirs pour revenir à la réalité présente.

— Oui, c'est vrai. C'était affreux, ça aussi.

— Ça aussi ? Mais quoi d'autre, encore, Kirby ?

— Rien.

Secouant la tête, elle chassa la scène douloureuse de ses pensées.

— On n'en parle plus maintenant, O.K. ? C'est une affaire classée pour moi.

— Mais je suis consternée ! C'est moi qui vous ai présentés, Stuart et toi.

— Tu pourrais éventuellement te raser la tête en signe de contrition. Mais tu as de si beaux cheveux que je te le déconseille... Tu m'en veux toujours au sujet de Marc Dumont, Melly ?

Son amie croisa les mains sur les genoux.

— L'histoire remonte à cinq ans.

— Six, rectifia Kirby avec un sourire amusé. On peut difficilement attendre d'un étudiant français tourmenté par les débordements de sa libido qu'il fasse preuve d'un goût très sûr, n'est-ce pas ?

Mélanie avança ses lèvres roses en une moue boudeuse.

— Il était beau comme un dieu.

— Mais vil. Terriblement vil. Pas la moindre classe. Tu devrais me remercier de l'avoir détourné de toi sans le vouloir.

Jugeant qu'il était grand temps de faire connaître

sa présence, Adam s'avança dans l'atelier. Kirby leva les yeux et lui sourit. Il n'y avait plus trace sur son visage de froideur glaciale ni de furie.

— Alors, Adam ? Vous avez eu une bonne discussion avec mon père ?

— Excellente, oui.

Il jeta un coup d'œil du côté de l'amie de Kirby. Vue de près, Mélanie était encore plus éblouissante qu'à distance. Son visage était d'une beauté classique et régulière. Et elle avait une silhouette exquise, parfaitement mise en valeur par un ensemble rose pâle d'une coupe aussi flatteuse qu'irréprochable.

— Je vous dérange, peut-être ?

— Jamais de la vie. Nous ne faisions que médire un peu entre filles… Mélanie Burgess, Adam Haines. Adam est notre invité pour quelques semaines.

Adam serra la main délicate de Mélanie dans la sienne. Les doigts étaient fins, les ongles soignés et vernis. Il se demanda quelle insidieuse transformation il avait subie en vingt-quatre heures pour préférer l'artiste brouillonne et négligée à cette beauté blonde irréprochable qui lui souriait d'un air engageant.

Peut-être couvait-il une mauvaise grippe ?

— Adam Haines, le peintre ?

Le sourire de Mélanie s'élargit.

— Naturellement, vous êtes le peintre. Dans une maison comme celle-ci, la question ne se pose même pas. J'ai un de vos tableaux accroché dans mon séjour.

Adam approcha son briquet pour allumer la cigarette de la jeune femme.

— Ah oui ? Lequel ?

— *Etude en bleu.*

Mélanie rejeta la tête en arrière pour lui sourire.

Une ruse féminine imparable qu'elle pratiquait depuis qu'elle avait acquis la maîtrise de la marche.

De sa place, de l'autre côté de la table, Kirby les observait avec bienveillance. Ils avaient l'un et l'autre un visage extraordinaire. Ses doigts la démangeaient de sculpter celui d'Adam dans le bronze. L'année précédente, elle avait exécuté un buste de Mélanie en ivoire et l'avait représentée telle qu'elle la ressentait : lisse, mesurée, parfaite. Pour Adam, en revanche, elle irait du côté de la rugosité et des courants sous-jacents.

— Je voulais ce tableau à cause de la force qui en émane, précisa Mélanie. Mais j'ai failli le laisser partir car il me rendait triste. Tu te souviens, Kirby ? Tu étais avec moi.

— Et comment, je m'en souviens.

Lorsque Kirby tourna les yeux vers lui, son regard était limpide et franc, sans le côté plus trouble, plus séducteur que l'on sentait chez Mélanie.

— J'ai eu tellement peur qu'elle ne s'effondre en larmes que j'ai menacé de l'acheter moi-même si elle ne le prenait pas. Résultat : mon père était furieux qu'*Etude en bleu* nous soit passé sous le nez.

Mélanie haussa les épaules avec désinvolture.

— Oncle Philip a déjà ici de quoi renouveler les stocks du Louvre.

— Ce qui ne l'empêche pas de vouloir agrandir sa collection quand même. Il a la passion de la collection dans le sang… A propos, Adam, la nature morte dans votre chambre a été peinte par Mélanie. Nous avons étudié ensemble aux Beaux-Arts, à Paris.

Comme Adam lui jetait un regard interrogateur, l'amie de Kirby secoua la tête.

— Non, non, inutile de me poser la question : je

ne peins pas. Je suis juste une styliste qui barbouille quelques toiles à ses moments perdus.

— Parce que tu n'as jamais voulu t'y consacrer sérieusement.

Mélanie inclina la tête sans réfuter ni acquiescer.

— Il faut que je file. Saluez oncle Philip de ma part. Je ne veux pas prendre le risque de le déranger également.

— Tu ne restes pas déjeuner avec nous ? se récria Kirby. Cela fait deux mois que nous ne t'avons pas vue ici.

— Une autre fois.

Mélanie se leva avec la grâce propre aux femmes de son milieu et de son éducation. Adam suivit son exemple et capta les riches effluves de son parfum.

— Kirby, n'oublie pas que je te revois samedi, à notre petite réception… Vous serez des nôtres, Adam ? s'enquit-elle en lui tendant la main.

— Très volontiers.

— Formidable. J'en suis ravie.

Ouvrant son sac, Mélanie en sortit une paire de gants en cuir fin.

— Alors je vous attends, tous les deux. Soyez à l'heure, surtout.

En chemin vers la porte, elle s'arrêta net et pivota sur ses talons avec une expression consternée.

— Oh mon Dieu ! Les invitations sont déjà parties et j'étais loin de me douter que… Stuart sera forcément présent, Kirby.

— Je te promets de ne pas glisser un revolver dans mon sac de soirée, Melly.

Kirby riait, mais son rire avait perdu de sa richesse et de sa spontanéité.

— Kirby ! Pour l'amour du ciel, arrête de dire des bêtises.

— Ne fais donc pas cette tête, ma chérie. On dirait que quelqu'un vient de faire tomber du caviar sur ton tailleur Saint Laurent. Tu n'as strictement aucune inquiétude à avoir pour samedi. Je te jure que je me comporterai de façon civilisée.

Mélanie fronça les sourcils.

— Si tu es certaine que tu ne te sentiras pas mal à l'aise…

— Rassure-toi. Le plus mal à l'aise des deux, ce sera lui.

De nouveau, Kirby s'était réfugiée derrière un air de désinvolte arrogance, qui lui allait au demeurant à ravir.

— Alors à samedi.

Mélanie gratifia Adam d'un dernier sourire puis quitta l'atelier.

— Une très belle femme, commenta-t-il en retournant vers la table.

— Oui. D'une beauté exceptionnelle.

Aucune trace d'envie ou de dépit ne transparaissait dans l'attitude de Kirby.

— Et comment deux femmes exceptionnelles l'une et l'autre, avec des personnalités totalement opposées, font-elles pour s'entendre ?

— Simplement en s'acceptant l'une l'autre sans jamais essayer de se changer mutuellement. Je prends les défauts de Melly comme ils sont. Et elle s'accommode des miens.

Notant qu'il avait un carnet et un crayon à la main, Kirby fronça les sourcils.

— Que faites-vous ?

— Quelques croquis d'étude. Parlez-moi de vos défauts.

— Ils sont trop nombreux pour que je les énumère.

— Et des qualités ? Vous en avez ?

— Bien sûr. Par douzaines.

Kirby décida de le tester pour voir ce qui le faisait réagir.

— La loyauté, pour commencer. Une patience sporadique. L'honnêteté.

— Sporadique ?

— Je détesterais être trop parfaite.

— Mmm...

Elle se passa le bout de la langue sur les dents.

— Et je suis sublime au lit.

Adam sonda ses traits rieurs. A quel jeu Kirby Fairchild jouait-elle ? Il sourit avec la même désinvolture qu'elle.

— Qui en aurait douté ?

Avec un léger rire, elle pencha le buste en avant, le menton en appui sur une main, les coudes sur la table.

— Vous ne vous laissez pas désarçonner facilement, Adam. Ça me donne envie de continuer à essayer.

— Vous pensiez sincèrement me choquer en m'annonçant ce que j'avais déjà deviné ? Dites-moi plutôt qui est Stuart.

Kirby se raidit. Mais elle l'avait provoqué et il tentait de la déstabiliser à son tour. C'était de bonne guerre.

— Un de mes ex, répondit-elle d'une voix égale. Stuart Hiller.

Le nom n'était pas inconnu à Adam. Mais il continua à dessiner sans s'interrompre.

— C'est le même Hiller qui dirige la galerie Merrick ?

— Le même, oui.

Il perçut la crispation dans sa voix. Son réflexe

premier aurait été de laisser tomber le sujet. De respecter son chagrin et sa colère. Mais il était venu dans ce château en mission commandée, et le travail passait d'abord.

— Je connais Hiller de réputation. J'avais prévu de visiter la galerie pendant mon séjour chez votre père. Elle se trouve à environ trente kilomètres d'ici, n'est-ce pas ?

Une légère pâleur altéra les traits de Kirby. Mais elle s'exprima d'une voix calme et parfaitement maîtrisée.

— Ce n'est pas très loin, en effet. En d'autres circonstances, je vous aurais volontiers accompagné là-bas. Mais cela m'est difficile en ce moment.

— Vous aurez peut-être l'occasion de vous réconcilier ce week-end, Stuart et vous, lança-t-il, pour essayer de lui en faire dire un peu plus sur sa relation avec Hiller.

L'indiscrétion n'avait jamais été son style. Et il détestait les manifestations de curiosité grossière. Surtout lorsqu'elles visaient quelqu'un pour qui il commençait à ressentir de l'affection. Lorsqu'il scruta les traits de Kirby, cependant, ce ne fut pas de la gêne qu'il lut sur son visage.

Elle était carrément livide.

— Je ne crois pas, non. Tout compte fait, je trouve que Kirby Fairchild Hiller ne sonne pas très bien, lança-t-elle, dans un effort manifeste pour alléger l'atmosphère.

— La galerie Merrick jouit d'une haute réputation dans le monde de l'art.

— Je suis d'autant mieux placée pour le savoir que la propriétaire, Harriet Merrick, est la mère de Mélanie ainsi qu'une vieille amie de la famille.

— Mélanie ? Mais vous ne m'avez pas dit que son nom de famille était Burgess ?

— Burgess est son nom de femme mariée. Mélanie était la femme de Carlyse Burgess, le célèbre homme d'affaires. Mais ils ont divorcé récemment.

Ainsi, la meilleure amie de Kirby était la fille de Harriet Merrick. De nouveaux personnages entraient en scène. Restait désormais à connaître la distribution exacte des rôles.

— Mme Merrick a renoncé à diriger sa galerie elle-même ?

— Elle continue à s'en occuper de loin. Mais Stuart fait désormais le gros du travail.

Notant qu'elle se détendait de nouveau, Adam se concentra sur la forme de ses yeux. Ronds ? Non, pas tout à fait. Plutôt en amande — même si ce n'était pas exactement cela quand même. Tout comme Kirby elle-même, ses yeux étaient uniques en leur genre.

— Quels que soient mes sentiments à son égard, je dois reconnaître que Stuart fait du bon travail à la galerie. Depuis qu'il a pris les choses en main, Harriet peut s'adonner à la passion des voyages. L'autre jour, quand je l'ai eue au téléphone, elle m'a annoncé qu'elle était revenue d'Afrique avec un « ex-tra-or-di-naire » collier en dents de crocodile.

Adam eut l'élégance de ne pas faire de commentaires sur le « bijou » en question.

— Si vos deux familles sont proches, j'imagine que votre père doit passer souvent par la galerie pour vendre ses œuvres.

— Assez régulièrement, oui. La première fois que Daddy a exposé, c'était à la galerie Merrick, justement. Sa carrière et celle de Harriet ont décollé en parallèle.

Le regard de Kirby tomba sur son carnet.

— Montrez-moi ce que vous avez fait, Adam.

Ignorant sa main tendue, il continua à crayonner.

— Plus tard, marmonna-t-il.

— Je croyais que vous étiez d'une politesse exquise, monsieur Haines. Mais vos manières laissent, finalement, autant à désirer que les miennes.

Ne recevant aucune réponse, elle tordit ses traits en une grimace hideuse.

— Vous allez vous faire du mal si vous continuez comme ça, observa-t-il calmement. Lorsque je commencerai à vous peindre, il faudra vous tenir tranquille si vous ne voulez pas que je vous frappe.

Kirby, qui commençait à avoir des crampes à la mâchoire, dut renoncer à ses contorsions faciales.

— Balivernes, mon ami. Vous seriez incapable de me battre. Vous avez le grand désavantage, dans la vie, d'être un gentleman dans l'âme.

— C'est ce que vous croyez, Kirby.

Le regard dont il accompagna son avertissement la réduisit momentanément au silence. Ce n'était pas le regard d'un gentleman, mais celui d'un homme volontaire habitué à obtenir ce qu'il voulait, comme il le voulait. Avant qu'elle ait trouvé la réplique adéquate, des cris et des gémissements s'élevèrent du bas de la tour pour entrer par la porte ouverte.

— Je vais vous poser deux questions, annonça Adam. Pour commencer, que signifie ce vacarme ?

— Quel vacarme, Adam ?

Ses yeux étaient d'un gris doux de colombe ; son regard innocent.

— Le son funèbre que l'on entend.

— Ah, ce lamento désespéré !

Avec un petit sourire de triomphe, elle profita de ce

moment de distraction pour lui arracher son carnet de croquis des mains.

— C'est juste mon père qui entre dans un de ses états de rage parce que son ébauche de sculpture ne prend pas la forme qu'il désire... J'ai vraiment le nez qui se relève au bout comme ça ? murmura-t-elle en passant le doigt sur l'appendice en question. Mmm... ç'a l'air, oui. Et votre seconde question ?

— Pourquoi jurez-vous avec des « corbleu » des « par l'enfer » ou des « pétard de bois » ?

— A cause des cigares. Il faudra que vous montriez ces croquis à Daddy. Je suis sûre que ça l'intéresserait.

— Des cigares ?

Déterminé à avoir toute son attention, Adam lui arracha le carnet des mains. Kirby sourit.

— Une espèce bien particulière de gros cigares qui empestent. Mon père en fumait des wagons. Il fallait un masque à gaz pour entrer dans son atelier ou pour supporter l'atmosphère du salon. La maison entière était imprégnée de ces émanations pestilentielles. J'ai supplié, j'ai menacé. Je suis même allée jusqu'à fumer ces abominations moi-même pour lui prouver à quel point l'odeur en était atroce.

Kirby en avait mal au cœur rien que d'évoquer cette période douloureuse.

— Et sans résultat ?

— Sans résultat. Jusqu'au moment où j'ai trouvé une solution. Mon père est un être infiniment manipulable.

— Vraiment ?

— Disons qu'il est incapable de résister à la tentation de relever un pari, même suicidaire. Or, je m'exprimais de façon, disons... assez colorée. Je suis capable de jurer comme un charretier dans au moins sept langues.

— C'est un atout comme un autre.

— Ça peut avoir son utilité, croyez-moi. Quoi qu'il en soit, j'ai parié dix mille dollars avec Daddy que je pourrais tenir plus longtemps sans dire de vrais gros mots que lui sans fumer ses horribles barreaux de chaise. Depuis trois mois, mon langage et la couche d'ozone ont fait peau neuve. La gratitude du personnel m'est acquise.

Kirby se leva, contourna la table et se laissa tomber sur les genoux d'Adam. Elle noua les bras autour de son cou.

— Embrasse-moi encore, veux-tu ? Je ne peux pas résister à la tentation.

Elle était décidément unique. Plus singulière encore qu'il ne l'avait cru. Lorsqu'il prit sa bouche, Kirby émit un murmure de bien-être et fondit littéralement dans son étreinte.

Le désir monta très vite. Comme l'eau franchissant une digue. Kirby s'autorisa le luxe de se laisser submerger par ce trop-plein. Tant de fois, ce même contact de peau à peau, bouche à bouche, langue à langue restait creux, vide d'émotion, insipide. Avec Adam, elle aspirait au fluide, à la brûlure, au bouleversement de tous les sens. S'abîmer dans ce baiser représentait un risque. Et même un risque majeur. Mais elle n'avait jamais voulu vivre autrement que dangereusement. Dans les bras d'Adam, elle découvrait la douceur, le vertige et l'effondrement du sens. Un vacillement de tout son être qu'aucun homme n'avait suscité en elle jusque-là. Et puisqu'il y avait moyen d'être emportée, soulevée au-dessus et au-delà de soi, pourquoi résisterait-elle à l'appel du voyage ?

D'Adam, elle attendait la force, la solidité. Deux qualités qu'elle n'avait encore jamais recherchées chez un homme.

Adam sentit l'excitation initiale se muer en un appel insistant, profond, constant. Quelque chose d'irrépressible qui vous tordait le cœur. Désirer lui était familier, pourtant. Il avait toujours vécu sa sexualité comme élémentaire, sans complication et dépourvue de toute souffrance.

Mais n'avait-il pas su dès le premier soir que Kirby appartenait à cette catégorie de femmes qui font souffrir les hommes ? Fort de ce savoir, il aurait dû trouver une parade. Se débrouiller pour échapper à la tentation. Et pourtant, il était là et il avait mal. Alors même qu'elle ployait et s'offrait dans ses bras, il souffrait comme un damné.

De désirer plus. De désirer trop.

— Vous ne pourriez pas attendre la fin du déjeuner, tous les deux ? s'éleva la voix contrariée de Fairchild de l'entrée de la pièce. Cela fait dix minutes que je vous attends pour le repas.

Avec un paisible petit soupir, Kirby se détacha d'Adam. La saveur de ses lèvres perdurait sur les siennes. Et elle savait désormais qu'elle voudrait y revenir, encore et encore, de même qu'elle revenait inlassablement à la pièce de bois qui prenait forme sous ses doigts.

— Pas de panique, Daddy. Nous arrivons, Adam et moi, annonça-t-elle.

Puis, comme on scelle une promesse, elle effleura de nouveau la bouche d'Adam. Toujours pelotonnée sur ses genoux, elle tourna la tête et posa la joue contre la sienne. Adam retint son souffle, touché par ce geste simple qui semblait contenir toute la douceur du monde.

— Adam a fait quelques croquis de moi, Daddy.

Fairchild émit un petit rire mi-amusé mi-sarcastique.

— C’est ce que je constate, oui. Il pourra continuer à te croquer autant qu’il le souhaitera après le déjeuner. Mais mon estomac refuse d’attendre une seconde de plus.

4

La nourriture parut adoucir l'humeur de Fairchild. Sans jamais cesser de faire honneur au repas, il se lança dans une savante diatribe sur l'aventure surréaliste. Se débarrasser des conventions et de la morale, laisser la parole à l'imaginaire, privilégier le désir, le rêve et la révolte : les partis pris chers aux surréalistes avaient séduit Fairchild pendant un temps. Il avait même consacré une année complète à l'étude et à la mise en application de leurs principes.

Mais le maître admit en toute modestie que ses essais surréalistes n'avaient pas été convaincants. Et que sa plongée dans l'abstraction n'avait pas donné de meilleurs résultats.

— Dad a banni toutes ses toiles de cette époque et les a remisées au grenier, précisa Kirby tout en grignotant sa salade. Je me souviens d'un tableau dans les teintes de bleu et de jaune avec trois pendules dégoulinantes et deux chaussures gauche à talon au premier plan. Il l'a appelé *Le Temps et l'Absence.*

— C'était purement expérimental, maugréa Fairchild tout en lorgnant sur la part de lotte que Kirby avait à peine entamée.

La jeune femme fit transiter discrètement son poisson sur l'assiette paternelle.

— Il a refusé de le vendre alors qu'on lui en proposait une fortune. Et il l'a bouclé dans le grenier comme s'il s'agissait d'une vieille cousine folle à isoler de toute urgence. Et bientôt ses œuvres sculptées iront rejoindre ses tableaux surréalistes là-haut.

— Fille ingrate et sans cœur !

En l'espace d'une seconde, l'aimable chérubin se mua de nouveau en gnome grimaçant.

— Dans un an, le nom de Philip Fairchild sera synonyme de sculpture !

— Synonyme de bouse de vache, oui, riposta Kirby en prenant une tranche de concombre. Ces joues empourprées te vont à ravir, Daddy. Lorsque tu t'énerves, tu as un teint qui se rapproche du fuchsia.

— Je pensais que tu avais passé l'âge des fessées, mais si tu continues tu vas en prendre une mémorable.

— Maltraitance à enfants ! lança-t-elle en se levant pour passer les bras autour du cou de son père.

Adam avait au moins acquis une certitude en les observant : une profonde affection unissait Philip Fairchild et sa fille.

— Bon, je vais mettre le nez dehors et marcher un peu pour m'aérer. Sous peine de jaunir et de me dessécher comme les feuilles des arbres. Tu viens avec moi, papa ?

— Comme je suis déjà desséché, de toute façon, je vais plutôt rester ici. Tu sais bien que j'ai un petit projet à terminer.

Sous le regard attentif d'Adam, Kirby pâlit légèrement. Avec un sourire paternel, Fairchild lui tapota la main. Un message muet passa entre eux. Puis Fairchild tourna son attention vers lui.

— Emmenez-la donc marcher, vous. Et poursuivez vos… croquis ensemble. Je parie que vous lui avez demandé de poser pour vous. Ils veulent tous la peindre, ma Kirby. Mais elle refuse systématiquement, conclut-il avec un de ses rires caquetants.

Adam porta son verre de vin à ses lèvres.

— Je ne lui ai pas demandé de poser pour moi. Je lui ai annoncé que je ferais son portrait.

Fairchild émit un rire jubilatoire. Ses yeux d'un bleu très clair en pétillaient de joie.

— Tiens, tiens. Auriez-vous, par hasard, une personnalité autoritaire, mon petit Adam ? J'ai toujours pensé que Kirby aurait besoin d'être menée d'une main ferme. Dieu sait d'où elle tient son sale caractère... Il doit lui venir du côté de sa mère, conclut-il avec le plus innocent des sourires.

Adam leva les yeux vers le portrait de Rachel Fairchild, avec son regard généreux et son front serein.

— Incontestablement, oui.

D'un mouvement du menton, Fairchild indiqua le tableau qui représentait Kirby enfant.

— Vous voyez cette toile, là ? C'est la seule fois où elle a accepté de poser pour moi. Et il a fallu que je la paye, en plus, cette sale gamine.

Avec un reniflement dégoûté, il s'attaqua de nouveau à son poisson.

— A douze ans, déjà, elle avait l'esprit mercenaire. Si ce n'est pas malheureux.

— Puisque vous semblez vouloir parler de moi comme si je n'étais pas là, je vais monter enfiler une paire de chaussures.

Sans un regard en arrière, Kirby sortit de la pièce d'une démarche de reine.

— Elle n'a pas beaucoup changé depuis l'époque du portrait, n'est-ce pas ? commenta Adam en finissant son vin.

— Pas d'un iota, acquiesça fièrement Fairchild. Elle vous en fera voir de toutes les couleurs, Adam, mon garçon. J'espère que vous êtes en bonne condition physique.

— Je faisais de la course à pied, à l'université.

Le rire de Fairchild était contagieux. « Bon sang, songea Adam. J'ai une réelle affection pour ce vieux fou fantaisiste. » La sympathie que lui inspiraient Kirby et son père n'était pas faite pour simplifier sa situation.

Dans la pièce voisine, il entendait son hôtesse en grande discussion avec la chatte Isabelle. Il était clair qu'il n'y avait pas de fille plus particulière au monde que Kirby Fairchild. Et que sa mission, qui aurait dû être simple, prenait une tournure beaucoup plus complexe que prévu.

Kirby passa la tête par l'entrebâillement de la porte.

— Tu viens, Adam ? J'ai dit à Isabelle qu'elle pouvait venir avec nous mais que Montique et elle devraient garder une distance d'au moins deux mètres... Daddy, sérieusement, tu ne crois pas que nous devrions augmenter son loyer ? Peut-être qu'elle finirait par chercher un logement ailleurs ?

— Nous n'aurions jamais dû accepter de lui signer un bail à long terme, maugréa Fairchild.

Jugeant inopportun de risquer un commentaire, Adam se leva et suivit Kirby dehors. Pour un mois de septembre, le temps était agréable et la journée encore tiède. Le parc qui entourait le château chatoyait, illuminé par les ors et les cuivres de l'automne. Une débauche de zinnias et de chrysanthèmes fleurissait dans le plus grand désordre, apportant des couleurs échevelées à la grande symphonie de septembre.

Sous un érable écarlate, un vieil homme vêtu d'une

salopette rapiécée rassemblait les feuilles éparses à petits coups de râteau mesurés. Lorsqu'ils se dirigèrent vers lui, il leur adressa un large sourire, révélant une bouche édentée.

— Tu ne pourras jamais les ramasser toutes, Jamie.

Le vieillard émit un faible son sifflant.

— J'y arriverai tôt ou tard, miss. J'ai encore tout l'hiver devant moi.

— Demain, je t'aiderai, si tu veux.

— Mmm… Je te connais, petite. Tu vas encore me les mettre en tas pour t'amuser à sauter dedans. Occupe-toi donc de tes sculptures. Et je t'en garderai une pile rien que pour toi.

Les mains glissées dans les poches arrière de son jean, Kirby enfonça une de ses tennis dans le tapis de feuilles.

— Une immense pile, Jamie ?

— Seulement si tu es sage.

— Je savais qu'il y aurait des conditions.

Attrapant la main d'Adam, elle reprit sa progression. Adam songea une fois de plus que, chez les Fairchild, rien ne se passait tout à fait comme ailleurs.

— Ce vieux monsieur est responsable, à lui seul, de l'entretien du parc ? Il doit y avoir au moins trois hectares, non ?

— Jamie se charge du jardin depuis qu'il est à la retraite.

— A la retraite ?

Avec un léger rire, Kirby repoussa les mèches de cheveux que le vent lui soufflait dans les yeux.

— Jamie est pensionné depuis qu'il a soixante-cinq ans. Un anniversaire qu'il a fêté bien avant ma naissance. Il prétend qu'il n'a que quatre-vingt-douze ans, mais c'est pure coquetterie de sa part. Je suis sûre qu'il en a au moins quatre-vingt-quinze, même s'il refuse *mordicus* de l'admettre.

Elle secoua la tête.

— Ce que c'est que la vanité, tout de même.

Ils s'élevèrent le long d'un chemin jusqu'à atteindre une altitude vertigineuse au-dessus de la rivière. Loin en dessous d'eux, le ruban d'eau paraissait immobile. Les maisons éparpillées formaient des points minuscules dans le paysage. Les couleurs étaient mêlées, indistinctes.

De la corniche sur laquelle ils se tenaient, ils ne voyaient que le fleuve et le ciel balayé par le vent. Kirby rejeta la tête en arrière. Elle avait une allure sauvage, primitive, invincible. Et la maison paternelle, en contrebas, affichait un même air de fierté indestructible.

— Pourquoi restes-tu enterrée ici, Kirby ?

Poser des questions aussi directes n'était pas dans ses habitudes. Déjà la déconcertante personnalité de Kirby déteignait sur lui.

— Pourquoi « enterrée » ? Je n'ai pas cette impression. J'ai mon père. Mon travail. Ma maison.

— Et l'isolement.

Elle haussa les épaules.

— Les portes du château restent ouvertes. Les gens viennent nous voir. Je n'appelle pas ça être coupée de la vie.

— Tu n'as pas envie de voyager ? De parcourir les grandes capitales du monde ?

Debout sur un rocher, elle avait le visage presque à la hauteur du sien.

— A douze ans, j'avais déjà visité l'Europe cinq fois. Et j'ai passé quatre ans à Paris pour mes études.

Le regard de Kirby se perdit dans le vague.

— J'ai fait l'amour avec un comte breton dans un château en ruine dressé sur une falaise abrupte. J'ai skié dans les Alpes suisses et randonné en Cornouailles. J'ai vu du pays et j'en verrai encore. Mais…

L'attention de Kirby se fixa sur le château et un lent sourire s'épanouit sur ses lèvres.

— … mais, au bout du compte, je finis toujours par revenir ici.

— Et quelle est la force irrépressible qui te ramène au bercail ?

— Mon père… Mes souvenirs. Mon ancrage.

— Tu as une profonde affection pour ton père.

Adam songea que la vie avec Kirby pourrait être effroyablement compliquée, mais aussi très simple par certains aspects. Quant à la mission dont il avait accepté de se charger, elle prenait de plus en plus des allures de fardeau.

— Oui, j'aime mon père. Plus que tout au monde. Tout ce qui compte vraiment à mes yeux, je l'ai reçu de lui : la sécurité intérieure et l'indépendance, la loyauté et l'amour. Et aussi la capacité de donner, de transmettre à mon tour. Il me plaît de penser que je rencontrerai un jour un homme qui souhaitera trouver ce trésor en moi. Si je le rencontre, c'est avec lui que sera ma demeure.

Comment aurait-il pu résister à la douceur, à la simplicité dont elle pouvait faire preuve aux moments les plus inattendus ? Ce qui se passait en cet instant avec Kirby n'avait pas été écrit dans le scénario de départ. Et Adam avait amèrement conscience qu'il n'était pas libre de nouer quelque relation que ce soit avec elle. Mais il n'en porta pas moins la main à sa joue. Juste pour le plaisir du contact. Lorsqu'elle lui effleura le visage à son tour, il se sentit ébranlé jusqu'au plus profond de son être. Plus vastes encore que le désir, les sentiments qui grondaient en lui étaient chargés d'une incroyable puissance émotionnelle.

D'Adam, Kirby percevait la force, la droiture. Ainsi qu'une confusion qui était peut-être le miroir de la sienne. En d'autres temps, en d'autres lieux, quelque chose aurait pu naître entre eux. Mais trop de facteurs contraires se conjuguaient pour rendre une éventuelle histoire impossible.

Laissant retomber sa main, elle se tourna face au fleuve.

— Je ne sais pas pourquoi je te raconte tout ça, murmura-t-elle. Ce n'est pas dans mes habitudes. Les gens te confient-ils souvent leurs pensées les plus personnelles ?

— Non. Ou s'ils l'on fait, je n'ai pas su les entendre.

Elle sourit, toute gravité oubliée et sauta de son rocher.

— C'est vrai : tu n'es pas de ceux qui suscitent les confidences, trancha-t-elle en passant le bras sous le sien. Même si tu parais avoir les épaules solides. Tu es un peu trop distant, un peu trop hautain — voire même un peu prétentieux, par moments.

— Prétentieux ? Comment ça, prétentieux ?

Kirby avait une faculté déconcertante pour basculer de l'émouvant au détestable en l'espace d'un sourire.

— Juste un peu prétentieux, lui rappela-t-elle en manquant s'étrangler de rire. Ne te vexe pas, Adam. Cela n'enlève rien à tes qualités profondes, après tout… Tu sais que j'adore la façon dont tu hausses ton sourcil gauche lorsque tu es irrité ?

— Il n'y a rien de prétentieux chez moi, déclara-t-il en détachant chaque syllabe.

Elle se retint de pouffer.

— Le choix du terme était peut-être malheureux.

Adam lutta pour contenir le sourire amusé qui menaçait déjà.

— Le choix du terme était incorrect.

— Je crois que je voulais dire « conventionnel » plutôt, rectifia-t-elle en lui tapotant aimablement la joue.

— Je suis sûr que pour toi les deux mots veulent dire la même chose. Et je refuse d'être rangé sous une étiquette, quelle qu'elle soit.

Penchant la tête sur le côté, elle l'examina avec attention.

— Mais je me trompe peut-être, au fond. Ce ne serait pas la première fois, après tout, que je commets une erreur de jugement. Tu me laisses monter sur ton dos ?

— Quoi ?

— Monter à cheval sur ton dos.

— Tu n'as pas toute ta tête, Kirby Fairchild.

Qu'elle soit fine, intelligente, talentueuse, il était prêt à l'admettre. Mais il fallait reconnaître qu'elle ne vivait pas tout à fait dans la même réalité que les gens dits normaux.

Avec un haussement d'épaules, Kirby reprit le chemin de la maison.

— Je savais que tu me dirais non. Les gens prétentieux refusent systématiquement qu'on leur monte sur le dos. C'est un signe qui ne trompe pas.

Dans un premier temps, Adam enfonça les mains dans ses poches et décida qu'il n'entrerait pas dans son jeu. Elle pouvait se livrer à ses scénarios délirants avec son père. Mais il voulait bien être pendu s'il mordait à l'hameçon.

Jurant intérieurement, il la rattrapa en deux pas.

— Tu sais que tu es exaspérante ?

— Merci. C'est gentil.

Un instant, ils demeurèrent face à face, lui furieux et elle hilare. Puis il lui tourna le dos.

— Allez, grimpe.

— Si tu insistes.

D'un bond léger, elle lui sauta sur le dos, souffla sur les cheveux qui lui tombaient sur les yeux et regarda en bas.

— Pétard de bois. Tu es grand.

— C'est surtout toi qui es petite, rectifia-t-il en la soulevant pour la placer dans une position plus confortable.

— Je ferai un mètre quatre-vingts dans ma prochaine vie.

— Dans ce cas, n'oublie pas de prévoir aussi quelques kilos supplémentaires.

Il sentait ses mains sur ses épaules, la fermeté de ses cuisses resserrées autour de sa taille. C'était ridicule, songea-t-il. Ridicule de la désirer maintenant alors qu'ils se livraient à ces jeux de gamin.

— Combien pèses-tu, au juste ? Vingt kilos ?

— Cinquante.

— Mmm… Et une fois que tu as enlevé le lest, dans les poches ?

— Au moins quarante-huit.

Nouant les bras autour de son cou, elle posa un instant la joue contre la sienne.

— Tu pourrais faire quelque chose d'osé, Adam. Comme renoncer au port de tes chaussettes griffées, par exemple.

— Je pourrais également pousser l'esprit d'aventure jusqu'à te laisser chuter sur ton très joli derrière.

Elle balança joyeusement les pieds d'avant en arrière.

— Il est joli, mon derrière ? Sérieusement ? C'est une partie de soi-même que l'on voit si rarement.

Tentée de prolonger le plaisir de l'instant, Kirby se rappela à l'ordre. « Attention où tu mets les pieds, fillette. Il faut à tout prix que ça reste léger entre vous. » Tant qu'elle continuerait à le déconcerter, tout irait bien. Se penchant sur sa monture, elle saisit le lobe de son oreille entre ses dents.

— Merci pour la chevauchée, cow-boy.

Se laissant glisser à terre avant qu'il puisse répondre, elle fila se réfugier dans la maison.

Ce soir-là, alors que le calme de la nuit était descendu sur le château endormi, Adam était assis dans sa chambre. Seul. Il tenait son émetteur à la main et songeait assez sérieusement à le balancer par terre, l'écraser sous son talon et oublier son existence.

Ne jamais mélanger travail et plaisir pendant une mission. C'était la règle d'or. Pas de relations personnelles — qu'elles soient sexuelles ou amicales. Il n'avait d'ailleurs jamais eu le moindre problème pour respecter cet interdit.

Pas jusqu'à présent, en tout cas.

Même ici, avec ces drôles de Fairchild, il avait été fermement résolu à s'y tenir. Mais les choses avaient évolué de façon imprévisible. Les yeux rivés sur le tableau des bords de l'Hudson peint par Kirby, il mit l'émetteur en marche.

— McIntyre ?

— Mot de passe.

— Tu ne vas pas me casser les pieds avec ce truc-là chaque fois, O.K. ? Nous ne sommes pas dans le dernier James Bond.

— C'est la procédure.

Adam, exaspéré, s'enferma dans un silence buté. Au bout de vingt secondes, McIntyre finit par craquer.

— Bon, O.K. Tu as du nouveau ?

« Ce qui est nouveau, c'est que je suis à deux doigts de tomber amoureux d'une femme à qui je ne comprends pas grand-chose », songea-t-il tout en répondant à voix haute :

— J'ai découvert une chose, McIntyre : la prochaine fois que tu auras une idée de génie comme celle-ci, tu la gardes pour toi, d'accord ?

— Qu'est-ce qui se passe ? Tu as des ennuis ? aboya McIntyre. Tu étais censé appeler s'il y avait le moindre problème.

— Le problème, c'est que j'ai de l'affection pour ce vieux bougre de peintre. Et que sa fille est… comment dire ? déstabilisante.

Le qualificatif était adéquat. Il n'avait pas eu l'esprit stable un seul instant depuis qu'il avait franchi les portes de la forteresse Fairchild.

— Il est trop tard pour reculer maintenant, mon vieux. Nous nous sommes engagés.

— Oui…

Avec un discret soupir, Adam réussit à bannir Kirby de ses pensées.

— Mélanie Merrick Burgess — la fille de Harriet — est une amie de la famille et une habituée de la maison. C'est une styliste top classe qui, apparemment, ne s'intéresse à la peinture qu'en amateur. Elle semble très attachée aux Fairchild. Kirby, elle, a rompu récemment ses fiançailles avec Stuart Hiller.

— Intéressant. Quand ?

— Je pouvais difficilement lui demander la date exacte. Apparemment, le sujet reste sensible.

Comme McIntyre gardait le silence, il précisa à contrecœur.

— A priori la rupture remonte à moins de deux mois. Elle est encore furieuse.

« ... et blessée », précisa-t-il pour lui-même. Il n'avait pas oublié le mélange de douleur et de colère dans son regard.

— Je suis invité à une soirée, ce week-end. Je devrais y rencontrer à la fois Harriet Merrick et Stuart Hiller. En attendant, la situation ici ne se présente pas trop mal. Le château est sillonné de passages secrets.

— De quoi ?

— Tu as bien entendu. Avec un peu de chance, je devrais pouvoir explorer les lieux, de la cave au grenier, sans risquer de tomber sur qui que ce soit.

McIntyre poussa un grognement approbateur.

— Et tu n'auras pas de difficulté pour le reconnaître ?

— S'il l'a en sa possession, s'il l'a caché ici et *si*, par miracle, je parviens à mettre la main dessus dans cette espèce de labyrinthe d'un autre âge, alors, oui, je l'identifierai sans difficulté.

Adam se déconnecta, résista à la tentation de projeter l'émetteur contre le mur et le replaça dans l'attaché-case. Puis il se leva avec un profond soupir et se mit à la recherche du mécanisme d'ouverture du passage. Il lui fallut palper et tâtonner pendant dix bonnes minutes, mais ses efforts furent couronnés de succès lorsqu'un panneau de bois finit par s'écarter en grinçant. Muni d'une lampe torche, il se glissa dans l'ouverture ainsi ménagée. Une odeur de moisissure le prit à la gorge mais il n'en fit aucun cas. Braquant la lampe sur le mur, il promena le faisceau sur la paroi jusqu'à ce qu'il trouve le mécanisme commandant la fermeture. Le passage se referma avec, de nouveau, force grincements. Et il se retrouva seul dans le noir.

L'écho de ses pas claquait fort dans le silence. Et de petits sons furtifs signalaient la présence des rongeurs. Il songea que Kirby avait eu du cran, enfant, de s'être aventurée seule dans ce dédale obscur plein de bruits étranges.

Parvenu à la hauteur de la chambre de Kirby, il s'immobilisa et explora les parois pour chercher l'ouverture secrète qui donnait accès aux appartements de la jeune femme. Il ne faisait que son travail, cela dit. Mais il ne pouvait s'empêcher de penser à Kirby endormie dans son grand lit à baldaquin.

Il pourrait actionner le mécanisme et entrer la rejoindre. Envoyer promener McIntyre et sa fichue mission. Se désintéresser de la terre entière et ne plus se préoccuper que de ce qui se passait derrière cette cloison. Mais Kirby avait eu raison à son sujet. Ses conceptions du bien et du mal — ainsi que son sens du devoir — avaient toujours été très fermement arrêtées.

Se détournant du panneau tentateur, il poursuivit son chemin le long du passage. Une vingtaine de mètres plus loin, il tomba sur un escalier en pierre qui s'élevait en pente raide sur sa gauche. Parvenu à l'étage supérieur, il se retrouva dans un nouveau couloir. Evitant tant bien que mal des toiles d'araignée démesurées, il s'immobilisa devant le premier mécanisme venu. Il n'avait pas la moindre idée de l'endroit où il devait commencer à chercher. Et le second étage serait un point de départ comme un autre. Franchissant l'ouverture, il pénétra dans une pièce inutilisée depuis des lustres où des meubles oubliés somnolaient sous de grands draps blancs.

Méthodique et silencieux, il entreprit de la fouiller de fond en comble.

Kirby ne trouvait pas le sommeil. Au moment où Adam, immobile dans le passage, avait hésité devant l'entrée de sa chambre, elle faisait les cent pas entre le lit et la commode. Elle aurait pu monter dans son atelier et sculpter pour se calmer les nerfs. Mais elle savait qu'elle ne créait jamais rien de bon lorsqu'elle était dans cet état d'agitation intérieure. Fatiguée de tourner en rond, elle se laissa tomber sur le rebord de la fenêtre et fixa sans le voir son propre reflet dans la vitre.

Le problème, en l'occurrence, c'est qu'elle n'avait pas le contrôle de la situation. Pas complètement, en tout cas. Or il était vital, vu les circonstances, qu'elle récupère sa maîtrise des événements. Et d'elle-même.

Mais un obstacle se présentait sur sa route. Un obstacle qui avait pour nom Adam Haines. Pourquoi avait-elle tant de mal à le surmonter ? A cause de l'attirance physique entre eux ? Non. Le désir n'était pas vraiment un problème. Mais elle pressentait, mêlé à l'élan physique, un appel puissant qui montait d'une partie encore ignorée de son être. Adam, si elle se rapprochait trop de lui, pourrait renverser en elle des barrières qui étaient toujours restées solidement érigées. Et une fois que ces barrières seraient à terre, dans quels abîmes risquait-elle de tomber ?

Kirby appuya le front contre la vitre. Adam avait en lui la capacité de la faire souffrir. Et pour elle, c'était une première. Une terrifiante première. Il lui était arrivé de prendre des claques morales, bien sûr. Mais des petites claques qui ne blessaient l'ego que dans ce qu'il avait de plus superficiel. Alors qu'Adam, lui, pourrait détruire en elle des strates beaucoup plus vitales.

Elle avait même le désagréable pressentiment qu'il pouvait provoquer en elle des dégâts difficilement réparables.

Une femme avertie en valant deux, il ne lui restait qu'une ligne de conduite possible : maintenir une relation enjouée, amicale et légère. Le problème étant que, pour réussir ce petit tour de force, il lui fallait le contrôle. Et que le contrôle était précisément ce qui lui faisait défaut.

Kirby en était là de ses réflexions embrouillées lorsque deux faisceaux lumineux dans l'allée en contrebas vinrent la distraire de son casse-tête. Une voiture ? A cette heure ? Cela ne serait pas la première fois, cela dit, que Fairchild recevrait des invités au milieu de la nuit. Son père avait toujours eu les horaires les plus étranges.

Pressant le nez contre la vitre, elle reconnut le visiteur nocturne. Et un grondement, pas si éloigné de celui qu'émettait la chatte Isabelle, monta de sa gorge.

— Quel culot, murmura-t-elle tout bas.

Se levant d'un bond, elle arpenta trois fois la chambre, puis arracha une robe de chambre d'une patère et se glissa dans le corridor.

A l'étage supérieur, Adam s'apprêtait à réintégrer le passage lorsqu'il vit, lui aussi, la voiture se garer dans la cour d'honneur. Son réflexe immédiat fut d'éteindre sa lampe torche et de se rapprocher de la fenêtre. Il vit un homme mince, de taille moyenne, descendre d'un coupé Mercedes dernier modèle et se diriger vers la porte d'entrée du château. Intrigué par cette visite pour le moins tardive, il renonça au passage secret et sortit à pas furtifs dans le couloir qui desservait le second étage.

Dissimulé dans un renfoncement, il n'eut pas longtemps à attendre. Des bruits de voix montèrent de la cage d'escalier. Des pas se rapprochèrent. Puis Cartes passa devant lui, précédant l'inconnu qu'il conduisit jusqu'à l'atelier de Fairchild.

— M. Hiller pour vous, monsieur Fairchild, annonça Cartes aussi posément que s'il s'agissait d'une banale visite de courtoisie à l'heure du thé.

— Stuart ! Comme c'est gentil à vous d'être venu me voir, mon garçon, lança Fairchild, de l'intérieur de la pièce. Entrez donc, cher ami !

Adam compta jusqu'à dix avant de commencer à se mouvoir en direction de la porte que Cartes avait refermée sans bruit avant de disparaître. Alors seulement, il vit la silhouette blanche qui gravissait l'escalier à pas de loup. Jurant tout bas, il parvint à se rejeter juste à temps dans une entrée de porte. Kirby passa à côté de lui — si proche qu'il n'aurait eu qu'à tendre le bras pour la toucher.

« Que signifie ce cirque encore ? » se demanda-t-il, partagé entre la frustration et le fou rire. En se lançant dans ses explorations nocturnes, il s'était attendu à tout sauf à voir la moitié du château déambuler sous ses yeux en pleine nuit.

Kirby fit encore quelques pas, puis elle rassembla les pans de son peignoir autour d'elle et gravit sur la pointe des pieds l'escalier de la tour. Adam secoua la tête.

Et si c'était un cauchemar ? Une hallucination ? Une scène de film noir ? Dans la vraie vie, on ne voyait jamais des femmes aux longs cheveux défaits rôder, tout de blanc vêtues, dans de vieux corridors en pierre balayés par les courants d'air. Dans la vraie vie, il n'y avait ni passages secrets, ni rendez-vous clandestins aux petites heures de la nuit. Un homme sain d'esprit aurait sans doute quitté cette maison de fous sur-le-champ. Mais depuis qu'il avait franchi la porte du château, il était entré dans un univers qui échappait aux lois de la logique ordinaire.

Il attendit que Kirby soit arrivée en haut des marches pour sortir de sa cachette et s'avancer jusqu'au pied de l'escalier. Il vit qu'elle s'était immobilisée devant la porte de l'atelier de son père. Adam fit un rapide calcul. Puis, jouant le tout pour le tout, il monta à son tour et se fondit aussitôt dans les ombres sur sa gauche. Le regard rivé sur Kirby, il suivit son exemple et écouta ce qui se disait dans l'atelier.

— Pour quel genre d'idiot me prenez-vous ? s'élevait la voix furieuse de Stuart.

— Pour le genre que vous voulez. Cela ne fait aucune différence pour moi. Asseyez-vous donc, mon garçon.

— Nous avions un arrangement, Fairchild. Vous pensiez que cela me prendrait combien de temps pour me rendre compte que vous m'aviez doublé ?

— A dire vrai, je suis surpris que vous ayez été aussi lent.

Avec un sourire teinté d'ironie, Fairchild passa le pouce sur son faucon en argile.

— Vous n'êtes pas aussi fin connaisseur que je le croyais, Stuart. Je pensais que vous seriez plus prompt que cela à vous apercevoir de la substitution. Je ne dis pas que la toile n'était pas parfaite, précisa Fairchild avec d'indéniables accents de fierté dans la voix. Mais si vous aviez été malin, vous l'auriez fait authentifier.

Adam vit Kirby froncer les sourcils, comme si elle était profondément déconcertée par la conversation entre les deux hommes. Elle se pressa contre la porte et glissa ses cheveux derrière une oreille, comme pour mieux entendre. Les pans de son peignoir s'écartèrent, révélant une chemise de nuit arachnéenne et une jambe longue et hâlée. Adam se surprit à changer de position pour mieux voir et jura intérieurement en maudissant sa propre imprudence.

— Le contrat entre nous était pourtant clair, Fairchild !

La voix de Stuart montait dans les aigus, mais le peintre balaya ses protestations d'un de ses rires caquetants.

— A quoi faites-vous appel, là, au juste ? Au prétendu code de l'honneur censé exister parmi les voleurs ? Laissez-moi rire, Stuart. Il faudra songer à grandir un peu si vous voulez jouer dans la cour des grands.

— Je veux le Rembrandt, Fairchild.

Les yeux écarquillés de stupéfaction, Kirby était manifestement estomaquée. Mais Adam ne s'en rendit pas compte. Il était lui-même sous le choc de la nouvelle. Ainsi, le vieux fou était bel et bien en possession du tableau que McIntyre l'avait chargé d'identifier.

— Ah oui ? Et si je vous dis que j'ai l'intention de le garder, vous me faites un procès ? lança Fairchild avec désinvolture.

— Donnez-le-moi tout de suite où je tords votre cou de poulet.

Pendant dix bonnes secondes, Fairchild attendit

sans rien dire, les yeux rivés sur Stuart et son visage convulsé par la rage.

— Ce n'est pas ainsi que vous l'obtiendrez, répondit-il enfin. Et je vous préviens que les menaces me rendent irritable.

Avec une lenteur délibérée, Fairchild prit un chiffon et essuya méthodiquement l'argile collée à ses doigts.

— Voyez-vous, Stuart, je n'ai pas apprécié du tout la façon dont vous avez traité Kirby.

Disparu soudain, l'aimable excentrique un peu foutraque. Fairchild n'était plus ni gnome ni chérubin, mais homme. Et un homme redoutable qui plus est.

— Je savais qu'elle n'irait jamais jusqu'au bout de ses projets de mariage avec vous. Elle est beaucoup trop fine et intelligente pour cela. Mais les menaces que vous avez proférées à son encontre ne m'ont pas plu. Et lorsque je suis contrarié, j'ai tendance à être vindicatif. C'est une faiblesse et je l'admets. Mais je suis ainsi fait.

— Fairchild…

— Ma contrariété n'est toujours pas passée, Stuart. Et votre visite ce soir n'a fait qu'accroître mon irritation. Lorsque je serai prêt à négocier, je vous le ferai savoir. Et en attendant, tenez-vous loin de Kirby.

Le teint de Stuart vira de l'écarlate au livide.

— Vous ne vous en tirerez pas comme ça.

— Pour l'instant, c'est moi qui ai toutes les cartes en main, riposta le maître avec un geste impatient du bras. J'ai le Rembrandt et je suis seul — strictement seul — à savoir où il se trouve. Si vous deveniez trop pénible, je pourrais décider de le garder. Contrairement à vous, je n'ai pas un besoin pressant d'argent, Stuart, observa-t-il avec un aimable sourire. Il n'est jamais bon, croyez-moi, de vivre au-dessus de ses moyens, si vous voulez bien me pardonner de vous faire cette petite remarque.

En proie à une rage impuissante, Stuart se pencha sur l'homme de petite taille assis à son établi.

— Je vous jure que vous me le payerez, Fairchild. Vous avez intérêt à changer d'avis, et vite. Je n'accepterai pas de me laisser ridiculiser ainsi.

— Ridiculisé, vous l'êtes déjà, rétorqua le peintre avec la plus grande décontraction. Je ne vous retiens pas, Stuart. Je suppose que vous saurez trouver votre chemin pour ressortir et qu'il est inutile que je dérange Cartes ?

Cessant de s'intéresser à son interlocuteur, Fairchild retourna à son faucon et se mit à sculpter en sifflotant, comme s'il était déjà seul dans l'atelier.

Adam vit Kirby tressaillir et chercher rapidement une cachette des yeux. Pendant une fraction de seconde, il crut qu'elle allait se glisser dans le recoin qu'il occupait. Elle avait déjà fait un pas dans sa direction lorsque la porte s'ouvrit à la volée. Kirby eut tout juste le temps de se rejeter en arrière. Elle se plaqua contre le mur et ferma les yeux, priant sans doute pour qu'un sortilège la rende invisible.

Stuart sortit de l'atelier comme un boulet de canon. Heureusement pour Kirby, sa rage le rendait aveugle. Sans un regard en arrière, il dévala l'escalier de la tour. Son expression était meurtrière, nota Adam au passage. Ce vieil inconscient de Fairchild avait eu de la chance. S'il avait eu une arme à disposition, Hiller n'aurait sans doute pas hésité à s'en servir contre lui.

Kirby attendit que le bruit des pas de Stuart ait décru dans les profondeurs du château avant de se risquer à respirer de nouveau. « Et maintenant ? » se demanda-t-elle, tentée d'enfouir son visage dans ses mains et d'abandonner la partie. Rassemblant ses forces, cependant, elle releva la tête, rejeta les épaules en arrière et entra affronter son père.

— Daddy.

Bien qu'elle n'eût pas élevé la voix, le mot à lui seul contenait tous les reproches du monde. Fairchild releva la tête en sursaut. Mais très vite un authentique sourire de joie vint masquer son expression de surprise.

— Tu viens voir mon faucon, ma chérie ? C'est tout juste s'il ne respire pas déjà. Regarde.

Kirby prit une profonde inspiration. Toute sa vie, elle l'avait aimé, soutenu. Adoré, même. Mais son amour inconditionnel pour son père ne l'avait jamais empêchée d'avoir de violentes crises de colère contre lui. Lentement, en gardant les yeux dardés sur son visage, elle croisa les pans de son peignoir et noua sa ceinture. Comme elle fondait droit sur lui, Fairchild songea qu'elle ressemblait à un desperado rajustant son holster. Elle au moins ne se laissera pas intimider comme Hiller, songea-t-il, non sans fierté.

— J'ai une devinette pour toi, Daddy. Quel est le point commun entre Stuart Hiller, Philip Fairchild et Rembrandt Harmenszoon van Rijn ?

— Tu as toujours eu du talent pour résoudre les énigmes, ma chérie.

— J'exige une réponse, Daddy. Immédiate. Sans détours ni faux-fuyants.

Il haussa les épaules.

— Bah… Il s'agit juste d'une petite transaction que nous avons en cours, Stuart et moi.

Se rapprochant d'un pas supplémentaire, Kirby se planta juste devant la table. Se penchant sur Fairchild, elle riva son regard au sien.

— Et en quoi consiste-t-elle, votre « transaction » ?

Inutile de me regarder avec ces grands yeux étonnés, Dad. Ça ne marchera pas. J'ai surpris une bonne partie de votre conversation, à Stuart et à toi. Donc il est inutile d'espérer pouvoir me cacher le reste.

Fairchild secoua la tête d'un air peiné.

— Depuis quand écoutes-tu aux portes, ma fille ? Tu sais que ce n'est pas poli du tout d'espionner son papa ?

— J'ai de qui tenir pour ce genre de pratique. Maintenant, réponds à ma question ou je détruis ton cher faucon.

— Tu n'as pas honte, monstre sans cœur ?

Avec un glapissement de protestation, Fairchild tenta de la retenir par le poignet. Se voyant acculé, cependant, il rendit les armes.

— Bon, d'accord.

Hochant la tête, Kirby croisa les bras juste sous la poitrine, d'un air si menaçant que Fairchild soupira de plus belle.

— Stuart est venu me voir pour me faire une petite proposition, il y a quelque temps. Tu sais, n'est-ce pas, que malgré tout ce qu'il peut prétendre, il n'a pas un sou à son nom ?

— Oui, il a eu la délicatesse de m'informer qu'il avait voulu m'épouser pour mon argent — et rien que pour mon argent, d'ailleurs.

Une ombre passa dans le regard de Fairchild.

— Je n'ai pas dit ça pour te blesser.

Il lui saisit la main, réaffirmant le lien qui les unissait depuis le premier jour de sa venue au monde.

— Je sais, Daddy.

Elle serra ses doigts entre les siens puis les lâcha pour fourrer les mains dans les poches de son peignoir.

— Il ne m'a blessée que dans ma fierté. Ce qui n'est,

au fond, pas si grave. Ce que je n'ai pas apprécié, en revanche, c'est l'humiliation… La suite, maintenant, ordonna-t-elle.

Fairchild gonfla les joues et souffla bruyamment.

— Stuart compte la convoitise parmi ses nombreux défauts. Il avait besoin d'une somme d'argent importante et estimait que ce serait plus simple de se servir plutôt que de la gagner à la sueur de son front. Il a donc décidé de se servir, tout simplement, et de dérober le Rembrandt qui se trouve dans la galerie de Harriet.

Kirby ouvrit de grands yeux.

— Il l'a volé ! Purée ! Jamais, je n'aurais cru de lui qu'il aurait suffisamment de cran pour le faire.

Fairchild se leva pour aller se laver les mains dans l'évier.

— Avec notre Harriet occupée à chasser le lion en Afrique, Stuart avait les coudées franches : personne, à la galerie, ne se serait permis de remettre ses actions en cause ni de l'interroger sur l'absence temporaire du Rembrandt. L'ami Hiller se conduit comme un tyran avec le reste du personnel.

— C'est toujours tellement agréable d'écraser ses subalternes, ironisa Kirby.

Fairchild recouvrit amoureusement son faucon pour la nuit.

— Quoi qu'il en soit, Stuart est venu me proposer un marché. Il était prêt à me verser une somme d'argent — assez mesquine, au demeurant — pour que je lui fasse une copie en remplacement du Rembrandt de la galerie.

Kirby demeura un instant muette sous le choc.

— Et tu as accepté ? Mais Daddy… C'est le Rembrandt de Harriet ! Ne me dis pas que tu as fait une chose pareille ! C'est immonde !

— Voyons, voyons, ma chérie, ne fais pas cette tête. Tu sais comme moi à quel point je suis attaché à Harriet. Notre Stuart est un piètre escroc qui n'a pas grand-chose dans la cervelle. Lorsque je lui ai dit que j'aurais besoin de l'original du Rembrandt pour effectuer ma copie, il me l'a remis sans l'ombre d'une hésitation.

Fairchild secoua la tête.

— Il ne m'a pas fallu deux semaines pour le copier. Le travail s'est fait quasiment tout seul, Kirby. C'en était presque décevant de facilité.

— Mon pauvre père, ironisa-t-elle en se laissant tomber sur une chaise. Quelle déconvenue.

— Quoi qu'il en soit, au bout de quinze jours, j'ai annoncé à Stuart que je n'avais plus besoin de la toile du maître mais qu'il me faudrait encore une semaine ou deux pour achever la copie. C'est là que je lui ai remis le faux Rembrandt à la place du vrai. Et cet idiot n'y a vu que du feu.

Nouant les mains dans son dos, Fairchild fixa le plafond.

— Il s'agit d'une des œuvres de la dernière période de Rembrandt. Totalement extraordinaire. Il peignait avec la palette et le pinceau, une méthode encore totalement inconnue à l'époque. La lumière est d'une…

— Daddy ! l'interrompit Kirby, le voyant prêt à disserter des heures durant sur les techniques picturales du maître.

Fairchild se ressaisit avec un effort.

— Bon, d'accord, je continue mon histoire. Lorsque j'ai restitué le prétendu original à Stuart, donc, je lui ai expliqué que la copie n'était pas encore prête et qu'il me faudrait du temps pour traiter le tableau de manière à lui donner l'aspect de l'ancien. Et il a avalé ça avec une crédulité déconcertante.

Il émit un petit son désapprobateur en secouant la tête.

— Au bout de trois semaines, il a tout de même fini par s'inquiéter un peu et il a fait tester la toile que je lui avais remise. Je me suis arrangé pour que la supercherie soit découverte à la première expertise, bien sûr.

— Bien sûr, murmura Kirby, défaite.

— Et maintenant, ce malheureux crétin est obligé d'exposer la copie à la galerie. Et c'est moi qui détiens l'original.

— Mais enfin, papa ! Pourquoi n'as-tu pas refusé, tout simplement ? Il s'agit quand même de Harriet ! Ce n'est pas comme pour les autres ! Je ne te pardonnerai jamais si…

— Kirby, Kirby, calme-toi, veux-tu ? Tu as toujours eu un caractère épouvantable. Et je ne suis plus en âge de supporter les cris et les reproches. Pense à ma pression artérielle, ma chérie.

— Je t'en ficherai, moi, de ta pression artérielle ! vociféra-t-elle, soudain à bout de patience. Qu'essayes-tu de me faire croire ? Que tu es vieux, peut-être ? Tu es et tu resteras toujours un enfant, Philip Fairchild !

— Je sens que je vais faire un infarctus, murmura Fairchild en portant une main tremblante à son cœur. Je me meurs. Songe à tous les tableaux que j'aurais encore pu peindre. Le monde perd un de ses plus grands génies.

Serrant les poings, Kirby les abattit sur son établi en poussant un long cri perçant. Fairchild posa une main protectrice sur son faucon et attendit la fin de la crise. Au bout de quelques minutes, elle retomba, hors d'haleine, sur sa chaise.

— Tu faisais mieux que ça, dans le temps, observa-t-il. J'ai l'impression que tu te radoucis, avec l'âge.

Kirby ferma les yeux et prit une profonde inspiration.

— Daddy, s'il te plaît… Je sens que je ne vais bientôt plus pouvoir contenir ma violence et mon parricide me vaudra la détention à vie. Or tu sais à quel point les endroits clos me terrifient. Je ne tiendrais jamais plus de deux jours en prison. Tu veux avoir ça sur la conscience ?

— Kirby, t'ai-je jamais donné la moindre raison de t'inquiéter au sujet de ma probité ?

— Ne me force pas à donner un récital complet de hurlements, Daddy. Il est déjà minuit passé. Qu'as-tu fait de ce Rembrandt ?

— Ce que j'en ai fait ? Comment ça, ce que j'en ai fait ?

— Où est-il ? demanda-t-elle en détachant chaque syllabe. Tu as dû le cacher quelque part. On ne laisse pas une toile de cette valeur traîner dans un coin d'atelier. Surtout dans la mesure où tu as choisi de recevoir un visiteur.

— Un visiteur ? Ah, Adam, tu veux dire ! Charmant garçon, n'est-ce pas ? Je ressens déjà une réelle affection pour lui. Et tu n'as pas l'air de trouver sa compagnie désagréable non plus ? ajouta Fairchild en lui décochant un petit clin d'œil.

Kirby lui jeta un regard menaçant.

— Laisse Adam en dehors de cette histoire.

— Eh bien, eh bien, ma chérie… C'est toi qui as mis le sujet sur le tapis, non ?

Elle hésita un instant à se taper la tête sur la table.

Mais elle avait renoncé à cette technique depuis l'âge de dix ans.

— Où est ce Rembrandt, saperlipopette ?

— En lieu sûr. Caché avec respect et affection, répondit Fairchild d'un air réjoui.

— Ici ? Dans la maison ?

Il lui jeta un regard sidéré.

— Et où, ailleurs qu'ici, aurais-tu voulu que je le mette ?

— Où Daddy ?

D'un geste qui ne manquait pas d'élégance, son père retira sa blouse de peintre.

— Tu n'as pas besoin de tout savoir. L'essentiel, c'est qu'il soit en sécurité. Et je peux t'assurer que c'est le cas. Là où il se trouve, il ne court aucun risque.

— Daddy…

Il la gratifia d'un doux sourire cent pour cent paternel.

— Sache, mon petit, qu'un enfant doit faire confiance à ses parents et s'incliner devant la sagesse que leur confèrent leur âge et leur expérience. Tu as confiance en moi, n'est-ce pas ?

— Oui, bien sûr, mais…

Il la coupa net dans son élan en commençant à chanter *Oh, mon papa*, de Tino Rossi, d'une voix tremblante de fausset.

Avec un gémissement de défaite, Kirby posa la tête sur la table. Quand apprendrait-elle à raisonner Philip Fairchild ? Et comment allait-elle l'aider à se dépêtrer de ce nouveau traquenard s'il refusait de lui dire quoi que ce soit ?

Du fin fond de son découragement, monta un éclat de rire lorsqu'elle constata que son père, imperturbable, continuait de chanter.

— Oh mon Dieu… Tu es incorrigible.

Soulevant la tête, elle prit une profonde inspiration.

— J'ai la triste impression que tu laisses de côté une montagne de détails.

D'un geste noble de la main, Fairchild balaya ses préoccupations « mesquines ».

— Les détails, les détails… Le monde en est plein et ils nous encombrent plus qu'autre chose. Souviens-toi, l'art est un reflet de la vie et la vie n'est qu'illusion. Viens, maintenant, je suis fatigué.

Son père s'approcha, la main tendue.

— Escorte donc ton malheureux père jusqu'à sa chambre.

Vaincue, Kirby accepta sa main tendue et se leva. Jamais, au grand jamais, elle n'apprendrait à être stricte avec son vieux fantaisiste de père. Et elle continuerait à l'adorer malgré ses plus effarantes excentricités.

Bras dessus bras dessous, ils quittèrent l'atelier.

Adam les vit descendre l'escalier en se tenant le bras. Kirby s'immobilisa à quelques centimètres à peine de la cachette où il se tenait.

— Dis-moi, Daddy… J'imagine que si tu as fait ça, c'est pour une raison logique ?

Adam vit un air de grand sérieux se peindre sur les traits de Fairchild.

— M'as-tu jamais vu agir autrement que de façon rationnelle et sensée ?

Kirby commença par pouffer sans bruit. Puis son rire éclata, riche, sonore et musical. La tête renversée, les yeux étincelants, elle n'avait jamais été aussi belle. Adam en était estomaqué.

— « Oh, mon papa, se mit-elle soudain à chanter

d'une très jolie voix limpide de contralto. Si beau, si doux, si généreux. »

Glissant son bras sous celui de Fairchild, Kirby reprit sa progression. Son père joignit son chant au sien, et leurs voix mêlées continuèrent à monter jusqu'à Adam longtemps après qu'il eut perdu le duo de vue.

Sortant de la zone d'ombre où il était resté dissimulé, Adam s'immobilisa un instant en haut des marches.

— De plus en plus curieux, ces deux-là, commenta-t-il à mi-voix.

Les Fairchild père et fille étaient probablement aussi cinglés l'un que l'autre. Et ils le fascinaient comme jamais encore il n'avait été fasciné.

5

Au réveil, le ciel était gris ; l'horizon brumeux. Après la nuit qu'il avait passée, Adam n'avait qu'une envie : se retourner, fermer les yeux et se rendormir dans la douce illusion qu'il était chez lui, dans sa maison confortable, avec une gouvernante pour pourvoir à ses besoins et une reposante absence de gargouilles à proximité de lui.

Poussé par un mélange égal de curiosité et de stoïcisme, il se leva quand même et se prépara à affronter les tâches du jour.

D'après ce qu'il avait surpris, en écoutant aux portes la veille, il était inutile d'espérer apprendre quoi que ce fût en essayant de faire parler Kirby. A l'évidence, elle en savait encore moins que lui au sujet du Rembrandt. Il avait également la certitude qu'il aurait beau sonder le terrain, il n'amènerait pas Fairchild à se couper. Sous ses airs absurdes et son innocence de façade, le peintre était malin comme un singe. Et potentiellement dangereux, dut reconnaître Adam en songeant à la façon dont il avait réussi à se jouer de Hiller.

Pour le moment, la meilleure ligne de conduite pour lui restait les visites nocturnes par le biais des passages secrets. Quant aux journées, il avait tout intérêt à les passer à peindre s'il ne voulait pas clore sa visite chez les Fairchild par un petit séjour en hôpital psychiatrique.

« Pour commencer, je n'aurais jamais dû me trouver ici, se répéta Adam, debout sous le jet d'eau glacée de la douche. Si Mac ne m'avait pas induit en tentation avec son satané Rembrandt, je n'en serais pas là, d'ailleurs. »

Tout en se séchant vigoureusement, il passa un contrat avec lui-même : cette mission serait la dernière. Une fois qu'il aurait retrouvé le Rembrandt, peindre ne serait plus seulement une priorité ; peindre deviendrait son unique activité dans la vie.

Soulagé par sa décision, Adam sortit de sa chambre et longea le couloir, poussé par une envie de café insistante. La porte de la chambre de Kirby était grande ouverte. En passant devant, il jeta un rapide coup d'œil à l'intérieur. Il fit deux pas de plus, puis, sourcils froncés, fit demi-tour et revint se planter à l'entrée de la pièce.

Elle lui adressa un sourire inversé de sa position tête en bas.

— Bonjour, Adam. Quelle journée magnifique, n'est-ce pas ?

— Magnifique ?

Il tourna les yeux vers la fenêtre pour s'assurer de ce qu'il savait déjà.

— Il pleut et il fait gris, Kirby.

— Et tu n'aimes pas la pluie ? Moi, je l'adore… Et puis tout cela est très relatif. Je suis certaine qu'il y a plein d'endroits de par le vaste monde où le soleil brille. On ne peut pas toujours rester confiné dans l'ici et le maintenant. Tu as bien dormi ?

— Comme une souche.

Même ainsi, la tête en bas, Kirby avait l'air détendue

et en pleine forme. Aucune séquelle de ses activités nocturnes ne marquait ses traits.

— Entre et attends-moi une minute. Je descends déjeuner avec toi.

Il alla se placer juste devant elle.

— Et pourquoi fais-tu le poirier, de bon matin ?

— C'est une théorie que j'ai... Mais tu ne voudrais pas t'asseoir cinq secondes ? Ce n'est pas facile de communiquer si tu as la tête en haut et moi en bas.

Avec un léger soupir, Adam s'accroupit. Le pull de Kirby avait glissé, révélant quelques centimètres de peau nue à la taille. Ses cheveux étalés sur le sol formaient une flaque de lumière noire.

— Merci. Ma théorie, donc, c'est que j'ai passé toute la nuit à l'horizontale et que je serai à la verticale, pieds en bas, plus ou moins toute la journée. J'ai donc pris l'habitude de faire le poirier matin et soir. Ça permet au sang de se balader un peu.

— Mmm... intéressant, en effet.

— Tu devrais essayer.

— Merci pour le conseil. Mais je crois que je laisserai mon sang au repos.

— C'est ton problème. Tu ferais mieux de t'écarter. Je vais redescendre.

Elle laissa tomber les pieds au sol et se redressa d'un bond, avec la souplesse et la rapidité d'une gymnaste confirmée. Repoussant les cheveux qui lui tombaient sur les yeux, elle lui adressa un de ces lents sourires dont elle avait le secret.

— Tu as le visage tout rouge, commenta-t-il, plus pour se protéger que pour une autre raison.

— C'est inévitable. Ça fait partie du processus.

Kirby avait passé une bonne partie de la nuit à réfléchir à la situation avec Adam. Pour finalement parvenir à la conclusion qu'il ne servait à rien de lutter contre l'irrépressible. Et qu'il serait plus avisé, au fond, de laisser les courants d'attraction suivre leur libre cours.

— C'est le seul moment de la journée où je rougis, Adam. Donc si tu veux en profiter pour me dire quelque chose d'embarrassant… ou de flatteur…

Bien qu'il se fût juré de rester prudent, il ne résista pas à la tentation de lui poser les mains sur la taille. Kirby demeura immobile dans son étreinte et attendit.

— La rougeur s'en va déjà, observa-t-il. J'ai laissé passer l'occasion.

— Tant pis. Tu pourras ressayer demain. Tu as faim ?

— Oui.

Essentiellement de ses lèvres, en l'occurrence. Mais il s'offrit le luxe de résister à la tentation.

— Je veux que tu me montres tes vêtements après le petit déjeuner.

— Ah, vraiment ?

Il haussa les sourcils.

— Pour choisir la tenue dans laquelle je vais te peindre.

L'humour qui pétillait dans les yeux de Kirby s'évanouit. Elle afficha un air d'ennui.

— Parce que tu n'as pas envie de faire un nu ? C'est ce qu'ils me disent tous, d'habitude.

— Je me fiche de ce que les autres disent.

Il scruta longuement ses traits, examinant le regard limpide et gris, la bouche tentatrice, tantôt hautaine, tantôt accueillante.

— Je peindrai ton portrait car tu es le modèle que j'attends depuis longtemps. Et je veux te faire l'amour pour plus ou moins la même raison.

Kirby réussit à garder une expression impassible mais elle sentit son pouls s'emballer. De colère ? Non pas de colère. Ce qu'elle ressentait était plus proche de l'excitation.

— Que de prétentions, monsieur Haines.

Déambulant vers la coiffeuse, elle se brossa les cheveux avec des gestes lents, méthodiques.

— Je n'ai pas accepté de poser pour toi, Adam. Pas plus que je ne me suis engagée à t'ouvrir mon lit.

Reposant la brosse, elle inspecta pensivement son reflet dans le miroir.

— De fait, je doute fortement que je te céderai. Sur l'un comme sur l'autre plan. On y va ?

Il la rattrapa sans mal avant qu'elle ait pu atteindre la porte. La fulgurance de sa réaction la surprit, même si sa force, elle, ne l'étonna pas. Elle avait espéré le contrarier. Mais lorsqu'elle rejeta la tête en arrière pour le regarder, elle ne vit pas trace d'énervement ou de mauvaise humeur dans son regard. Juste une détermination calme, inébranlable.

Rien n'aurait pu la troubler plus que cette patiente certitude.

Il l'attira contre lui. Si près que ses traits se brouillèrent et que sa bouche seule demeura visible. Kirby ne résista pas. Se défendre contre ce qu'elle convoitait n'était pas dans sa nature. Elle répondit à son baiser et laissa les courants de chaleur dessiner en elle des méandres aussi délicieux que terrifiants.

Brûlure du désir. N'était-ce pas ainsi qu'elle avait toujours imaginé le plaisir avec l'homme qui serait enfin le bon ? N'attendait-elle pas ce moment depuis l'instant où elle avait commencé à se sentir femme ? Le temps de l'accomplissement était venu. Les yeux clos, elle se laissa aller et goûta aux sensations nouvelles qui s'insinuaient en elle.

Adam jura intérieurement. Son pouls s'était accéléré alors qu'il aurait dû rester stable. Son esprit s'était troublé alors qu'il aurait dû rester clair. Comment sortir gagnant de son bras de fer avec Kirby s'il perdait du terrain chaque fois qu'il l'approchait d'un peu près ? S'il exécutait sa promesse — ou sa menace — de devenir son amant, quelles pertes supplémentaires aurait-il à subir ?

Quelles que soient les pertes, il y aurait aussi des gains. Il le sut soudain avec certitude alors que son être, peu à peu, se fondait au sien. Le risque valait la peine d'être pris.

— Tu poseras pour moi, chuchota-t-il contre ses lèvres. Et nous ferons l'amour. Il n'y a pas d'autre choix.

Ce furent ces mots qui arrachèrent Kirby à son enchantement. Ces mots qui la firent soudain résister de toutes ses forces. Le choix, elle l'aurait toujours. Toujours.

— Pas plus pour moi que pour toi, compléta Adam en la laissant aller. Nous verrons pour les vêtements après le petit déjeuner.

Ne souhaitant pas poursuivre le débat après le baiser qu'ils venaient d'échanger, il la poussa hors de la pièce avant qu'elle puisse répondre.

Une heure plus tard, il la propulsait de nouveau. A l'intérieur de la chambre, cette fois.

Elle était restée calme, détachée et sereine pendant tout le temps où ils avaient pris leur petit déjeuner ensemble. Mais il n'était pas dupe. Livide elle avait été ; et livide il avait voulu qu'elle soit. Kirby détestait se sentir manipulée. Même lorsqu'il s'agissait de vétilles. Mais Adam était ravi. Avec cette expression boudeuse, elle était exactement telle qu'il souhaitait la peindre.

— Quelque chose de rouge, trancha-t-il. Un pull, une robe, n'importe quoi. Mais je te veux en rouge.

D'un geste désabusé de la main, Kirby lui indiqua la penderie. Puis elle se laissa tomber en arrière sur son lit et fixa les yeux au plafond pour méditer sur la décision à prendre. Avec tous les autres peintres qui avaient fréquenté la maison, elle s'était montrée très ferme dans son refus de poser. Seul son père, jusqu'ici, avait eu le privilège de la peindre. Car elle n'avait pas voulu s'offrir au regard d'un homme dans un rapport aussi intime. En tant qu'artiste, elle savait à quel point la relation entre le peintre et son sujet pouvait être possessive. Et elle n'avait jamais souhaité se donner ainsi en partage.

Avec Adam, cependant, elle ne ressentait pas cette réticence, ce désir instinctif de se protéger. Elle pourrait, à la rigueur, se raconter des histoires. Se dire qu'elle acceptait de poser pour lui parce qu'il avait du talent et que sa démarche était authentiquement celle d'un peintre. A la différence des autres qui obéissaient à des impératifs moins nobles. Comme la flatterie ou la lubricité ordinaire, par exemple.

Sans être fallacieux à proprement parler, ces arguments n'étaient que partiellement vrais. Mais Kirby était tout à fait capable de se contenter de demi-vérités par moments.

Si elle était honnête avec elle-même, elle admettait qu'elle était curieuse. Curieuse de découvrir la vision qu'Adam avait d'elle. Sans être complètement à l'aise avec cette curiosité pour autant.

Ne bougeant que les yeux, elle le regarda inventorier ses placards. Même si elle acceptait de poser pour lui, elle n'était pas obligée de se livrer corps et âme pour autant. Garder ses pensées secrètes était un sport très particulier pour lequel elle se connaissait un certain talent. Il pourrait être intéressant de s'y exercer sous l'œil perçant d'un artiste.

Pendant que Kirby débattait ainsi avec elle-même, Adam découvrait dans ses armoires une diversité de styles et de tenues qui le fit sourire. Il trouva des vêtements qui ressemblaient aux hardes d'une orpheline pauvre. D'autres qui auraient convenu à une adolescente excentrique. Secouant la tête, Adam se demanda si Kirby s'était jamais risquée à revêtir cette outrancière minijupe prune. Des robes griffées de couturiers italiens, parisiens ou new-yorkais fraternisaient avec de vagues guenilles issues des surplus de l'armée. Si le dicton était exact et que l'habit faisait bel et bien le moine, Kirby devait être constituée d'un nombre effarant de personnalités contrastées. Il avait déjà eu l'occasion de se frotter à quelques-unes d'entre elles. Mais combien en restait-il dont il ignorait encore jusqu'à l'existence ?

Il rejeta l'une après l'autre chaque tenue qui lui passait entre les mains. Celle-ci était trop terne. Celle-là trop sophistiquée. Il trouva une salopette en jean informe pendue sur le même cintre qu'une robe du soir qui valait quelques milliers de dollars. Ecartant un tailleur strict qui aurait fait d'elle une parfaite maîtresse d'école à la retraite, il tomba sur ce qu'il cherchait.

Rouge et tourbillonnante, c'était une robe de gitane. Mais de reine gitane. Un rêve de sensualité, d'audace et de soie.

— Voilà, annonça-t-il en la portant jusqu'au lit.

Enfile-la et monte me rejoindre dans l'atelier. J'ai encore quelques croquis à faire avant de me lancer.

Elle parla sans le regarder.

— Tu te rends compte que tu ne m'as pas demandé une seule fois si j'étais d'accord pour poser pour toi ? Tu m'as dit que tu voulais me peindre. Tu m'as dit que tu allais me peindre. Mais tu ne t'es jamais soucié de savoir si je désirais le faire ou non.

D'un geste sage de madone, elle croisa vertueusement les mains sur son ventre.

— Je n'ai pas le sentiment que tu aies une nature grossière à la base, Adam. Peut-être as-tu simplement oublié de dire « s'il te plaît ».

Il jeta la robe sur le lit.

— Je n'ai pas oublié, non. Mais je crois que tu en as trop entendu, des « s'il te plaît ». Tu appartiens à ce genre très particulier de femmes qui n'ont qu'à battre des cils pour que les hommes tombent à genoux et rampent à leurs pieds. Et je n'ai jamais été un grand adepte de la reptation.

S'asseyant à côté d'elle, il posa une main de chaque côté de sa tête.

— Moi aussi je suis habitué à obtenir ce que je veux, Kirby.

Elle réfléchit un instant, les yeux rivés sur son visage.

— C'est possible. Mais note quand même que je n'ai pas encore essayé de battre des cils avec toi.

— Crois-tu, vraiment ? murmura-t-il.

Il percevait son odeur — une composition olfactive sauvage et insolite qui évoquait pour lui des souvenirs de nuit de tempête. Elle fit la moue, pas par provocation, mais dans un mouvement d'humeur. Brusquement, il ne vit plus rien, que ces lèvres charnues et douces, luisantes et humides comme un fruit.

Il voulut juste les toucher, capter un instant leur saveur sur sa langue. Mais lorsqu'il se pencha sur son visage, la bouche de Kirby céda sous la sienne, comme jamais encore elle ne lui avait cédé. Et en lui cédant, elle le conquit.

Le désir soufflait en lui comme un vent de sable, brûlant tout sur son passage. C'était le feu, c'était la tentation qu'il trouva en elle. Et la promesse de délices déraisonnables.

Il goûta encore, mais déjà goûter ne suffisait plus. Il sentait ses paumes brûler du besoin de toucher et de prendre. Elle était si fine et fragile sous ses mains qu'il eut peur de la prendre. Pas peur pour elle ; peur pour lui. Elle avait beau être délicate, Kirby avait le pouvoir en elle de mettre un homme à terre. Plus il la touchait et l'embrassait, plus il en avait conscience. Mais plus il la touchait et l'embrassait et moins il s'en souciait.

Jamais, il n'avait autant désiré une femme. Avec Kirby, il se sentait à la fois comme un adolescent découvrant l'amour sur le siège arrière d'une voiture, comme un homme s'offrant les charmes de la plus belle hétaïre, comme un mari enlaçant la compagne qui partageait sa vie, son quotidien et ses secrets. Tout était érotique, chez Kirby. Sa bouche qui l'aspirait dans un abîme de délice, ses mains caressantes et vives, son corps souple et ardent à la fois. Et il n'était plus certain du tout de pouvoir résister à leurs attraits combinés. S'il la possédait, il serait possédé à son tour. Et peut-être irrémédiablement. Elle était une opiacée. Une drogue violente. Un plongeon du haut de la falaise. S'il ne prenait pas garde, il ferait une overdose et s'écraserait sur la roche.

Se détacher d'elle fut un acte de violence contre

lui-même. Un arrachement. Allongée sur le lit, Kirby demeura immobile, comme gisante, les yeux clos et les lèvres légèrement entrouvertes.

« Ne te laisse pas prendre à la magie de son monde, se dit prudemment Adam. Prends le Rembrandt et disparais d'ici au plus vite. C'est pour le tableau que tu es venu. »

— Adam…

Elle chuchota son nom comme aucune femme, jamais, ne l'avait prononcé. Ainsi articulé, il lui parut magnifique.

Kirby, elle, avait cessé de penser. Dans son esprit voilé, ne subsistait qu'une certitude : personne, jamais, n'avait fait fleurir cette richesse de sensations en elle. Et personne d'autre qu'Adam ne saurait les susciter de nouveau. Ce qui s'ouvrait en elle, Kirby ne chercha pas à le combattre. Elle n'était plus que dans le don et l'offrande.

L'innocence dans ses yeux était réelle — émotionnelle et non physique. Lorsqu'il vit son regard limpide livré au sien, Adam sentit une nouvelle bouffée de désir déferler en lui comme une vague.

Attention. C'est une sorcière. Circé. La Lorelei… S'il l'oubliait, il perdrait son libre arbitre.

— Change-toi, maintenant.

Kirby planait toujours en vol libre. Avec un léger soupir, elle tendit les bras, effleura sa joue.

— Adam…

— Souligne le contour de tes yeux au crayon noir.

— Mes yeux ?

L'esprit vide, le corps encore palpitant, elle riva les yeux aux siens sans comprendre.

— Et garde tes cheveux défaits, précisa-t-il en se

dirigeant vers la porte. Je t'accorde vingt minutes pour te préparer.

Kirby accusa le coup. Elle ne lui montrerait pas qu'elle avait mal. Ne s'autoriserait même pas à ressentir la blessure du rejet.

— Tu n'es pas du genre à te laisser emporter, n'est-ce pas, commenta-t-elle d'une voix suave. Mais qui sait ? Tu finiras peut-être quand même par ramper ?

Elle avait tellement raison sur ce point qu'il l'aurait volontiers étranglée.

— Je prends le risque, lança-t-il par-dessus l'épaule. A dans vingt minutes.

Kirby serra les poings puis se força à les décrisper.

— Il rampera, se promit-elle.

Seul dans l'atelier de Kirby, Adam prit le temps de chercher le mécanisme qui commandait l'entrée du passage. Plus par curiosité que par nécessité véritable. Il n'aurait vraisemblablement pas besoin de revenir la nuit pour explorer de fond en comble une pièce à laquelle il avait libre accès dans la journée. Mais lorsqu'il réussit à déclencher l'ouverture du panneau, il n'en ressentit pas moins une certaine satisfaction.

Après avoir jeté un rapide coup d'œil dans le couloir secret, Adam referma l'accès et revint à sa passion première : la peinture. Peindre n'était jamais une corvée pour lui. Mais il n'y trouvait pas toujours du plaisir pour autant. Le besoin de se mettre à ses pinceaux pouvait être tantôt exaltant tantôt terrifiant. Pas une corvée, non. Mais du travail, si. Et parfois aussi épuisant que de creuser une tranchée, armé d'une simple pioche.

Méticuleux, Adam l'était en tant qu'artiste comme

il l'était dans la vie courante. Etait-il conventionnel, comme ne cessait de le lui répéter Kirby ? Sans doute un peu aussi, oui. Mais il n'était pas rigide pour autant. Même s'il était plus ordonné que Kirby, la façon dont il abordait l'acte de création n'était pas foncièrement différente de la sienne.

S'il arrivait à Kirby de regarder fixement une pièce de bois des heures durant jusqu'au moment où elle y percevait soudain un sens et une forme, il faisait souvent de même avec son sujet avant d'appliquer le premier coup de pinceau sur la toile. Et lorsqu'il trouvait enfin ce qu'il cherchait, il ressentait une secousse similaire à celle qui accompagnait les brusques flambées d'inspiration de la jeune femme.

Pour l'heure, cependant, Adam n'avait pas encore abordé la phase créative à proprement parler. En phase préparatoire, il était aussi calme et ordonné que son équipement. Il plaça la toile en attente sur le chevalet. Puis il choisit avec soin trois fusains. Lorsque les pas de Kirby résonnèrent dans l'escalier, il était occupé à étudier ses croquis d'étude.

Elle s'immobilisa à l'entrée de la pièce, redressa la taille et le toisa. Avec une lenteur délibérée, il posa son carnet sur la table avant de tourner les yeux dans sa direction. Les cheveux défaits de Kirby tombaient sur ses épaules. Des anneaux d'or brillaient à ses oreilles et une demi-douzaine de bracelets tintait à ses poignets. Son regard charbonneux étincelait de défi. Nul besoin de faire un gros effort d'imagination pour la visualiser dansant devant un feu de joie au son des violons tziganes.

Très consciente de l'image qu'elle donnait, Kirby posa les mains sur ses hanches pour déambuler dans la pièce. Puis elle virevolta deux fois devant Adam, la tête tournée chaque fois de façon à regarder par-dessus son épaule.

— Tu veux peindre Zorita, l'étranger ? s'enquit-elle avec un accent hispanique en lui effleurant la joue.

Elle émit un rire insolent dont les échos glissèrent sur la peau d'Adam tel un fluide noir et envoûtant.

— Mais si tu veux prendre l'image de Zorita et voler son âme, il faudra d'abord sortir quelques billets.

Elle était si ensorcelante ainsi qu'il aurait été prêt à lui accorder n'importe quoi. Luttant contre lui-même autant qu'il luttait contre elle, Adam alluma une cigarette.

— Là-bas, près de la fenêtre à l'est, répondit-il calmement. C'est là que nous aurons la meilleure lumière.

Kirby lui jeta un regard insolent. Sous ses apparences provocatrices, son corps tremblait encore de désir pour lui. Mais elle aurait préféré mourir sur place que de le laisser paraître.

— Combien es-tu prêt à payer, gadjé ? Tu crois que tu peux m'avoir pour rien ?

Adam résista de justesse à la tentation de l'attraper par ses longs cheveux et de la ramener à lui brutalement.

— Tu ne toucheras pas un centime avant que j'aie terminé.

Changeant de tactique, Kirby lissa ses jupes.

— Mmm… tu as l'air contrarié. Ma robe ne te plaît pas, tout compte fait ?

Il écrasa sa cigarette avec brutalité.

— Et si on démarrait ?

— Je croyais que nous avions déjà commencé, rétorqua-t-elle avec un sourire lumineux.

Adam avait envie de l'étrangler autant qu'il brûlait de tomber à ses pieds.

— C'est bien toi qui as voulu tout arrêter pour te mettre à la peinture, si mes souvenirs sont bons ?

— Fais attention de ne pas aller trop loin, Kirby. Tu as tendance à éveiller mes instincts les plus vils.

— Je ne pense pas que l'on puisse m'en faire reproche. Je te soupçonne de les avoir refrénés un peu trop longtemps.

Ravie d'avoir réussi à obtenir la réaction qu'elle désirait, Kirby se fit coopérative.

— Où veux-tu que je me place, alors ?

— Devant la fenêtre à l'est, répéta-t-il sèchement.

Estimant que le score était de nouveau à égalité, elle déambula jusqu'à la croisée.

Pendant la séance de pose, Adam ne s'exprima que pour donner des ordres brefs et purement techniques. « Plus haut, le menton. » « Regarde sur le côté, pour voir... » « Tourne un peu la tête. » A mesure qu'il travaillait, sa colère et son désir se muaient peu à peu en concentration. Dehors, la pluie tombait mais le son ne leur parvenait que de façon étouffée. Et pour le reste, tout était silence.

Il la regardait, la captait des yeux, sondait ses énigmes. L'homme et l'artiste en lui travaillaient de pair. Il dessinait, cherchait les lignes d'ombre, les zones de lumière. Comme s'il pouvait s'immiscer en elle en recréant son image. Dénouer son mystère en la couchant sur la toile. Et, en la rendant enfin accessible et déchiffrable, déjouer la fascination dont il était prisonnier.

Pour la première fois, Kirby voyait Adam tourné en lui-même. Ce qui lui laissait une entière liberté pour l'observer. Elle avait vu travailler des artistes par douzaines; des jeunes et des vieux, des peintres chevronnés et des amateurs. Mais Adam, comme elle l'avait pressenti, ne fonctionnait pas tout à fait comme la moyenne de ses pairs.

Il ne portait pas une blouse de peintre mais un pull dans lequel il se sentait visiblement dans son élément. Même en dessinant, il se tenait très droit. Comme si sa nature exigeait de lui qu'il soit perpétuellement en alerte. C'était une des premières caractéristiques qu'elle avait remarquées chez lui : l'attention. Elle savait que c'était dans la nature de l'artiste d'observer. Mais la vigilance, chez Adam, était particulièrement prononcée.

Si elle l'accusait d'être conventionnel, elle avait conscience que le reproche n'était qu'en partie justifié. En apparence, Adam était en adéquation avec son propre personnage : grand, mince, auréolé de sa réussite et fleuron de la haute société. Mais il y avait également chez lui une audace, une témérité qui la fascinaient. Cette pointe d'insouciante insolence chez Adam compensait la maturité, la fiabilité qu'elle s'étonnait d'apprécier à ce point chez un homme. Au cœur d'un tremblement de terre, Adam resterait le rocher stable auquel se raccrocher.

Y compris s'il n'était autre que le séisme en question…

Kirby comprit qu'elle était en train de sombrer. Et de sombrer vite qui plus est. Pour éviter de se couvrir de ridicule, il ne lui restait qu'une seule voie de salut possible : dissimuler habilement le chaos intérieur qu'il suscitait en elle. En sachant qu'en dehors de toute considération amoureuse, Adam lui plaisait pour ce qu'il était.

C'était aussi simple — et aussi compliqué — que cela.

Levant les yeux, Adam vit qu'elle lui souriait. Le

sourire était désarmant, plein de douceur et dépourvu de complication. Son instinct l'avertit qu'une Kirby qui ne serait pas sur ses gardes serait infiniment plus dangereuse encore qu'une Kirby hérissée de défenses. Dans un sursaut d'autoprotection, il passa en mode agressif.

— Et Hiller ? Il ne peint pas ?

Il vit le sourire de Kirby s'évanouir. Et s'efforça de ne pas trop s'en vouloir pour le mal qu'il lui infligeait.

— Ça lui arrive à l'occasion.

— Et tu n'as pas posé pour lui ?

— Non.

— Pourquoi ?

— Disons que je ne suis pas sensible à son talent, répondit-elle d'un ton glacial.

Adam hocha la tête. Il se trouvait face à un dilemme. La froideur dans le regard n'était pas ce que le peintre en lui recherchait chez son modèle. Mais l'homme en mission, lui, avait besoin de savoir. L'artiste et l'enquêteur en lui se disputaient la prééminence.

— Je dois le prendre comme un compliment pour le mien, de talent, alors ?

— Tu le prends comme tu veux, répondit-elle d'un ton neutre.

Tromper son monde faisait partie intégrante de son job, se rappela-t-il à l'ordre. Et ce qu'il avait entendu la veille au soir dans l'atelier de Fairchild ne lui laissait guère d'autre choix que de poursuivre son interrogatoire.

— Je suis surpris qu'il ait accepté ce refus de ta part alors qu'il était amoureux de toi.

— Il ne l'était pas, riposta-t-elle sèchement.

— Il t'a demandée en mariage.

— Ça n'a pas forcément de rapport.

Levant les yeux, il vit qu'elle ne plaisantait pas.

— C'est un peu surprenant comme affirmation, non ?

— J'ai bien accepté de l'épouser sans l'aimer de mon côté.

Le fusain d'Adam demeura en suspens, à quelques centimètres de la toile.

— Pourquoi ?

Dans le regard blessé qu'elle tourna vers lui, il vit la colère s'évanouir. L'espace d'un instant, il n'eut plus devant lui qu'une femme infiniment vulnérable.

— Question de timing, murmura-t-elle. C'est probablement un des facteurs les plus importants qui gouvernent nos vies. Si leur timing avait été meilleur, Roméo et Juliette auraient sans doute élevé une demi-douzaine de petits Montaigu.

— Tu estimais que l'heure était venue pour toi de te marier ?

— Stuart est attirant, courtois et inoffensif — c'était ce que je croyais du moins. Quoi qu'il en soit, je me suis très vite rendu compte qu'un mari charmant, courtois et inoffensif n'était pas du tout ce qu'il me fallait. Mais je pensais que Stuart, lui, m'aimait sincèrement. Et comme je considérais que j'avais engagé ma parole, j'ai attendu plusieurs mois avant de rompre les fiançailles. Il me semblait que Stuart avait les qualités requises pour faire un compagnon commode et pas trop exigeant.

Kirby se tut pour se mordiller pensivement la lèvre. Formulé ainsi, son projet avec Stuart paraissait singulièrement creux. Et voué à l'échec, de toute façon.

— Je pensais que Stuart me donnerait des enfants, admit-elle avec lassitude.

— Parce que tu veux des enfants ?

La colère fit son retour dans le regard gris de Kirby.

— Cela t'étonne ? Tu crois que c'est étrange pour quelqu'un comme moi de souhaiter fonder une famille ?

Elle eut un mouvement furieux de la main qui fit cliqueter ses bracelets.

— Cela va sans doute te faire un choc, mais j'ai des besoins et des sentiments comme n'importe quelle personne réelle. Et je n'ai pas de justifications à te fournir, d'ailleurs.

Lorsqu'il la rattrapa par le bras, Kirby avait déjà presque atteint la porte.

— Kirby, je suis désolé.

Il resserra son étreinte lorsqu'elle tenta de se dégager.

— Je regrette. Sincèrement.

— Tu regrettes quoi ? riposta-t-elle, le regard étincelant.

— De t'avoir blessée. Par ma stupidité.

Il sentit les épaules de Kirby se détendre. Lentement et, à l'évidence, par un effort de volonté. Une bouffée de culpabilité envahit Adam lorsqu'elle grimaça un sourire.

— O.K., on n'en parle plus. Tu as touché un point sensible, c'est tout.

Avec un léger soupir, elle s'écarta de lui. Il aurait préféré qu'elle le gifle.

— Donne-moi une cigarette, s'il te plaît.

Elle se servit dans le paquet qu'il lui tendit et attendit qu'il ait approché son briquet pour se détourner de nouveau.

— Lorsque j'ai accepté la demande en mariage de Stuart…

— Tu ne me dois aucune explication, Kirby.

— Je n'aime pas faire les choses à moitié, O.K. ? Alors sois poli et écoute-moi gentiment.

Elle avait retrouvé un peu de son insolence lorsqu'elle pivota sur elle-même pour lui faire face. Le sentiment de culpabilité d'Adam s'en trouva atténué en partie.

— Le jour où je me suis engagée à épouser Stuart, donc, je lui ai précisé que je n'étais pas amoureuse de lui. J'aurais trouvé injustifiable de garder le silence à ce sujet. Il me semble que lorsqu'un homme et une femme décident de nouer une relation durable, le moins qu'ils puissent faire, c'est de partir sur des bases honnêtes. Tu n'es pas d'accord ?

Adam songea à l'émetteur caché dans ses bagages. A McIntyre qui attendait son prochain rapport.

— Je suis d'accord, déclara-t-il en soutenant son regard.

Satisfaite de la réponse d'Adam, Kirby hocha la tête. Elle était ouverte dans bien des domaines. Mais sur ce point précis, elle pratiquait la tolérance zéro.

— Je lui ai dit que j'attendais de lui qu'il soit fidèle et qu'il me fasse des enfants. Et je lui ai promis la même chose en retour. Plus toute l'affection dont je serais capable.

Elle tira nerveusement sur sa cigarette.

— Lorsque je me suis rendu compte que je ne serais pas capable de tenir mon engagement, je suis allée voir Stuart. Et je ne l'ai pas fait d'un cœur léger. Ç'a été difficile pour moi. Tu comprends ?

— Oui, je comprends.

Plus que la compassion de Mélanie, plus que le soutien tacite de son père, ce « je comprends » d'Adam réconforta Kirby.

— Notre explication ne s'est pas bien passée. Je savais que nous finirions par nous disputer, mais je ne pensais pas que la conversation dégénérerait à ce point. Il a émis quelques réflexions particulièrement cinglantes sur mes capacités à être mère et sur le nombre d'hommes qui avaient déjà traversé ma vie. Au final, ç'a tourné au pugilat et, la rage aidant, il a révélé la véritable raison pour laquelle il voulait m'épouser.

Elle prit une dernière bouffée, écrasa sa cigarette et se laissa tomber dans un fauteuil.

— De fait, il n'avait jamais été amoureux de moi. Il m'avait joué la comédie dès le départ. Et il n'a pas cessé de m'être infidèle pendant tout le temps de nos pseudo-fiançailles. Je suppose que cela ne devrait pas avoir beaucoup d'importance, a posteriori, mais…

Avec un léger soupir, elle laissa le reste de sa phrase en suspens, consciente qu'elle ne pourrait jamais considérer la trahison de Stuart comme quelque chose de bénin.

Lorsqu'elle leva les yeux vers lui, Adam vit la fragilité dans son regard.

— Pendant tout ce temps où il affirmait tenir à moi, il se contentait de m'utiliser. Tu imagines quel effet cela fait de découvrir que l'autre a été dans la duplicité depuis le début ? Que chaque fois qu'il me prenait dans ses bras, c'était un mensonge, chaque fois qu'il me parlait d'amour, il ne songeait qu'à la meilleure façon dont il pourrait se servir de moi ?

Elle prit sur l'établi la pièce de bois à demi achevée qui deviendrait sa *Colère*.

— C'est moche, non ? J'aurais dû m'en relever très vite, de cette mésaventure. Mais j'ai encore un peu de mal à rebondir.

Adam oublia le Rembrandt, McIntyre ainsi que la mission qu'on lui avait confiée. Il se leva pour aller s'asseoir à côté d'elle et posa sa main sur la sienne.

Sous leurs deux paumes jointes, sa *Colère* semblait frémir d'une vie rentrée.

— Je n'arrive même pas à imaginer qu'un homme puisse penser à toi en termes d'utilité.

Lorsqu'elle releva la tête, la lumière était revenue dans son regard.

— Merci, Adam. Ça fait du bien, ce que tu me dis.

Tant de bien même qu'elle avait de la peine à maintenir ses défenses. Pour ne pas se dissoudre comme un morceau de guimauve dans ses bras, elle tenta d'alléger l'atmosphère.

— Heureusement que tu seras avec moi samedi.

— A la soirée, tu veux dire ?

— Chez les Merrick, oui. Tu pourras me jeter des regards brûlants de passion de temps en temps. Comme ça tout le monde pensera que j'ai largué Stuart pour toi. J'adore les vengeances mesquines.

Sur un éclat de rire, il porta sa main à ses lèvres.

— Surtout, ne change jamais, lui enjoignit-il avec une soudaine gravité qui la laissa un instant indécise.

— Je n'en ai aucune intention. Adam, je... Oh, non, que fais-tu ici, toi ? Il s'agit d'une conversation privée.

Tournant la tête pour découvrir l'intrus, Adam vit Montique pousser la porte du museau et bondir dans la pièce.

— A priori, ce chien ne devrait pas faire courir de rumeurs trop compromettantes sur notre compte, commenta-t-il en riant.

— Là n'est pas le problème. Il n'a pas le droit d'entrer ici. File, Montique !

Sourd à ses invectives, le chien trottina dans leur direction et, d'un bond maladroit, se percha sur les genoux d'Adam.

— Il est mignon, finalement, commenta-t-il en grattant le petit chien derrière ses oreilles tombantes.

— Oh, Adam, je ne ferais pas cela, à ta place.

— Pourquoi ?

— Tu vas t'attirer des ennuis.

— Ne sois pas absurde. C'est une bonne pâte, cet animal.

— Lui, oui. Mais elle...

Du menton, Kirby désigna la porte par laquelle venait de se glisser Isabelle.

— Et voilà. Tu es dans les ennuis jusqu'au cou, maintenant. Je t'avais prévenu.

Kirby soutint le regard glacial de la chatte siamoise.

— Je n'ai rien à voir avec ce qui vient de se passer, Isabelle.

La chatte cligna deux fois des yeux. Puis elle reporta son attention sur Adam. Estimant que sa responsabilité s'arrêtait là, Kirby soupira et se leva.

— Il n'y a plus rien que je puisse faire pour toi, murmura-t-elle en tapotant l'épaule d'Adam. Et tu l'as cherché, de toute façon.

Sur ces paroles réjouissantes, elle quitta l'atelier en prenant soin de passer à distance prudente de la chatte hérissée de colère. Sourcils froncés, Adam écarta les bras en signe d'impuissance.

— Ce n'est pas moi qui lui ai demandé de monter ici, expliqua-t-il à Isabelle. Et je ne vois pas quel mal il peut y avoir à...

Il s'interrompit net et se passa la main sur les yeux.

— Incroyable. En l'espace de quelques jours, ils ont déjà réussi à me rendre assez cinglé pour me justifier devant un vulgaire félin !

6

— Allons faire un tour à pied, exigea Kirby.

L'après-midi était déjà avancé, mais Fairchild se faisait tirer l'oreille pour descendre de sa tour. Elle savait qu'il ne bougerait pas de son atelier tant qu'il n'aurait pas fignolé le Van Gogh jusque dans ses moindres détails. Et si elle ne sortait pas maintenant pour se changer les idées et oublier le dernier en date des projets de son père, elle finirait par avoir un ulcère.

— Il pleut, protesta Adam, confortablement installé dans un fauteuil, tout en sirotant un dernier café.

Repoussant sa propre tasse, Kirby s'extirpa du canapé.

— Tu me l'as déjà fait remarquer plusieurs fois… Si tu veux, je peux demander à Cartes de t'apporter une robe de chambre en pilou et un bol de tisane.

— C'est une attaque psychologique ?

Elle sourit.

— Ç'a fonctionné ?

— Je vais chercher ma parka.

Il se leva et quitta la pièce en faisant mine de ne pas entendre son petit rire de triomphe.

Dehors, une petite pluie froide et insinuante faisait ruisseler les feuillages. De fines écharpes de brume couraient au ras du sol et s'étiraient au-dessus du fleuve. Rentrant la tête dans les épaules, Adam songea qu'il n'y avait pas de temps plus sinistre pour mettre le nez dehors. Kirby, elle, le visage offert à la bruine et aux vents, paraissait aux anges.

Il avait prévu de passer l'après-midi à peindre. Mais ce n'était peut-être pas un si mauvais calcul de prendre le temps d'aller crapahuter avec son fantasque modèle. Il avait besoin d'apprendre à mieux la connaître s'il voulait la capturer sur la toile.

Une tâche qui, sans être aisée, n'en était pas moins singulièrement attrayante. Le ciel était sombre, les parfums mêlés de l'automne montaient de la terre humide. Pour la première fois depuis qu'il était arrivé au château, Adam percevait un grand calme intérieur chez Kirby. Ils marchèrent en silence dans la campagne noyée de pluie.

Kirby éprouvait un bien-être inattendu. C'était une sensation surprenante pour elle de ressentir ce contentement serein. Sa main logée dans celle d'Adam, elle était heureuse de se mouvoir dans ce monde en demi-teintes, brouillé de brume et de pluie. Même la froide caresse de la bruine sur sa joue lui procurait du plaisir.

— Adam, tu vois le massif de fleurs là-bas ?

— Mmm ?

— Les chrysanthèmes. J'ai envie de me faire un gros bouquet. Mais j'aurais besoin que tu montes la garde.

Il passa la main dans ses cheveux trempés.

— Monter la garde ? Pour quoi faire ?

— A cause de Jamie, bien sûr. Il déteste qu'on coupe ses fleurs.

— Ce sont les tiennes, de fleurs, pour autant que je sache.

— Non, c'est Jamie qui les plante.
— Mais il travaille pour toi.
— Ça n'a aucun rapport.

S'appuyant d'une main sur l'épaule d'Adam, elle vérifia d'un rapide coup d'œil que le jardin était désert.

— S'il me prend la main dans le sac, il ne décolérera pas pendant une semaine. Et je n'aurai pas droit à mon tas de feuilles mortes. Ne t'inquiète pas, je ferai vite. Ce n'est pas la première fois que j'ai recours à cette stratégie.

— Mais si tu…

— Le temps presse, Adam. Ce n'est pas le moment de se lancer dans un débat. Surveille du côté de la fenêtre là-bas. Si mes calculs sont bons, il doit prendre le café avec Tulipe. Fais-moi signe si tu le vois.

Adam s'exécuta, sans trop savoir s'il entrait dans son jeu pour lui faire plaisir ou — hypothèse plus inquiétante — parce qu'elle commençait à déteindre sur lui. Se dirigeant vers la croisée, il constata que Kirby ne s'était pas trompée : Jamie était bel et bien assis à la table de cuisine et conversait avec Tulipe. D'un signe de tête, il indiqua à Kirby qu'elle avait le champ libre.

Se mouvant avec une rapidité surprenante, elle courut vers le massif et commença sa récolte. Ses longs cheveux noirs mouillés formaient un rideau devant son visage tandis qu'elle ramassait par brassées les chrysanthèmes, les dahlias, les soucis et les capucines. Adam songea qu'il aurait aimé la peindre aussi ainsi, dégoulinante, heureuse, et les bras chargés de fleurs. Peut-être saurait-il traduire dans le portrait qu'il peignait d'elle, ces précieuses bribes d'innocence ?

Distraitement, il reporta son attention sur la cuisine. Dans un ridicule sursaut de panique, il vit que Jamie s'était levé et qu'il se préparait à quitter la pièce. Toute logique oubliée, il appela Kirby.

— Cache-toi ! Vite ! Il arrive.

Bondissant hors du massif, elle se mit à courir. Si vite qu'Adam ne la rattrapa qu'une fois qu'elle eut disparu de la vue de Jamie, à l'angle de la demeure. Hors d'haleine, elle tomba en riant dans ses bras.

— On a réussi !

— De justesse, acquiesça-t-il.

Son cœur battait en accéléré mais il n'était pas certain que la course en soit la cause. Il avait également du mal à respirer. Etait-ce le jeu auquel ils venaient de se livrer qui lui coupait le souffle ? Peut-être. Mais ils étaient mouillés, serrés l'un contre l'autre et la brume les encerclait. Il sembla à Adam qu'il n'avait plus vraiment le choix.

Son regard rivé à celui de Kirby, il repoussa les cheveux trempés qui lui tombaient sur le front. Ses joues étaient fraîches, ruisselantes et douces. Mais ses lèvres étaient brûlantes sous les siennes.

Sa bouche avait le goût de la pluie. Et une fraîcheur, une innocence inattendues. Une odeur enivrante de fleurs écrasées montait à ses narines. Il ne se lassait pas de lui toucher les cheveux, de plonger les doigts dans leur lourdeur défaite. Il la voulait plus près, plus nue, plus abandonnée encore. Son désir était total. Ce n'était plus seulement l'envie impersonnelle de posséder une jolie femme. Il la voulait, elle, Kirby. De façon impérieuse, exclusive.

Et impossible.

Si Kirby espérait depuis longtemps tomber amoureuse, elle avait toujours pensé qu'elle pourrait planifier l'événement. L'amour, d'accord. Mais à son heure et à sa manière. Elle n'avait jamais imaginé qu'il lui tomberait dessus avec la violence d'un coup de tonnerre. Et sans sa permission, qui plus est.

Secouée par le séisme, elle se dégagea de l'étreinte d'Adam. Elle refusait de se laisser submerger ainsi. L'amour viendrait lorsqu'elle le déciderait. Point final.

Les nerfs de nouveau tendus à se rompre, elle fit la grimace en examinant son bouquet de fleurs.

— Nous avons fait des ravages, on dirait. Tiens, elles sont pour toi.

Interdit, Adam examina l'offrande.

— Pour moi ?

— Tu n'aimes pas les fleurs ?

— Si, j'aime les fleurs.

Etonnamment, le don du bouquet volé l'émouvait tout comme il avait été ému par le baiser.

— Je crois que c'est la première fois que l'on m'en offre, constata-t-il.

Kirby scruta ses traits avec une attention soutenue. Au fil des années, elle avait reçu tant d'orchidées précieuses, de lys parfumés et de roses qu'elle n'était même plus en mesure de les apprécier.

— Si j'avais su, j'en aurais cueilli plus tôt, murmura-t-elle en posant une main, paume ouverte, sur sa poitrine.

Derrière eux, une fenêtre s'ouvrit et la tête de Fairchild apparut.

— Qu'est-ce que vous fichez dehors, tous les deux, à vous faire des papouilles ? S'il faut à tout prix que vous vous embrassiez, ayez au moins le bon sens de le faire à l'intérieur. J'ai horreur des gens enrhumés.

Le carreau se referma bruyamment et le silence retomba.

— Tu es mouillé, en effet, commenta Kirby, comme si elle venait juste de découvrir qu'il pleuvait.

Glissant son bras sous le sien, elle l'entraîna vers la porte d'entrée. Cartes leur ouvrit avec son impassibilité habituelle. Kirby se débarrassa de son imperméable.

— Merci, Cartes. Il nous faudrait un vase, s'il vous plaît. Le bouquet sera à placer dans la chambre de M. Haines. Veillez à ce que Jamie ne soit pas dans le secteur.

Cartes prit les manteaux dégoulinants et les fleurs trempées.

— Je serai prudent comme d'habitude, mademoiselle.

— Où l'avez-vous trouvé ? s'étonna Adam à voix haute lorsqu'ils furent de nouveau seuls. Il est incroyable.

Kirby s'ébroua comme un chien qui serait tombé dans une mare.

— Cartes ? C'est Daddy qui l'a ramené d'Angleterre. C'était un espion, je crois. Ou peut-être un videur dans une boîte de nuit. Tout ce que je sais, c'est qu'il en a vu d'autres. Rien ne surprend Cartes.

— Alors, les enfants, vous vous êtes bien promenés ?

Fairchild déboula dans le vestibule avec un sourire jusqu'aux oreilles. Le peu de cheveux qu'il lui restait étaient dressés sur sa tête, et sa blouse disparaissait sous les taches de peinture.

— Ça y est. Je viens de terminer ma commande. Je vais pouvoir enfin me consacrer à ma sculpture. Il faudrait que j'appelle Victor Alvarez, murmura-t-il. Depuis le temps que je lui fais miroiter ce tableau.

— Il patientera jusqu'après le dîner.

Kirby jeta un regard d'avertissement à son père. Adam n'aurait sûrement pas remarqué l'échange muet entre eux s'il n'avait pas été aussi attentif aux interactions entre père et fille.

— Tiens, Dad, emmène Adam avec toi, veux-tu ? Je vais voir dans la cuisine où en est le repas.

Kirby s'évertua à le distraire pendant le reste de la journée. Et de façon délibérée, découvrit Adam. Il se passait visiblement quelque chose qu'il était censé ignorer. Au cours du dîner, elle se comporta une fois de plus comme la parfaite hôtesse qu'elle savait être. Puis, lorsqu'ils prirent le café dans le salon, elle s'arrangea pour le retenir en se lançant dans un long monologue sur l'art baroque.

Même si la conversation était passionnante, Adam restait persuadé qu'on lui cachait quelque chose. Encore une énigme supplémentaire dans une maison qui en regorgeait…

Le scénario était parfait en tout cas : la pièce était confortable, le cognac excellent, la compagnie des plus agréables. Mais alors même que Kirby soutenait une discussion à bâtons rompus sur les hauts lieux de l'art roman, elle ne cessait de surveiller son père d'un regard d'aigle.

L'arrivée inopinée de Montique, cependant, fit souffler un vent de désarroi sur cette mise en scène. Surtout lorsque le jeune chien se blottit de nouveau sur les genoux d'Adam.

— Comment diable ce chien est-il entré ici ? se récria Fairchild, visiblement consterné.

Kirby but une gorgée de cognac.

— C'est Adam qui l'encourage. Nous ne pouvons être tenus pour responsables.

— Exactement.

Fairchild engloba Adam et Montique d'un même regard sévère.

— Et si cette créature nous menace de nouveau de procès, ce sera à Adam de faire intervenir son propre avocat. Je refuse d'être impliqué dans une bataille juridique alors que je suis en pleine transaction avec le señor Alvarez. Quelle heure est-il au Brésil, au fait ?

— Il doit être moins dix de quelque chose, marmonna Kirby.

— Je vais l'appeler tout de suite. Autant conclure ce contrat avant que la lettre recommandée d'Isabelle n'arrive.

Adam caressa la boule de poils sur ses genoux.

— Vous espérez sérieusement me faire croire que vous craignez qu'un chat n'entame une procédure légale ?

Avec un petit sourire fataliste, Kirby laissa courir l'extrémité de l'index sur le bord de son verre.

— Je pense qu'il vaut mieux que nous ne révélions pas à Adam ce qui a failli nous arriver l'année dernière lorsque nous avons tenté d'expulser Isabelle. N'est-ce pas, Dad ?

Fairchild se leva d'un bond.

— Surtout pas, non. Je refuse que l'on me rappelle ce douloureux épisode. Allez… Je vous laisse pour passer mon coup de fil.

— Oh, mon Dieu, Adam…

Du menton, Kirby désigna la porte restée entrouverte. Adam n'eut pas besoin de regarder pour savoir que l'inévitable Isabelle venait de faire son entrée.

— Ce n'est qu'un chat, observa-t-il, sourcils froncés. Je refuse de me laisser intimider par cette bestiole.

Kirby se leva d'un mouvement gracieux.

— J'admire ton courage. Mais tu comprendras que, de mon côté, je préfère battre en retraite.

Pour la seconde fois, ce jour-là, Adam se retrouva

seul en compagnie d'un chien câlin et d'un chat menaçant.

Une demi-heure plus tard, après avoir tenté en vain de soutenir le regard d'Isabelle, il lui restitua Montique et monta s'enfermer dans sa chambre où il contacta McIntyre. En quelques mots, il mit ce dernier au courant de la conversation surprise dans la tour la veille au soir.

— Excellent travail, mon vieux. Et cela confirme notre hypothèse.

Adam n'avait pas besoin de le voir pour savoir que McIntyre se frottait les mains.

— Tu as fait du bon boulot en si peu de temps, poursuivit ce dernier d'un ton réjoui. Nous avons procédé à quelques vérifications concernant la situation financière de Hiller. Il vit à crédit et sur sa réputation. Et il n'est pas loin d'avoir épuisé l'un et l'autre filon. Tu as une idée de l'endroit où pourrait se trouver le Rembrandt ?

Adam alluma une cigarette et contempla le Titien au-dessus de son lit avec un léger froncement de sourcils.

— Je suis surpris qu'il ne l'ait pas tout simplement accroché au mur avec le reste de sa collection. Ce genre d'insolence lui ressemblerait assez. Il a mentionné à plusieurs reprises un certain Victor Alvarez qui vit manifestement au Brésil. Un amateur d'art, je présume. Il était question de tableau et de transaction, en tout cas.

— Victor Alvarez, tu dis ? Je vais voir quels renseignements je peux obtenir à son sujet. Tu crois que Fairchild essaie de lui fourguer le Rembrandt ?

— Franchement, cela m'étonnerait. Fairchild n'a pas besoin d'argent.

— Il y a des gens qui en veulent toujours plus.

— C'est vrai.

Et pourtant quelque chose dans la personnalité de Fairchild lui faisait récuser cette hypothèse.

— O.K., Mac, c'est tout pour aujourd'hui, conclut-il en coupant la communication.

Très vite, Adam s'arracha à l'immobilité pensive dans laquelle l'avait plongé sa conversation avec McIntyre. Plus tôt il aurait des éléments tangibles à apporter, plus tôt il pourrait se sortir d'une situation qui devenait d'heure en heure plus inconfortable. Actionnant le panneau près de la cheminée, il s'enfonça dans le passage.

Le lendemain matin, Kirby, inhabituellement coopérative, posa deux heures de suite pour Adam sans élever la moindre plainte. Un temps mis à profit par Fairchild pour régler les derniers détails et parachever son Van Gogh.

La veille au soir, Adam avait exploré le château jusque tard dans la nuit. Mais il n'avait rien trouvé. Fairchild avait apparemment inventé une très bonne cachette pour le Rembrandt. « Caché avec respect et affection », avait-il dit. Ce qui, en toute logique, devrait exclure les cachots et les greniers. Le principal objectif d'Adam consistait désormais à visiter les appartements personnels du peintre. Mais quand et comment s'y introduire, il n'en avait pas la moindre idée.

Une fois la séance de pose écoulée, il libéra Kirby qui s'attela aussitôt à ses sculptures. La laissant à sa création, il descendit au rez-de-chaussée et déambula de pièce en pièce en tentant de percer l'énigme du Rembrandt disparu. Personne ne s'étonna de sa présence. Il était là en tant qu'invité et il jouissait, à ce titre, de la confiance de ses hôtes comme de celle du personnel.

McIntyre n'aurait pas pu trouver de meilleure « taupe », en l'occurrence. De par son milieu, sa vocation, ses affinités, il avait été tout naturellement accepté par les Fairchild comme l'un des leurs. Quelle raison auraient-ils eue de se méfier d'un artiste déjà célèbre qui, de surcroît, savait se comporter en société ?

Notant que le ciel s'assombrissait, Adam soupira sous le poids insidieux d'une culpabilité qui s'accusait d'heure en heure. De toute façon, il n'irait pas plus loin aujourd'hui. Renonçant à ses recherches dans l'immédiat, il décida de monter se changer. Dans une demi-heure, ils partaient pour la soirée de Mélanie Burgess et il n'était pas en tenue pour assister à des mondanités.

Le changement de lieu lui ferait du bien. Il aurait l'occasion de se faire une opinion de Harriet Merrick ainsi que de Stuart Hiller. Et il n'y aurait pas de liens affectifs naissants pour obscurcir ses facultés de jugement et lui taquiner la conscience. Jurant tout bas, il commença à gravir l'escalier.

— Monsieur Haines ?

Adam s'immobilisa et tourna la tête avec impatience. Tulipe se tenait au pied des marches.

— Oui, Tulipe ?

— Vous allez dans votre chambre ?

— Oui.

— Alors montez-lui ceci et veillez à ce qu'elle boive tout jusqu'à la dernière goutte, ordonna Tulipe en lui plaçant d'autorité un verre plein de liquide blanchâtre dans la main. Et qu'il n'en reste rien, vous m'entendez ?

Médusé, Adam suivit des yeux la femme qui s'éloignait au pas de charge. Que les Fairchild se laissent persécuter par leur chat et terroriser par leur personnel était une chose. Mais pourquoi diable avait-il accepté de se laisser donner des ordres par ce dragon ?

Renonçant à comprendre ses propres bizarreries, il grimpa à l'étage avec sa boisson à la main. Décidant que Kirby devait être la destinataire désignée du breuvage. Adam alla frapper chez elle.

— Tu peux me l'apporter jusqu'ici, si tu veux, lança de loin Kirby. Mais je refuse de le boire. Même sous la menace.

Poussant la porte, il trouva la chambre vide. Mais une agréable odeur de bain moussant flottait dans la pièce.

— Tu pourras avancer tous les arguments que tu voudras, lança-t-elle de la salle de bains voisine. Mais ce n'est pas la peine de me faire le coup des désordres intestinaux et des carences en vitamines. J'ai une santé de fer.

Son verre à la main, Adam traversa la chambre et pénétra dans la salle de bains d'où s'élevait un nuage de vapeur parfumée. Les cheveux relevés, Kirby se prélassait dans une immense baignoire sur pieds. Au-dessus d'elle, comme dans une grotte aquatique, une forêt tropicale de plantes tombantes luisait d'humidité dans une atmosphère de serre parfumée. Un délicat tapis de mousse blanche masquait pudiquement la demoiselle au bain.

— Ainsi, Tulipe t'a choisi comme émissaire ? commenta-t-elle en passant un gant sur son épaule ronde et blanche. Mais entre donc, au lieu de rester planté là ! Je ne te demanderai pas de me frotter le dos.

Adam songea à Cléopâtre, flottant sur sa nef.

Combien d'hommes, outre César et Marc-Antoine, la belle Egyptienne avait-elle rendus fous d'amour ?

— C'est un bain ou une étuve ? s'enquit-il, pris dans les volutes de vapeur.

Du menton, Kirby désigna la boisson qu'il tenait toujours à la main.

— Tu sais ce qu'il y a dedans, au moins ? C'est un mélange infâme que Tulipe tente périodiquement de me faire avaler de force. Il contient des œufs crus, tu imagines ?

Kirby tendit une jambe et entreprit de la savonner méthodiquement.

— Honnêtement, tu boirais des œufs crus, toi ? s'enquit-elle d'un air sombre.

Se prenant au jeu, Adam lui jeta un regard sévère.

— Là n'est pas la question. Tulipe m'a dit expressément que tu ne devais pas en laisser une seule goutte.

— Ce qui te place dans une position inconfortable, admit-elle avec un léger soupir. Tu sais quoi ? Je vais en avaler juste une gorgée et jeter le reste. Ainsi, je pourrais affirmer que j'ai bu sans que ce soit tout à fait un mensonge.

— Ce ne serait pas tout à fait la vérité non plus, objecta-t-il en lui tendant le verre.

Elle prit une gorgée. Déglutit.

— Je considère qu'il s'agit déjà d'un acte de bravoure. Maintenant, si tu veux le reste…

— Merci. Sans façon.

Acceptant le verre, il versa le contenu dans le lavabo puis s'assit sur le bord de la baignoire. De surprise, Kirby en laissa tomber son savon au fond de l'eau.

— Oups ! Non, inutile de chercher, Adam. Je me charge de le retrouver moi-même. Encore merci pour la boisson. J'apprécie ton dévouement. Mais si tu veux regagner ta chambre, maintenant…

Il prit le gant qu'elle avait reposé.

— Je ne suis pas pressé. Il n'était pas question de te frotter le dos, tout à l'heure ?

— Au voleur !

La voix de Fairchild précéda de peu l'entrée du peintre gesticulant.

— Qu'on appelle la police ! Le FBI ! Adam, tu tombes à pic. Tu seras témoin, s'exclama-t-il sans paraître le moins du monde choqué de voir sa fille donner audience dans son bain.

Kirby leva les yeux au ciel, même si elle était secrètement soulagée par cette irruption providentielle.

— J'aurais dû prévoir des rafraîchissements, observa-t-elle avec une ironie douce-amère. Alors ? Qu'est-ce qui a encore disparu, Daddy ? La scène de rue de Sisley ? Le portrait de Renoir ? Non, je sais. Tes chaussettes en laine polaire !

— Mon costume de soirée noir ! Que personne ne touche à rien. Il faudra prendre des empreintes digitales.

— Nous avons de toute évidence affaire à une personnalité psychotique et fétichiste, conclut Kirby. Commençons par établir la liste des suspects potentiels. Tu as un alibi, Adam ?

Souriant à l'irrésistible Sherlock Holmes féminin qui officiait nue dans sa baignoire, Adam joua avec le gant de toilette qu'il tenait à la main.

— J'ai passé tout l'après-midi à tenter de séduire Polly.

Les yeux de Kirby pétillèrent. Elle avait toujours pensé qu'il avait du potentiel.

— Alibi rejeté. Séduire Polly prend au maximum

un quart d'heure. J'imagine que tu as un costume de soirée noir ?

— C'est ce qu'on appelle une preuve circonstancielle.

— Un mandat de perquisition ! s'écria Fairchild d'un air de triomphe. Voilà ce qu'il nous faut. Allons exiger un mandat chez le juge et fouillons toute la maison.

— Trop coûteux en temps, trancha Kirby. A dire vrai, Dad, je pense que nous devrions aller voir Cartes.

— Le majordome serait le coupable, selon toi ? Mais non, c'est absurde. Comment entrerait-il dans mon costume alors qu'il est deux fois plus grand que moi ?

— Exact. Mais même si je déteste la délation sous toutes ses formes, je me sens tenue de t'informer que j'ai entendu Cartes annoncer à Tulipe qu'il avait l'intention de prendre ton smoking.

— Le misérable !

— Les mobiles du crime, si mes souvenirs sont bons, sont la teinturerie et le pressing. Je pense qu'il avouera si tu n'hésites pas à l'accuser de but en blanc.

Fairchild se frotta le menton de ses longs doigts sensibles.

— Très bien. Evitons le scandale. Je me charge de confondre moi-même le coupable.

— Tu es un héros, Daddy.

Amusée, Kirby regarda son père disparaître de sa démarche bondissante.

— La mousse de mon bain est en train de fondre, Adam. Je propose donc que nous poursuivions notre conversation dans des circonstances plus… décentes.

Adam se pencha, tira sur la chaîne et retira la bonde de la vieille baignoire.

— Je crois que l'heure approche pour nous de poursuivre un peu plus qu'une conversation.

Le cœur battant, Kirby regarda l'eau du bain descendre en même temps que ses ultimes défenses. Grimaçant un sourire contraint, elle opta pour la nonchalance.

— Tiens-moi au courant lorsque tu seras prêt.

— Compte sur moi, murmura-t-il.

Puis, sans un mot de plus, il se leva et quitta la salle de bains.

Lorsqu'il redescendit un quart d'heure plus tard, Adam sourit en entendant Kirby en plein débat avec Tulipe.

— Oui, oui, ne t'inquiète pas, j'ai bu ta potion miracle. Si je vomis chez les Merrick, on saura d'où ça vient.

Il entendit Tulipe marmonner quelque nouveau reproche indistinct.

— Sabre de bois ! Comment ça, des talons ? Voilà dix ans que j'en porte. Et je n'ai jamais eu mal au dos de ma vie. D'ailleurs, ils ne mesurent pas dix centimètres mais cinq.

Juste avant d'entrer dans le salon, Adam croisa Tulipe qui en sortait en râlant et en pestant.

— Adam, Dieu merci, s'écria Kirby en s'accrochant à son bras. Filons d'ici avant qu'elle ne trouve un nouveau motif pour me persécuter.

Elle portait une robe blanche. Un modèle souple, d'une ligne très pure, sans l'ombre d'une fanfreluche. Ses bras et sa gorge étaient couverts et la tenue avait quelque chose de monacal. Et pourtant, avec ses longs cheveux noirs défaits, elle bruissait de volupté comme une nuit d'amour sous les tropiques.

Repoussant sa chevelure dans son dos, elle jeta une

cape noire sur ses épaules. Pendant qu'elle l'ajustait autour d'elle, la lumière tomba sur sa silhouette en noir et blanc. Forte, romantique, intemporelle, elle semblait sortir tout droit d'un tableau de Manet.

— Tu es une femme fabuleuse, Kirby.

Elle s'immobilisa un instant, le cœur battant. Les compliments, d'ordinaire, la touchaient en surface. Celui-ci venait de l'atteindre en profondeur.

— Merci. Tu es superbe, toi aussi… On y va ?

— Ton père ne vient pas avec nous ?

— Il est déjà parti. C'est rare que nous prenions une même voiture pour nous rendre à une soirée chez Harriet. Daddy déboule presque toujours chez elle en avance. Et je rentre généralement avant lui, en le laissant à ses efforts stratégiques pour convaincre Harriet de coucher avec lui.

Fermant la porte derrière elle, Kirby l'entraîna en direction d'une Porsche argent garée devant l'entrée.

— Si ça ne te dérange pas, je préfère conduire que de faire la copilote.

— Comme tu voudras.

— La nuit est magnifique, commenta-t-elle en tournant la clé de contact.

Elle enfonça l'accélérateur au plancher et Adam se retrouva plaqué contre le dossier de son siège.

— Je pense que tu apprécieras Harriet, poursuivit Kirby alors qu'il regardait le paysage défiler à une vitesse effarante. Elle est comme une mère pour moi.

Parvenue à la route, elle rétrograda brusquement et, dans un crissement de pneus strident, prit un virage serré sur la gauche.

— Quant à Melly, tu la connais déjà, poursuivit-elle avec la plus parfaite décontraction. Jure-moi que tu ne me lâcheras pas complètement pour les beaux yeux de ma Mélanie. J'aurai besoin de ton attention ce soir.

D'un geste réflexe, Adam enfonça le pied sur un frein imaginaire.

— Honnêtement, Kirby, as-tu déjà vu un homme s'intéresser à elle lorsque tu es dans le secteur ?

« Et atteindrons-nous notre destination vivants ou finirons-nous pitoyablement dans le fossé ? » se demanda-t-il, effaré.

— Bien sûr que les hommes s'intéressent à Melly quand je suis là !

Surprise par sa question, Kirby tourna la tête vers lui. La Porsche fit une embardée.

— Bon sang, mais regarde devant toi, au moins, cria-t-il en donnant un coup de volant.

Le visage serein, Kirby prit un virage sur les chapeaux de roues.

— Melly est la femme la plus idéalement belle que je connaisse. C'est une styliste très talentueuse. Et elle est d'une correction sans faille. Elle a même refusé que son mari lui verse une pension alimentaire suite à leur divorce. Question de fierté, je suppose… Dans une seconde, nous allons avoir une vue superbe sur l'Hudson, Adam.

Kirby se pencha vers lui pour lui montrer la vue en question. De nouveau, la Porsche zigzagua. Adam la repoussa d'autorité sur son siège.

— Je préfère admirer le paysage d'en haut que du fond du fleuve. Tu conduis toujours comme ça ?

— Oui, pourquoi ?

— Tu roules à cent vingt à l'heure, là.

— C'est vrai. La nuit, j'ai tendance à rouler moins vite que dans la journée.

— En voilà une bonne nouvelle, marmonna Adam en allumant une cigarette.

— Tiens, regarde, on voit la maison de Harriet, là-bas, annonça-t-elle en négociant une épingle à cheveux comme un pilote de rallye en mission suicide. Elle est magnifique lorsqu'elle est éclairée comme ça.

Dominant la rive du fleuve, la grande demeure brillait en effet de tous ses feux. Sans ralentir, Kirby remonta l'allée circulaire et s'immobilisa devant l'entrée avec un couinement de freins malmenés.

Jurant tout bas, Adam arracha les clés du contact et les glissa dans la poche de sa veste.

— Désolé, mais je conduis au retour.

— Quelle délicate attention de ta part, rétorqua Kirby en souriant au domestique qui venait ouvrir sa portière. Cela me permettra de boire quelques coupes de champagne supplémentaires.

Sitôt le seuil franchi, Kirby fut littéralement happée.

— Harriet !

Engloutie dans l'étreinte chaleureuse d'une femme sculpturale aux cheveux roux flamboyant, Kirby rit de bon cœur.

— C'est merveilleux de te revoir, Harriet. Mais ton crocodile est en train de me mordre la joue.

— Désolée, ma chérie.

Maintenant son collier à dents d'une main, Harriet se pencha pour lui poser un baiser sur la joue. C'était une femme impressionnante, avec un corps plein, à la Rubens, et des yeux verts lourdement maquillés. La subtilité n'était pas, de toute évidence, le point fort de Mme Merrick.

— Et voici votre invité du moment, je suppose ? s'exclama-t-elle en examinant Adam. Il est magnifique.

Kirby les présenta en riant.

— C'est Adam, oui. Et je te concède qu'il est superbe. Mais je te conseille de te tenir si tu ne veux pas que Daddy le provoque en duel.

Avec un grand rire, Harriet attrapa Adam et Kirby chacun par un bras.

— Je suis ravie que vous soyez là. Nous avons déjà un monde fou. Rien que des amis de ma fille, donc. Et tous aussi rasoirs et collet monté les uns que les autres.

— Harriet ! protesta Kirby. Tu manques de tolérance.

La galeriste rejeta son outrancière chevelure rousse dans son dos.

— J'ai été d'une politesse sans faille jusqu'à maintenant. Mais avec vous, j'ai droit à la liberté d'expression.

— Kirby !

Gainée dans une robe fourreau gris acier, Mélanie se porta à leur rencontre et fit pivoter Kirby devant elle.

— Quel superbe tableau vivant tu fais, ma chérie. Ellen… Prenez sa cape, voulez-vous ? Même si c'est dommage de gâcher l'effet produit… Je crois que nous avons quelques amis communs ici. Tu te souviens de Michael Towers, Kirby ?

— Le publicitaire qui grince des dents ?

Harriet laissa éclater un grand rire. Adam lutta pour réprimer le sien. Avec un profond soupir, Mélanie leur fit signe de la suivre dans la salle de réception.

— Tâchez de vous tenir, voulez-vous ?

Adam regarda autour de lui et découvrit un monde qui lui était en tout point familier. Il avait été élevé dans ce même microcosme feutré où le champagne coulait sans bruit et où le raffinement allait de soi, tout comme le choix des meilleures écoles. C'était un monde dont il connaissait intimement les codes et les exigences. Un monde dans lequel il s'était toujours inséré sans difficulté.

Alors pourquoi s'ennuyait-il à mourir dès qu'il se trouvait séparé de Kirby plus de cinq minutes d'affilée ?

— J'ai décidé de partir faire un trek dans le bush australien, annonça Harriet à Kirby. Tu viens avec moi ?

Kirby se mordilla pensivement la lèvre.

— Bivouaquer autour d'un feu de camp ? Pourquoi pas ?

— Réfléchis à ma proposition, d'accord ?... Ah, Adam ! Vous nous revenez déjà ! Je parie que la compagnie d'Agnès Birmingham vous poussait à chercher refuge dans la boisson. Non, non, ne dites rien. La réponse se lit sur votre visage. Mais vous êtes trop poli pour médire.

— Disons simplement que j'étais à la recherche d'une conversation un peu plus stimulante. Et que je viens de la trouver.

Adam arrêta un serveur et prit trois verres.

— Kirby vous a dit que je peignais son portrait ?

— Elle pose pour vous ?

Harriet faillit s'étrangler sur sa coupe de champagne.

— Comment avez-vous fait ? Vous l'avez droguée et enchaînée ?

Il enveloppa Kirby d'un long regard songeur.

— Pas encore, non. Mais ce serait une possibilité.

Les réflexes professionnels de Harriet reprirent aussitôt le dessus.

— Parlons peu, parlons bien : j'exige d'être la première à exposer cette toile lorsqu'elle sera terminée. Et je vous préviens que je suis capable de faire une scène atroce si vous me la refusez.

— Harriet a un grand talent pour les scènes, précisa Kirby en levant son verre.

La galeriste sourit, visiblement charmée par cette appréciation.

— Oh, Adam, il faudra que je vous montre le portrait que Philip a fait de Kirby, il y a trois ans, lorsqu'elle est rentrée de Paris. Il est extraordinaire.

— Je pensais justement profiter de mon séjour dans la région pour explorer votre galerie à fond.

— Excellente idée. Mais vous pourrez admirer le portrait dès ce soir. Il est accroché ici. Dans la bibliothèque.

— Et si vous alliez le voir ensemble, tous les deux ? suggéra Kirby. Vous n'arrêtez pas de parler de moi comme si je n'étais pas présente. Vous pourriez tout aussi bien m'abandonner physiquement.

Harriet ouvrait la bouche pour répondre lorsque son regard choqué se fixa sur l'entrée de la salle.

— Eh bien… Il y en a, décidément, qui ne reculent devant rien, murmura-t-elle avec une moue dégoûtée.

Les doigts de Kirby se crispèrent légèrement sur son verre lorsqu'elle vit Stuart déambuler parmi les invités. Mélanie surgit aussitôt à leur côté.

— Je suis vraiment désolée, ma chérie. J'espérais qu'il aurait suffisamment de tact pour rester chez lui.

Lentement et, non sans une pointe d'insolence, Kirby rejeta ses cheveux défaits dans son dos.

— Si sa présence m'avait posé problème, je ne serais pas venue.

— Je ne voudrais pas que tu te sentes gênée à cause de…

Mélanie fut interrompue par le rire clair — et franc — de Kirby.

— Quand m'as-tu jamais vue être gênée, Melly ?

— Il faut quand même que j'aille le saluer, murmura Mélanie, clairement partagée entre sa loyauté envers Kirby et ses devoirs d'hôtesse.

Harriet suivit pensivement sa fille des yeux.

— Je vais le fiche à la porte, bien sûr. Mais je veux procéder avec la discrétion nécessaire.

Kirby vida son champagne d'un trait.

— Vire-le si tu veux. Mais ne le fais pas pour moi.

— Nous allons avoir droit à du grand spectacle, Adam, commenta Harriet à mi-voix en fixant un point par-dessus son épaule. Malgré les efforts de Mélanie pour le retenir, Stuart se dirige droit sur nous.

Sans prononcer un mot, Kirby prit la cigarette d'Adam. Affable, mondain affichant des manières irréprochables, Stuart s'inclina devant Harriet.

— Vous êtes très en beauté, ce soir, Harriet. L'Afrique vous a réussi.

Adam songea aux vociférations haineuses qu'il avait entendues dans l'atelier de Fairchild. On avait de la peine à imaginer qu'elles provenaient du même individu.

Harriet lui décocha un sourire neutre.

— Je suis étonnée de vous voir ici ce soir, Stuart.

— J'ai été retenu, malheureusement.

Toujours avec la même élégance suave, Stuart porta son attention sur Kirby.

— Tu es ravissante.

— Merci. Tu n'es pas mal non plus. Et tellement plus souriant qu'à l'occasion de notre dernière rencontre, lança-t-elle avec un sourire éblouissant. Je ne t'ai pas encore présenté Adam, je crois ? Il est inutile de te demander si tu connais le peintre, Adam Haines. Adam séjourne quelque temps chez nous.

La poignée de main de Stuart n'était ni molle ni ferme. Juste insignifiante.

— Vous comptez passer un moment dans la région, monsieur Haines ?

— Le temps de terminer le portrait de Kirby que j'ai entrepris de peindre.

Adam eut la double satisfaction de voir Kirby sourire et Stuart se rembrunir.

— J'ai l'intention de l'exposer dans la galerie de Harriet, poursuivit-il sous le regard rayonnant d'approbation de la dame en question.

Stuart hocha la tête.

— Je suis certain que votre tableau constituera un apport précieux à notre collection.

Ignorant l'hostilité presque tangible dont il était l'objet, il se tourna vers Harriet.

— Je ne pouvais pas vous joindre en Afrique, mais les choses ont pas mal bougé par ici. J'ai vendu le Titien à Ernest Myerling.

A l'annonce de cette nouvelle, Adam vit Kirby pâlir petit à petit jusqu'à ce que son visage d'une blancheur de craie se confonde presque avec sa robe.

— Je ne me souviens pas qu'il ait jamais été question de mettre ce tableau en vente, rétorqua Harriet d'une voix aussi blanche que le teint de sa jeune compagne.

— J'ai vérifié que le Titien ne figurait pas dans la liste de vos possessions personnelles. J'en ai conclu que je pouvais conclure la transaction. Je pense que vous serez satisfaite du prix que j'ai négocié.

Stuart s'interrompit pour allumer une cigarette avec un fin briquet en argent.

— Myerling a exigé qu'il soit d'abord authentifié par un expert. J'ai la triste impression que le tableau l'intéresse plus pour l'investissement qu'il représente que pour sa valeur artistique proprement dite. Quoi qu'il en soit, j'ai pensé que cela vous intéresserait d'assister à l'expertise.

« Oh, mon Dieu. » Consciente du regard attentif d'Adam rivé sur elle, Kirby restait comme clouée au sol par la panique.

— Authentifier un de mes tableaux ! se récria Harriet, clairement outrée. Myerling a le front de penser que je pourrais exposer des faux dans ma galerie ! Le Titien n'aurait jamais dû être vendu en mon absence. Et surtout pas à un paysan capable de confondre un Courbet et un Corot.

Stuart, qui avait une juteuse commission à la clé, tenta d'apaiser la galeriste.

— Pour un tableau d'une telle valeur, il n'est pas rare que l'acheteur demande une expertise. Myerling est un homme d'affaires qui n'entend pas grand-chose à la peinture. Quoi d'étonnant si son approche est carrée, factuelle ? Quoi qu'il en soit, la vente est déjà signée, avec juste la clause suspensive liée à l'expertise.

— Nous nous occuperons de cette affaire demain, trancha Harriet en baissant la voix. Ce n'est ni le lieu ni le moment.

— Excusez-moi quelques instants, voulez-vous ?

Kirby pivota sur ses talons et se fraya un chemin dans la foule. Elle avait le cœur au bord des lèvres et son pouls battait à un rythme précipité.

Saisissant le bras de son père, elle mit une fin brutale à un de ses savants monologues et le tira d'autorité derrière elle.

— Il faut que je te parle, Daddy. Et sans attendre.

7

Refermant la porte de la bibliothèque derrière eux, Kirby se renversa contre le battant clos. Elle n'y alla pas par quatre chemins pour annoncer la catastrophe.

— Le Titien doit être expertisé demain matin. Stuart l'a vendu.

— Vendu ?

Le teint de Fairchild vira au rouge brique.

— Non, c'est impossible. Harriet ne doit pas se dessaisir de ce tableau.

— Harriet n'a jamais eu l'intention de le vendre. Mais souviens-toi qu'elle était au fin fond de la savane à fraterniser avec les lions.

Passant nerveusement la main dans ses cheveux, Kirby lutta pour recouvrer un semblant de calme.

— Stuart a conclu la transaction en son absence. Il vient de l'annoncer à Harriet.

Fairchild se mit à trépigner sur place.

— Je te l'avais dit d'emblée que ce type-là était un imbécile, non ? Vrai ou faux ? Et j'ai fait la même remarque à Harriet. Mais crois-tu que quelqu'un m'aurait écouté ? Pas Harriet, en tout cas. Il a fallu qu'elle l'embauche contre mon avis et qu'elle aille courir la jungle en le laissant aux commandes. Et voilà le résultat !

— Cela ne nous avance à rien de revenir là-dessus maintenant, Dad. Ce qu'il faut, c'est trouver une solution. Et rapidement, de préférence.

— Il reste qu'on n'en serait pas là si Harriet ne voulait pas toujours n'en faire qu'à sa tête. Cette vaine créature a toujours eu un faible pour les jolies physionomies masculines. Voilà le problème.

Fairchild prit une profonde inspiration et poursuivit d'une voix soudain parfaitement calme.

— Nous avons un petit problème, en effet.

— Un petit problème ? Tu veux dire que nous frôlons la catastrophe, oui.

— Mais nous allons régler ça, quand même. Et sans trop de difficulté, a priori. Il y a moyen d'annuler la transaction ?

— D'après Stuart, le contrat est définitif. Et l'acheteur n'est autre que Myerling.

Fairchild donna un coup de pied dans le bureau de Harriet.

— Le vieux pirate. Inutile d'espérer qu'il renoncera. Il ne nous reste donc plus qu'une chose à faire : procéder à l'échange.

Kirby hocha la tête.

— J'y avais pensé, oui.

— Tonnerre ! J'y tiens comme à la prunelle de mes yeux, à ce Titien. Il va me le payer, Stuart.

Se plantant devant son père, Kirby se croisa les bras sur la poitrine.

— C'est bien gentil d'émettre des menaces. Mais qui a eu l'idée d'installer Adam précisément dans la chambre où tu as accroché le Titien ? Songe qu'il va falloir sortir le tableau, le rapporter à la galerie et mettre la copie à la place. Et tout ça au nez et à la barbe de notre invité. Or il n'y a pas grand-chose qui échappe à l'attention d'Adam, au cas où tu ne l'aurais pas remarqué.

Fairchild fit la moue, réfléchit puis se frotta les mains.

— Autrement dit, il nous faut un plan.

Consciente que l'heure des regrets était désormais passée, Kirby se laissa tomber dans un fauteuil.

— Bon. On va commencer par appeler Cartes et lui demander de sortir le tableau pour le mettre dans ma chambre avant notre retour.

Son père approuva d'un rapide signe de tête.

— Tu as un vrai talent pour le complot, Kirby.

Déjà une pointe d'excitation perçait à travers l'angoisse. Elle avait toujours aimé l'aventure et le danger.

— C'est l'hérédité qui parle. Et maintenant, voici mon idée…

Baissant la voix, elle communiqua à son père les grandes lignes de son plan.

— Ça devrait marcher, acquiesça Fairchild après réflexion.

— C'est ce qu'il reste à voir. Je crois que nous aurions tort de sous-estimer Adam. Mais nous n'avons pas le choix, de toute façon. Je ne vois pas ce que nous pourrions tenter d'autre.

— Je suis sûr que tout va se dérouler à la perfection, Kirby.

Elle haussa les épaules.

— Adam devrait être trop groggy pour se rendre compte que le Titien a disparu. Et une fois que j'aurais procédé à l'échange à la galerie, je reviendrai me glisser dans sa chambre et je mettrai la copie à la place. Mais pour cela, il faut effectivement que nous l'endormions.

L'idée la rebutait, mais c'était la seule issue possible.

— Cela me chiffonne que nous lui fassions avaler des somnifères, murmura-t-elle.

— Nous lui assurerons juste un sommeil un peu plus profond qu'à l'ordinaire. Et qui n'a pas besoin d'une bonne nuit de repos, de temps en temps ? Maintenant, je propose que nous retournions voir les autres avant que Mélanie ne prévienne police-secours.

— Je te rejoins dans une minute. Juste le temps d'appeler Cartes et de lui dire de se mettre au travail.

Kirby attendit que son père soit sorti pour se diriger vers l'appareil placé sur le bureau de Harriet. S'acquitter de la tâche qu'elle s'était fixée ne l'affolait pas. Le défi l'excitait, au contraire. Seul le fait d'œuvrer dans le dos d'Adam gâchait une grande partie de son plaisir.

Se répétant qu'il n'y avait pas d'autre solution, elle décrocha le téléphone et communiqua ses instructions à Cartes.

Cette fois, les dés étaient jetés. Lentement, elle replaça le combiné. Mettre en œuvre le plan que son père et elle venaient d'élaborer l'amuserait nettement plus, au fond, que de rester avec les amis de Melly à papoter autour d'un cocktail.

Kirby s'apprêtait à quitter la bibliothèque lorsque la porte s'ouvrit. Avec un sourire affable, Stuart avança droit sur elle.

— J'aimerais te parler quelques instants, Kirby.

Sa première réaction fut de panique. S'il y avait une chose au monde dont elle n'avait pas besoin en ce moment, c'était bien d'une explication avec Stuart. Mais elle songea à ses mensonges. A l'humiliation qu'il lui avait fait subir. Et la colère monta, irrépressible.

— Il me semblait que nous nous étions déjà tout dit la dernière fois, Stuart.

— Je ne crois pas, non.

— Rien ne m'ennuie plus que les redites, rétorqua-t-elle doucement. Mais puisque tu insistes, j'ajouterai ceci : c'est vraiment dommage pour toi que tu ne possèdes pas la fortune qui va avec ton physique. Tu sais quelle erreur stratégique tu as commise avec moi, Stuart ? Tu n'as même pas su faire en sorte que j'aie envie de toi.

A dessein, sa voix se fit rauque, séductrice.

— Tu pouvais me tromper sur tes sentiments mais pas sur ton désir. Si tu t'étais concentré sur cet objectif au lieu de ne laisser parler que ton avidité, tu aurais peut-être eu tes chances. Mais tu n'as pas été à la hauteur de tes propres mensonges. Et même si tes manœuvres, ton hypocrisie et ton arrivisme auraient pu m'amuser un moment, je suis ravie que tu n'aies pas réussi à mettre la main sur ma personne et sur mon argent.

Kirby voulut passer son chemin, mais il la rattrapa par le bras.

— Avant de traîner les autres dans la boue, tu ferais peut-être mieux de te souvenir des douteuses petites manies de ton père, tu ne crois pas ?

Elle contempla avec dédain les doigts crispés sur son bras.

— Parce que tu crois sérieusement pouvoir te comparer à mon père ?

Elle eut un rire chargé de mépris.

— Tu ne lui arriveras jamais à la cheville, Stuart. Tu es et tu seras toujours un moins que rien.

Il la frappa du revers de la main. Si fort qu'elle vacilla. Kirby n'émit pas un son. Elle ne baissa pas les yeux, non plus, dardant sur lui un regard luisant de mépris.

— Voilà qui confirme ce que je viens d'énoncer, commenta-t-elle en portant la main à sa joue. Tu es minable et tu te comportes comme tel. Dans tes tricheries comme dans tes mensonges.

Stuart serra les poings, se refrénant visiblement de la frapper de nouveau.

— Assez joué Kirby, maintenant. C'est le Rembrandt que je veux.

— Je préférerais la détruire à coups de couteaux plutôt que de voir mon père te remettre une œuvre sur laquelle tu n'as aucun droit.

Elle ne s'abaissa pas à lutter lorsqu'il lui saisit les épaules avec rudesse.

— Deux jours, Kirby. Dis à ton vieux que je lui accorde deux jours. S'il ne m'a pas remis le tableau d'ici là, c'est toi qui paieras.

Au prix d'un effort non négligeable, elle réussit à muer sa rage en dédain glacé.

— Visiblement, les menaces et la violence physique sont les seules armes dont tu disposes, Stuart. Pour ma part, j'en ai d'autres, beaucoup plus efficaces. Et si je choisis de tomber dans les coups bas à mon tour, tu n'auras ni l'intelligence ni la finesse nécessaires pour me contrer.

Il jura. Grossièrement et avec force.

— Tu es de la race des serpents, Stuart, poursuivit-elle calmement. Et le propre des serpents est de ramper. Le fait que tu aies ta force physique pour toi ne constitue qu'un avantage temporaire.

— Très temporaire, Hiller.

Adam pénétra dans la bibliothèque et referma la porte derrière lui. Sa voix était glaciale.

— Lâchez-la.

Kirby sentit l'étau douloureux se desserrer sur ses

épaules. Elle vit Stuart lutter pour reprendre une contenance. D'un geste nerveux, il remit sa cravate en place.

— Souviens-toi de ce que je viens de te dire, Kirby. Cela pourrait te servir.

Kirby se frotta nonchalamment le bras pour rétablir sa circulation coupée.

— Tu sais comment le poète Byron décrivait la vengeance féminine, Stuart ? Pour lui, elle était semblable au bond du tigre : soudaine, écrasante et fatale. Souviens-toi de cela, O.K. ? Cela pourrait te servir de ton côté.

Lui tournant délibérément le dos, Kirby alla vers la fenêtre et scruta le vide.

La main sur la poignée, Adam laissa Stuart sortir.

— Touchez-la encore une fois et vous aurez affaire à moi. Cela aussi, vous feriez bien de vous le rappeler.

Le vacarme de la réception emplit un instant la pièce. Puis le son s'évanouit lorsque Adam referma la porte derrière lui. Il en avait suffisamment entendu pour savoir que le Rembrandt avait provoqué cet échange d'une rare violence. Mais il laissa cet aspect de côté.

— Eh bien… Je suppose que j'ai de la chance de ne pas avoir une ex-fiancée dans le secteur, lança-t-il d'un ton léger. Stuart est un mauvais perdant et tu es surprenante. La plupart des femmes auraient pleuré et supplié. Et toi, tu lui jetais froidement insulte sur insulte à la figure.

— Supplier n'est pas vraiment dans ma nature. Et Stuart n'a jamais réussi à m'arracher une larme.

— Mais tu trembles, murmura-t-il en lui posant les mains sur les épaules.

— De colère.

Kirby prit une profonde inspiration et relâcha

lentement son souffle. Elle détestait se montrer en état de faiblesse.

— Merci pour l'intervention chevaleresque, Adam. J'ai apprécié.

Il lui posa un baiser sur le sommet du crâne.

— A votre service, gente dame. Et si nous allions rejoindre... ?

Sa phrase se perdit dans un murmure lorsqu'il la fit pivoter face à lui. Levant les yeux sur son visage, Kirby comprit que la marque de la main de Stuart était sans doute encore visible. Lorsqu'il lui effleura la joue, le regard d'Adam était glacé. Glacé et redoutable. Sans un mot, il se détourna et se dirigea vers la porte.

— Non !

Horrifiée, elle se raccrocha à son bras.

— Non, sérieusement. Je ne veux pas que tu interviennes. Il ne faut pas, Adam.

Il se dégagea sans répondre, mais elle courut se jeter contre le battant clos pour lui barrer le passage. Les larmes qu'elle avait réussi à contenir avec Stuart lui montaient à présent aux yeux.

— S'il te plaît, Adam, ne fais pas cela. J'en ai déjà bien assez comme cela sur la conscience sans t'entraîner en plus dans cette histoire. Je vis ma vie comme je l'entends et j'assume mes choix.

Pendant une fraction de seconde, Adam crut qu'il allait l'écarter sans rien dire et fendre la foule du rez-de-chaussée pour se ruer sur Stuart. Le besoin viscéral de cogner sur cette brute odieuse l'aveuglait presque. Mais Kirby se tenait devant lui, délicate, presque suppliante. Et son visage était inondé de larmes.

— Bon...

Il cueillit une larme sur sa joue et se fit une promesse. Quoi qu'il arrive, il ne repartirait pas avant d'avoir senti le sang de Stuart couler sur ses mains.

— Je ficherai la paix à cet imbécile pour ce soir. Mais tu ne fais que différer l'inévitable.

Soulagée, Kirby ferma les yeux. Lorsqu'elle les rouvrit, le désespoir avait disparu de son regard encore mouillé de larmes.

— Je ne crois pas à l'inévitable.

Elle lui prit la main pour la porter à sa joue et la maintint là jusqu'au moment où la tension qui les habitait l'un et l'autre s'apaisa.

— J'imagine que tu es entré ici pour voir mon portrait. Il est là, juste au-dessus du bureau.

Elle indiqua le tableau d'un geste mais Adam ne détacha pas les yeux de son visage.

— Je l'examinerai avec le plus grand soin. Mais seulement une fois que j'aurai accordé toute mon attention à l'original.

Enveloppant ses bras autour d'elle, il se contenta de la serrer fort contre lui. Bien que non prémédité, ce fut le geste de réconfort idéal. Laissant tomber la tête sur l'épaule d'Adam, Kirby songea à la paix intérieure extraordinaire que lui offrait son étreinte.

Puis au plan qu'elle s'apprêtait à mettre à exécution le soir même.

— Je suis désolée, Adam.

Il perçut les regrets dans sa voix et effleura ses cheveux de ses lèvres.

— Désolée pourquoi ?

Glissant les bras autour de sa taille, elle s'agrippa à lui comme elle ne s'était encore jamais agrippée à personne.

— Je ne peux pas te le dire. Mais je suis désolée.

Le trajet du retour s'effectua à une vitesse nettement plus modérée qu'à l'aller. Engoncée dans le siège passager, Kirby se montra peu loquace. Dans un premier temps, Adam attribua son silence ainsi que son visible malaise à la scène qu'il avait surprise entre Hiller et elle. Puis il se souvint brusquement de la réaction de panique qu'elle avait eue en apprenant que le Titien de la galerie avait été vendu.

« Que se passe-t-il dans sa tête en ce moment ? se demanda-t-il en l'observant du coin de l'œil. Et comment obtenir une réponse à cette question sinon en tentant une approche directe ? » Même s'il paraissait criminel de gâcher un aussi beau clair de lune en abordant un sujet manifestement sensible.

— Le Titien qui a été vendu à la galerie…

— Oui ?

Il fit mine de ne pas avoir remarqué le tressaillement de Kirby.

— Il y a longtemps qu'Harriet l'a en sa possession ?

Elle croisa les mains sur ses genoux.

— Oh, depuis des années. Tu ne trouves pas que ta Mme Birmingham a une silhouette en forme de courgette ?

Elle était décidément très douée pour l'esquive.

— Ce n'est pas ma Mme Birmingham, rétorqua-t-il en se relaxant dans son siège. Je regrette de ne pas avoir eu l'occasion de visiter la galerie avant la vente. Je suis un grand admirateur de Titien. Le portrait de femme qui est accroché dans ma chambre est une merveille.

Kirby émit un petit rire nerveux.

— Celui de la galerie l'est tout autant… J'espère que cela ne t'ennuie pas que nous ayons quitté la réception plus tôt que prévu, Adam. Tu peux te garer juste devant la porte, déclara-t-elle, mi-soulagée mi-contrariée à l'idée de passer à la phase deux de son plan. Cartes mettra la voiture dans le garage tout à l'heure en même temps que celle de Daddy.

Elle descendit juste au moment où Fairchild immobilisait sa Rolls dans la cour.

— Tiens, mon père rentre déjà ? commenta-t-elle, feignant la surprise. Il a dû se faire éconduire par Harriet. Puisqu'il est encore tôt, je propose que nous prenions un dernier verre au petit salon.

Kirby attendit que Fairchild soit descendu de voiture pour glisser son bras sous le sien. Ensemble, ils gravirent les marches qui menaient au perron. Songeant que le retour simultané de Fairchild et de sa fille n'était sûrement pas dû au hasard, Adam les suivit en se demandant ce que le duo avait en tête. Et quel rôle il était lui-même appelé à jouer — ou non — dans leur stratégie d'action.

— Trop de monde pour moi, à cette réception, commenta Philip Fairchild en soupirant démonstrativement. Je préfère les compagnies plus restreintes. Allons boire un coup et médire un peu sur tout ce beau monde.

« Arrête de prendre cet air crispé », ordonna mentalement Kirby à son père en lui jetant un discret regard d'avertissement.

— Je vous laisse juste un moment pour demander à Cartes de s'occuper des voitures, annonça-t-elle en s'immobilisant dans le hall central.

Adam vit une lueur d'indécision altérer un instant le regard de Kirby. Comme si elle hésitait encore à mettre en œuvre Dieu sait quel plan concocté à la hâte dont il s'apprêtait à faire les frais. Puis Fairchild éclata de son rire caquetant.

— Ne nous reviens pas trop vite, surtout. J'en ai soupé, moi, pour ce soir, de la compagnie féminine.

Kirby fit la moue.

— Charmant, comme toujours, monsieur Fairchild. Puisque c'est ça, je ferai un crochet par la cuisine et Tulipe me donnera la part de tarte au citron qu'elle t'avait mise de côté pour ce soir.

Fairchild songea avec regret à sa petite collation de minuit.

— Sale gamine, maugréa-t-il. Mais peu importe. Je vais te servir un whisky dont tu me diras des nouvelles, mon petit Adam.

Glissant les mains dans ses poches, Adam suivit Fairchild dans la pièce. Tout en affichant la plus grande décontraction, il garda son hôte à l'œil, portant une attention discrète à chacun de ses gestes.

— J'ai eu l'occasion de voir votre portrait de Kirby, chez Harriet. Il est remarquable.

— Sans fausse modestie, je le considère comme mon unique chef-d'œuvre.

Fairchild sortit une carafe remplie de liquide ambré et leur versa à chacun une mesure de whisky.

— Harriet l'adore, ma Kirby, commenta-t-il d'un air bon enfant.

D'un geste prompt, il laissa glisser deux comprimés dans une des boissons. En temps normal, Adam n'y aurait vu que du feu. Le bougre était rapide. Et il avait la main agile. Aussi amusé qu'intrigué, il en conclut que le duo Fairchild avait décidé de l'écarter temporairement de la circulation. Mais dans quel but ? Déjouer leur plan sans se départir de son attitude de politesse courtoise était le type même de défi qu'il adorait relever.

Il accepta sa boisson avec le sourire puis se tourna vers le paysage de Corot, suspendu juste derrière lui.

— Cette vue d'Italie est d'une qualité rare, vraiment, commenta-t-il après avoir pris une infime gorgée de son whisky. Il faut reconnaître que la façon dont il traite la lumière…

C'était l'hameçon idéal auquel Fairchild ne pouvait que mordre.

— Ah, si tu savais, comme je l'aime, Corot, mon cher Adam ! Voilà un peintre qui n'appartient à aucun clan, aucune école et qui a créé une œuvre comparable à aucune autre. Il réussit le miracle de peindre tout en finesse, avec une attention constante au détail, sans jamais être ennuyeux pour autant. Tiens, prends ces feuillages, par exemple…

Tout naturellement, Philip posa son whisky pour désigner le point qui l'intéressait sur la toile. Pendant que le peintre continuait sur sa lancée, Adam procéda à un rapide échange de verres. Puis, toujours aussi tranquille et souriant, il savoura chaque gorgée de sa boisson, en écoutant les commentaires, de plus en plus somnolents, du maître.

Au premier étage, Kirby trouva le Titien déjà emballé et prêt à être emporté. Bénissant Cartes, elle regarda l'heure à sa montre et se força à attendre un bon quart d'heure avant de prendre le tableau et de quitter sa chambre. Dévalant sans bruit l'escalier qui donnait sur l'arrière du château, elle trouva sa voiture qui l'attendait à l'endroit convenu avec le majordome.

Dans le petit salon, Adam sourit lorsqu'il vit Fairchild, affaissé dans son fauteuil, ronfler avec le plus parfait abandon. Répugnant à le laisser dans cette position inconfortable, il souleva son hôte et l'allongea sur le canapé. Le son d'une voiture lui fit relever la tête. Par la fenêtre, il vit la Porsche de Kirby filer dans l'allée.

— Hé là, pas si vite, ma belle. J'arrive.

Une minute plus tard à peine, il démarrait la Rolls de Fairchild et partait sur les chapeaux de roues, bien décidé à rattraper le cabriolet sport lancé à pleine vitesse.

Le vent de la vitesse contribuait à gonfler le cœur de Kirby d'un sentiment d'aventure. Pour noyer sa culpabilité vis-à-vis d'Adam, elle se concentra sur la tâche à accomplir, répétant mentalement les différentes étapes de son plan.

Parvenue à quelques centaines de mètres de la galerie, elle se gara sur le bas-côté et descendit de voiture. Remerciant le ciel pour le format relativement modeste du tableau, elle prit le paquet sous son bras et poursuivit à pied, sous le couvert des arbres. Ses talons claquaient sur l'asphalte, sa cape noire volait derrière elle. Avec une lune frondeuse à demi dissimulée derrière les nuages, la lumière était capricieuse, les ombres toutes-puissantes, la forêt aussi noire que le cœur d'un démon. Une lourde atmosphère de secret pesait sur l'obscurité mouvante. Quelque part à sa gauche, une chouette hulula.

Rejetant ses cheveux dans son dos, Kirby rit tout bas.

— Idéalement lugubre, tout ça, murmura-t-elle. Il ne manquerait plus qu'un grondement de tonnerre et quelques éclairs. Et moi, errant dans les bois obscurs, investie d'une mission désespérée.

Elle s'immobilisa un instant pour changer son paquet de bras puis reprit sa marche rapide.

— Ce qu'on ne ferait pas pour ceux qu'on aime.

La masse de nuages s'étira, dégageant la lune, et l'imposante façade en brique de la galerie apparut entre les arbres. Jetant un coup d'œil à sa montre, Kirby estima que si tout se déroulait comme prévu, elle serait de retour à la maison dans moins d'une heure. Avec un peu de chance, son père lui aurait laissé une part de tarte au citron.

Brusquement, sans qu'elle ait rien entendu venir dans le noir, une main s'abattit sur son épaule. Sa cape vola comme une aile de chauve-souris lorsqu'elle se retourna en sursaut.

« Par tous les démons de l'enfer ! » songea-t-elle, sidérée, en se retrouvant nez à nez avec Adam.

— Alors ? En promenade ?

— Ah tiens, quelle surprise… Bonsoir, Adam.

Ne pouvant disparaître sous terre, elle se résolut à faire face. Et tenta de grimacer un sourire amical.

— Qu'est-ce que tu fais par ici ?

— Je te suivais.

— C'est très flatteur. Mais je te croyais en train de parler peinture avec mon père.

— Il s'est assoupi.

Les yeux de Kirby s'arrondirent. Elle le fixa un instant en silence. Puis poussa un soupir.

— Bon. Je suppose qu'il l'a mérité. Tu l'as laissé dans une position confortable, au moins ?

— Assez, oui. Qu'y a-t-il dans ce paquet ?

Consciente qu'elle jouait un jeu perdu d'avance, elle battit des cils.

— Quel paquet ?

Il pointa l'index sur le tableau.

— Ce truc-là.

— Ah, ça ! C'est juste une petite course dont je dois me charger. Il se fait tard, non ? Tu ne crois pas que tu devrais rentrer te coucher ?

— Tu me prends pour un imbécile ?

Elle accepta sa défaite avec un léger haussement d'épaules.

— Pas vraiment, non.

— Qu'y a-t-il là-dedans, Kirby ? Et pourquoi cette expédition nocturne ?

— Bon, très bien…

Comme ses bras fatiguaient, Kirby lui fourra d'office le tableau entre les mains. Elle avait tout essayé pour garder le secret de son père. Mais elle était désormais à court d'expédients.

— O.K., je vais t'expliquer ce que je fais ici. Mais il faudra te contenter de la version condensée, Adam. Car j'ai un timing un peu serré. Et le timing, comme chacun sait, est la clé de la réussite.

Elle posa la main sur l'emballage.

— Ce que tu tiens là est le portrait de femme de Titien qui était suspendu dans ta chambre. Et je m'apprête à le raccrocher dans la galerie de Harriet.

Adam haussa les sourcils. Il n'avait pas eu besoin des explications de Kirby pour savoir que c'était un tableau qu'il avait entre les mains.

— J'avais cru comprendre que ce portrait-là se trouvait déjà dans la galerie de Harriet.

— Non… Enfin…

Si un mensonge — ou au moins une semi-vérité — lui avait traversé l'esprit, elle n'aurait pas hésité à en faire usage. Mais seule la vérité se présentait.

— Ça, c'est le vrai Titien, précisa-t-elle, résignée,

en désignant le tableau qu'il avait entre les mains. Celui qui est exposé à la galerie est un... Fairchild.

Un silence tomba. La lumière de la lune qui filtrait à travers les feuillages baignait le visage de Kirby d'un mystérieux éclat. Alors même qu'il commençait à se demander si elle n'était pas démoniaque, elle lui apparut comme nimbée d'un halo mystique. Sa beauté, en cet instant, semblait presque angélique.

— Tu veux dire que ton père a peint un faux Titien et qu'il l'a fourgué à la galerie en le faisant passer pour un original ?

La vive indignation qui se peignit sur les traits de Kirby ne pouvait être feinte.

— Sûrement pas, non ! Je ne te dirai rien de plus si tu te permets d'insulter mon père.

— Je ne sais pas ce qui m'a pris, rétorqua-t-il, pince-sans-rire.

Avec un profond soupir, elle s'adossa à un tronc d'arbre.

— Je ferais peut-être mieux de commencer par le début ?

— Ce ne serait pas un luxe, en effet.

— Il y a quelques années, mon père et Harriet ont séjourné quelques mois en Europe. Ils sont tombés sur ce portrait de femme de Titien, chacun jurant à l'autre qu'il avait été le premier à le repérer. Comme aucun des deux n'a voulu céder, ils ont fini par trouver une solution de compromis : ils ont payé chacun la moitié de la valeur du tableau. Et en rentrant Daddy a exécuté une copie. Après cela, ils ont instauré un système de rotation où, tous les six mois, ils s'échangent l'original et la reproduction. Une des clauses du contrat, c'est que ni mon père ni Harriet ne peuvent s'en déclarer propriétaire. C'est pourquoi Harriet l'expose à la galerie sans qu'il soit inscrit parmi les pièces appartenant à sa collection personnelle. Quant à Daddy, il ne l'accroche pas en bas, dans le grand hall d'entrée, mais le « relègue » dans une de ses chambres d'amis.

Sourcils froncés, Adam médita sur cette révélation.

— L'histoire est trop ridicule pour que tu aies pu l'inventer de toutes pièces.

Kirby avança la lèvre, esquissant une de ces moues boudeuses dont elle avait le secret.

— Tu ne me fais pas confiance ?

— Non. Et j'attends d'autres explications, plus détaillées, à notre retour.

Kirby lui jeta un regard songeur. Peut-être les lui fournirait-elle, ses explications. Et peut-être pas.

— Mais, pour le moment, place aux considérations pratiques : comment comptes-tu t'introduire dans la galerie ?

— Avec les clés de Harriet.

— Parce qu'elle t'a confié ses clés ?

Kirby poussa un soupir de frustration.

— Tu as écouté ce que je t'ai dit, au moins, Adam ? Harriet est furieuse que Stuart ait négocié ce tableau. Mais tant qu'elle n'aura pas examiné le contrat, rien ne permet de savoir si la vente peut être cassée ou non. A priori, cela paraît assez compromis. Et nous ne pouvons pas prendre le risque de laisser la copie tomber entre les mains d'un expert. Si la toile est confiée à un labo et soumise à analyse, la vérité éclatera.

— Tu confirmes donc qu'Harriet est au courant qu'un faux est accroché dans sa galerie ?

— Une imitation, Adam. Une forme d'hommage.

— Et il y a d'autres « hommages » comme celui-ci dans la galerie Merrick ?

Elle lui jeta un regard très froid.

— Tous les tableaux exposés par Harriet sont authentiques. De même que la moitié de Titien qu'elle possède.

— Et pourquoi ne procède-t-elle pas elle-même à l'échange, dans ce cas ?

Avec une moue impatiente, Kirby consulta sa montre. Le temps lui filait entre les doigts.

— La réception ayant lieu chez elle, il lui aurait été difficile de s'éclipser tôt dans la soirée, comme nous l'avons fait. Et puis il y a la question du gardien de nuit. Imagine qu'il rapporte à Stuart qu'Harriet est arrivée à minuit avec un paquet en forme de tableau sous le bras. Sans être d'une grande intelligence, Stuart n'est pas complètement idiot non plus. Il ferait forcément le rapport.

— Et que dira le gardien de nuit en voyant mademoiselle Fairchild en longue robe de soirée blanche rôder dans les couloirs en pleine nuit ?

Adam vit poindre une nuance de triomphe dans le sourire de Kirby.

— Il ne dira rien pour la bonne raison qu'il ne nous verra pas.

— Nous ?

— Maintenant que tu es là, autant que tu te rendes utile… Chevaleresque comme tu l'es, tu m'aideras à procéder à l'échange. Il faudra agir vite. Si nous nous faisons surprendre, nous nous en sortirons au culot. Tu n'auras rien à faire. Je me charge de te tirer de là.

Adam leva les yeux vers le ciel chargé de nuages.

— Comme c'est rassurant… Bon, O.K. Je t'accompagne. Mais à une condition.

— Oui ?

— Si cette douteuse aventure se termine bien et que nous ne finissons ni à l'hôpital ni en prison, je veux un récit complet et circonstancié de toute l'affaire. Si, en revanche, nous nous retrouvons dans une cellule de garde à vue, j'aurai le droit de te tuer à mains nues, sadiquement et le plus lentement possible.

— Ça fait deux conditions, marmonna-t-elle. Mais j'accepte.

Ils s'observèrent quelques instants en silence, l'une méditant sur ce qu'elle accepterait de divulguer ; l'autre s'interrogeant sur ce qu'il parviendrait à extorquer en matière d'information.

Et tous deux éprouvaient le même malaise à l'idée d'avoir à tromper l'autre.

— Alors, passons à l'action, trancha Adam en lui faisant signe de le précéder.

Traversant une étendue de pelouse, Kirby se dirigea vers l'entrée principale. Elle sortit un trousseau de la poche de sa cape.

— Ces deux clés-là nous permettront de couper l'alarme. Et voici celle du verrou.

Elle tourna la tête vers Adam et examina son costume noir de soirée.

— Je suis ravie que nous soyons en tenue pour ce petit exercice.

— Loin de moi l'idée de cambrioler en haillons une galerie aussi prestigieuse.

— Cambriolage n'est pas le mot, Adam. Et je trouve que nous formons un couple tout à fait saisissant, tous les deux. Le Titien est accroché dans la salle est, au premier étage. Le gardien de nuit occupe une pièce au fond du rez-de-chaussée. J'imagine qu'il tue le temps en buvant du café noir et en feuilletant des magazines pornographiques. C'est en tout cas ce que je ferais à sa place. Il est censé effectuer une ronde toutes les heures. Mais rien ne nous permet de savoir s'il respecte religieusement les consignes.

— Et sait-on à quelle heure il les effectue, ces rondes, au cas où il serait ponctuel ?

— Toutes les heures pleines. Ce qui nous laisse tout juste vingt minutes.

Kirby vérifia l'heure à sa montre.

— Normalement, cela devrait nous suffire. Mais il est certain que nous aurions disposé de plus de temps si tu ne m'en avais pas tant fait perdre tout à l'heure.

Il lui jeta un regard tellement mauvais qu'elle faillit éclater de rire. Portant un doigt à ses lèvres, elle lui indiqua de faire silence. Puis elle sortit une petite lampe torche et se glissa dans la galerie. Ils suivirent le fin faisceau lumineux jusqu'au premier étage. Adam put constater que Kirby connaissait les lieux comme sa poche. Elle se déplaçait sans une hésitation, empruntant un long couloir, puis bifurquant pour pénétrer dans une salle d'exposition. Le rayon de la lampe se promena de tableau en tableau et finit par s'immobiliser sur la copie conforme du Titien qu'il avait eu dans sa chambre.

— Le voilà, chuchota Kirby.

Il lui était impossible, dans le noir, de juger de la qualité de « l'hommage ». Mais il se promit de l'examiner avec la plus extrême attention dès leur retour.

— Il est impossible de les distinguer l'un de l'autre, murmura-t-elle. Même un expert serait incapable de faire la différence. Harriet est considérée comme une autorité dans son domaine et elle n'identifie pas l'original lorsqu'elle les voit côte à côte. Daddy sait quels traitements faire subir à la peinture, quels pigments et quels vernis utiliser pour recréer l'aspect de l'ancien. C'est pour ça qu'il a tracé un petit cercle rouge dans le dos de la copie : pour être certain qu'il n'y ait pas confusion.

Kirby lui prit le paquet des mains.

— Je vais te laisser décrocher le tableau qui est au mur pendant que je déballe l'original... Finalement, je suis ravie de notre petite rencontre inopinée tout à l'heure. Ta présence me simplifie la tâche.

Adam se figea un instant avec le faux à la main. Etrangler Kirby maintenant serait risqué car trop bruyant. Mais plus tard, s'ils sortaient indemnes de l'aventure, il se ferait un plaisir de serrer ce joli cou gracile à deux mains.

— O.K. Passe-moi l'original, qu'on en finisse.

Ils échangèrent les tableaux en silence. Pendant qu'Adam mettait le Titien en place, elle s'employa à remballer le Fairchild. Une fois qu'elle eut ficelé son paquet, elle promena le rayon de sa lampe sur le portrait remis en place.

— Il penche un peu à gauche, Adam.

Il soupira.

— Tu crois vraiment que c'est le moment de...

Il s'interrompit net en entendant siffloter à l'étage en dessous.

— Flûte. Il est en avance, chuchota Kirby. Si les employés se mettent à être ponctuels maintenant.

D'un mouvement rapide, Adam plaqua l'ensemble — la femme, le tableau et lui-même — dans un renfoncement, près d'une fenêtre. Se trouvant prise en sandwich, Kirby sentit monter un fou rire quasiment irrépressible. Consciente qu'Adam verrait sa manifestation d'hilarité d'un très mauvais œil, elle contint stoïquement ses hoquets.

Le sifflement se rapprocha.

Kirby imagina le gardien de nuit déambulant dans le couloir, s'immobilisant ici et là pour promener le faisceau de sa lampe dans les recoins. Elle espérait du fond du cœur — pour la tranquillité d'esprit du gardien comme pour celle d'Adam — qu'il ne se livrerait pas à une inspection trop minutieuse.

Sentant Kirby trembler, Adam la serra plus fort contre lui. Il n'avait plus qu'une pensée en tête : la protéger. Oubliant qu'elle était à l'origine de leurs déboires, il réfléchissait fébrilement aux différents scénarios possibles pour la tirer de ce cauchemar.

Un rayon de lumière pénétra dans la salle, suivi de près par le sifflotement allègre du surveillant. Kirby tremblait comme une feuille. Le faisceau blanc se promena sur les murs en décrivant un arc de cercle. Les muscles d'Adam se tendirent. Plus que quelques centimètres et ils apparaîtraient en pleine lumière…

Le rayon s'immobilisa, demeura fixe un instant, puis glissa de nouveau dans la direction opposée. Quelques minutes plus tard, l'obscurité retomba dans la salle.

Ils n'en restèrent pas moins figés sur place, malgré le cadre du tableau qui s'enfonçait cruellement dans le dos de Kirby. Lorsque le sifflotement s'évanouit dans le lointain, le tremblement qui l'agitait se mua en secousses violentes. Adam l'écarta doucement.

— Calme-toi maintenant, chuchota-t-il. Il est parti. Nous ne risquons plus rien.

Kirby porta la main à sa bouche et réussit tant bien que mal à contenir son fou rire.

— Tu as été parfait, Adam. Tu n'as jamais songé à te reconvertir dans une carrière de cambrioleur professionnel ?

La voyant hilare, Adam ne fit pas de commentaire. Il se contenta de saisir le tableau sous un bras et d'attraper Kirby de sa main libre.

— Allons-y, décréta-t-il en se jurant de lui faire payer la note plus tard.

— C'est sans doute la solution la plus raisonnable, en effet, acquiesça-t-elle gravement. Même si j'aurais aimé en profiter pour te faire visiter la galerie. Il y a une magnifique nature morte à côté qui a été peinte par mon père.

— Sous son propre nom ?

— Franchement, Adam, chuchota-t-elle en s'immobilisant pour vérifier que le couloir était désert. Cette remarque est d'un mesquin…

Ils n'échangèrent plus un seul mot jusqu'au moment où ils regagnèrent leurs voitures. Adam s'immobilisa devant la Porsche.

— Je te suis avec le tableau. Et si tu dépasses les soixante-dix kilomètres heure, je t'assassine.

Le regard rieur de Kirby se fit soudain infiniment grave.

— Merci, Adam. J'ai apprécié le coup de main. J'espère que tu ne portes pas un jugement trop sévère sur nous. Ton opinion est importante pour moi.

Il lui caressa pensivement la joue.

— Mon opinion à ton sujet est encore en cours d'élaboration.

L'ombre d'un sourire joua au coin des lèvres de Kirby.

— Alors, c'est très bien. Prends tout ton temps pour trancher dans un sens ou dans un autre.

Adam secoua la tête. Cette fille avait un talent redoutable pour vous faire oublier… infiniment trop de choses. Sourcils froncés, il lui ouvrit sa portière.

— Allez, en route. Et conduis raisonnablement.

Pendant le trajet du retour, Kirby respecta scrupuleusement les limitations de vitesse. Parvenue au château, elle laissa la Porsche devant la porte et se dirigea droit vers le petit salon.

Elle retira les chaussures et la cravate de son père endormi, plaça un oreiller sous sa tête et le recouvrit d'un plaid en cachemire. Adossé au chambranle, Adam la regarda procéder en silence. Kirby se pencha pour poser un baiser sur le front dégarni.

— Cette fois, tes manœuvres se sont retournées contre toi, Daddy. Tu as trouvé plus fort que toi.

— Et maintenant, il faut que nous parlions, Kirby. Suis-moi au premier étage.

Elle se redressa pour lui jeter un long regard indulgent.

— Puisque tu le demandes si gentiment…

Saisissant une bouteille de cognac et deux verres, elle les posa sur un plateau.

— Autant aborder la discussion dans les meilleures conditions, lança-t-elle en passant devant lui, menton levé, pour se diriger vers le grand escalier. Allez, c'est parti pour la Grande Inquisition.

8

Kirby alluma la lampe de chevet rose près de son lit et leur servit à chacun un cognac. Puis elle se débarrassa de ses escarpins et s'assit en tailleur sur la couette pour regarder Adam déballer la copie exécutée par son père.

Sourcils froncés, il détailla le tableau, étudiant la technique, l'utilisation des couleurs, le travail si particulier de la forme picturale qui caractérisait les dernières œuvres du grand maître vénitien. Fascinant, songea-t-il. Totalement fascinant.

— Tu m'assures que ceci est une imitation ?

Elle ne put s'empêcher de sourire.

— La marque de Daddy est sur le cadre.

Même la présence du cercle rouge ne suffit pas à convaincre Adam entièrement.

— Je jurerais que ce tableau est authentique.

— Tu n'es pas le seul.

Adossant le Titien-Fairchild au mur, Adam se tourna vers Kirby. Elle avait l'air d'une prêtresse indienne, avec ses cheveux couleur de nuit tombant sur le blanc pur de sa robe. Assise en lotus sur le lit, elle semblait flotter en lévitation, énigmatique et sereine.

— Combien d'autres pièces de la collection de ton père sont des copies ?

Réprimant une remarque caustique, Kirby prit

une gorgée de cognac et s'exhorta au calme. Même si les questions d'Adam l'offusquaient, elle ne pouvait décemment lui en vouloir de réagir comme il le faisait.

— La collection de mon père est composée exclusivement de pièces authentiques. A l'exception, maintenant, de ce portrait de Titien.

— Lorsque tu m'as précisé tout à l'heure que ton père connaissait des techniques particulières pour donner l'aspect de l'ancien, j'ai cru pouvoir en déduire qu'il n'en était pas à son premier coup d'essai.

Kirby étouffa un soupir. Rien, décidément, n'échappait à l'attention d'Adam. Mais à présent qu'il savait pour le Titien, pouvait-elle vraiment espérer continuer à lui cacher le reste ? Elle était si fatiguée d'avoir à biaiser et à dissimuler tout le temps…

— J'ai confiance en toi, murmura-t-elle, se surprenant elle-même autant qu'elle surprenait Adam. Mais je ne veux pas te mêler à quelque chose que tu pourrais regretter par la suite. Une fois que je t'aurais mis au courant, il sera trop tard pour revenir en arrière.

La bouffée de culpabilité qui submergea Adam n'avait rien de confortable.

« Qui trompe qui, à présent ? demanda en lui la voix acerbe de sa conscience. Et qui de nous deux paiera le prix le plus élevé à la fin ? »

— Au point où nous en sommes maintenant, autant que tu me racontes toute l'histoire, trancha-t-il en se promettant de traiter avec sa conscience plus tard. Combien de copies de tableaux ton père a-t-il effectuées ?

— Dix.

Adam jura avec force.

— Enfin… Onze plutôt, rectifia-t-elle gravement.

Sans compter le Titien qui entre dans une catégorie différente.

Les jambes coupées, Adam traversa la pièce pour se resservir en cognac. Il avait sérieusement besoin d'un remontant.

— Et en quoi ce portrait appartient-il à une « catégorie différente », Kirby ?

— Le Titien, c'était juste un arrangement entre mon père et Harriet. Un simple compromis qui leur permettait de se faire plaisir à peu de frais.

Adam prit place dans un délicat fauteuil de style Queen Anne.

— Et les autres ? A quels types « d'arrangements » correspondaient-ils ?

— Chaque cas est différent, bien sûr.

Kirby se tut un instant en scrutant les traits d'Adam. Les choses se seraient-elles passées différemment entre eux s'ils s'étaient rencontrés un mois plus tard ? Sans doute, oui, comprit-elle, non sans un pincement au cœur.

— Pour résumer la situation : mon père peignait ces tableaux puis les vendait à des acheteurs intéressés.

— Les vendait ?

Incapable de rester en place, Adam se leva pour arpenter la chambre. Bon sang ! Il aurait dû l'arrêter avant qu'elle ne se lance dans sa confession. Qu'allait-il faire de ces confidences ?

— Redescends sur terre, Kirby ! Tu te rends compte, au moins, de ce que cela signifie ? C'est de l'escroquerie pure et simple ! Ton père est un vulgaire faussaire.

Kirby qui avait longuement réfléchi aux tenants et aux aboutissants de l'affaire contempla pensivement le fond de son verre.

— Pour moi, ce n'est pas de l'escroquerie à proprement parler. Et c'est encore moins « pur et simple ».

— Si vendre des faux ne relève pas de l'escroquerie, qu'est-ce que c'est pour toi ?

S'il avait eu le choix, il l'aurait enlevée sur-le-champ. Sans se soucier de ses hurlements et de ses protestations, il l'aurait jetée sur une épaule et l'aurait emmenée avec lui. Loin du Rembrandt et du Titien. A distance de ce château ridicule. A des années-lumière de son illuminé de père.

— Pour moi, c'est une forme de jeu, précisa-t-elle gravement. Un trait d'humour, en sorte.

— « Un trait d'humour... », répéta-t-il, sidéré.

Comment avait-il pu avoir la faiblesse d'oublier qu'elle était aussi cinglée que son père ?

— Vendre des tableaux copiés pour des sommes vertigineuses à des acheteurs d'art qui ne se doutent de rien, tu appelles ça de « l'humour », toi ? Bon sang, mais pourquoi fait-il une chose pareille ? Ses propres œuvres valent une fortune ! Dieu sait qu'il ne manque pas d'argent !

— S'il réalise ces copies, c'est parce qu'il a le talent pour le faire, répondit-elle simplement. Daddy est un excellent peintre, mais il a également ce génie de l'imitation. Et je ne dis pas ça seulement parce que je suis sa fille. Je pense avoir également un regard d'artiste sur la question. Or le génie s'accompagne souvent d'un brin d'excentricité, comme chacun sait.

Kirby ignora le rire narquois d'Adam.

— Pour mon père, la peinture n'est pas seulement une vocation. L'art et la vie sont interchangeables.

— Bon, O.K., ça je peux, à la rigueur, le comprendre. Mais cela n'explique pas que...

Elle l'interrompit d'un geste calme de la main.

— Laisse-moi terminer, Adam. Il y a une chose que mon père a en horreur, et c'est la cupidité. Or la cupidité, pour lui, ce n'est pas seulement l'amour excessif de l'argent, mais aussi le fait de monopoliser des œuvres d'art pour un usage exclusivement personnel. Il faut savoir que la collection de Daddy voyage tout le temps. Il la prête régulièrement à des musées ou à des écoles d'art. Ce qui ne veut pas dire qu'il est contre le principe des collections privées, bien sûr. Mais rien ne le scandalise autant que de voir de riches ignares acheter des œuvres dignes de figurer au patrimoine mondial et les garder ensuite bouclées chez eux en se réjouissant d'avoir fait un « bon investissement ».

— Quelle louable indignation. Mais lui-même ne s'en livre pas moins à un juteux commerce avec ses faux.

Kirby posa son verre et croisa les mains sur ses genoux.

— Pas un commerce, non. La vente de ses copies ne lui a jamais rapporté un centime… Chaque acheteur potentiel fait d'abord l'objet d'une enquête minutieuse. Conduite par Harriet, précisa-t-elle après un bref temps de silence.

— Harriet ? Tu veux dire que Harriet Merrick est également mêlée à ce trafic ?

— Ce « trafic », comme tu dis, a été le violon d'Ingres commun de mon père et de Harriet depuis quinze ans.

— Violon d'Ingres, murmura Adam, atterré, en se laissant de nouveau tomber dans un fauteuil.

— Harriet a un carnet de relations impressionnant. Elle commence par s'assurer que l'acheteur potentiel est très riche et qu'il ou elle vit dans un endroit retiré du globe. Elle vérifie également que cette personne n'apprécie pas la peinture pour elle-même. Autre critère de sélection : ce riche « amateur d'art » ne fera jamais un effort pour ouvrir sa collection a un plus large public. Une fois fixée sur tous ces points, Harriet apprend à la personne en question — sous le sceau du secret, cela va sans dire — que mon père est en possession de tel ou tel chef-d'œuvre rare, encore inconnu du grand public.

Kirby se tut un instant pour leur resservir à boire puis reprit sa place sur le lit.

— Lorsque mon père voit l'acheteur pour la première fois, il se montre peu coopératif, sans toutefois refuser de but en blanc. Puis, petit à petit, il finit, de guerre lasse, par accepter de vendre. Le prix fixé est naturellement exorbitant, ce qui fait toute la fierté de notre cher acquéreur. Etant bien entendu que plus il paye cher, plus il accroît son prestige.

Elle prit une petite gorgée de cognac et laissa la chaleur se répandre dans tout son corps.

— Mon père fait toutes ses transactions en liquide, donc le transfert d'argent ne laisse aucune trace. Le tableau part alors dans l'Himalaya ou quelque part au fin fond de la Sibérie où il disparaîtra de la vue du monde. Et mon père reverse aussitôt l'argent reçu sous forme de don anonyme à des organismes à caractère humanitaire. C'est une forme de redistribution comme une autre, non ?

Après ce long monologue, Kirby s'autorisa une nouvelle gorgée de cognac.

— Tu veux dire qu'il prend ces risques insensés sans aucune récompense à la clé ? Qu'il passe des mois à peindre, à intriguer et à manœuvrer sans rien en retirer ?

Kirby secoua la tête.

— Je ne dirais certainement pas cela. Il en retire une grande satisfaction personnelle, Adam. A quoi d'autre devrait-on aspirer ?

Adam dut faire un effort sur lui-même pour se rappeler à la raison.

— Kirby, réfléchis ! C'est du vol, ni plus ni moins !

Elle haussa les épaules.

— Lorsque tu lisais les aventures de Robin des Bois, Adam, tu soutenais plutôt le héros de Sherwood ou le shérif de Nottingham ?

— Ça n'a rien à voir !

Conscient de la pauvreté de l'argument, il se passa la main dans les cheveux.

— Nous vivons dans un Etat de droit, Kirby.

— C'est vrai et je m'en réjouis. Mais le droit ne fait pas tout. Grâce au « hobby » de mon père, une maternité a pu être construite au Ghana. Une petite ville pauvre des environs s'est vue dotée d'une bibliothèque. Un asile a été ouvert je ne sais plus où pour accueillir des réfugiés.

Adam se leva d'un mouvement brusque et recommença à faire les cent pas.

— O.K., O.K. J'ai saisi le principe. Je suis même prêt à admettre qu'il y ait du héros positif chez ton père et que ses objectifs sont louables. Mais il ne peut pas continuer à braver la loi ainsi. Il faut que ça cesse.

— Je suis entièrement d'accord.

Sidéré qu'elle abonde dans son sens, Adam s'immobilisa net sur place.

— Cela fait un moment que je me dis la même chose, Adam. L'expérience a été fascinante, mais il est temps que ça s'arrête avant que ça ne tourne mal. Mon père s'est engagé à tout arrêter et à se consacrer exclusivement à sa création personnelle. Mais en attendant, il a fait quelque chose récemment dont je ne sais quoi penser et qui m'inquiète beaucoup.

Avant même qu'elle ne lui fournisse des précisions, Adam comprit qu'elle s'apprêtait à lui confier tout ce qu'elle savait au sujet du Rembrandt. Se méprisant lui-même, il l'écouta en silence pendant qu'elle lui résumait la conversation qu'il avait surprise dans la tour.

— ... Je suppose que s'il a fait ça, c'est avant tout pour se venger de Stuart, conclut-elle pensivement. Il semble que Stuart a eu vent, on ne sait trop comment, du « violon d'Ingres » de mon père. Et le jour où j'ai rompu nos fiançailles, il m'a menacée de tout révéler. Sur le coup, j'étais terrifiée. Mais mon père ne s'en est pas inquiété outre mesure. Il m'a assuré que Stuart ne pouvait rien contre nous. A l'époque, je ne savais strictement rien au sujet de cette histoire de Rembrandt.

Elle lui manifestait une confiance absolue alors qu'il était en position d'espion chez elle. Mais même si sa propre duplicité l'horrifiait, que pouvait-il faire d'autre que de continuer à l'interroger ?

— Tu as une idée de l'endroit où ton père a pu dissimuler le tableau ?

— Aucune, non. Mais je n'ai pas vraiment cherché.

Lorsqu'elle plongea son regard dans le sien, Kirby n'était plus ni hautaine ni princesse. Il avait simplement devant lui une fille aimante. Et inquiète pour l'auteur de ses jours.

— Mon père est un homme profondément bon, Adam. Personne ne le connaît comme je le connais moi. Je sais qu'il n'aurait jamais pris le Rembrandt s'il n'avait pas eu d'excellentes raisons de le faire.

Je ne te demande pas de partager la loyauté que j'ai envers lui. Mais simplement de lui faire confiance.

Comme il ne répondait pas, Kirby prit son silence pour un acquiescement.

— Mon principal souci en ce moment, c'est que Daddy ne sous-estime l'adversaire. Je crois Stuart capable du pire.

— Lorsque tu lui auras rapporté la scène qui s'est déroulée tout à l'heure dans la bibliothèque, Philip aura une idée plus juste du personnage.

Kirby secoua la tête.

— Je ne veux pas lui en parler. On ne sait jamais comment mon père peut réagir. Il a un tempérament assez explosif, comme tu as pu le remarquer.

Repoussant soudain ses préoccupations au loin, Kirby sourit en levant son verre.

— Mais je n'ai pas envie de me torturer l'esprit avec ces angoisses ce soir. Si tu veux, tu peux questionner mon père. Et même interroger Harriet. Pour ma part, je m'offre le luxe d'oublier ces complications de temps en temps et de vivre comme si de rien n'était.

Adam la retint par le bras lorsqu'elle voulut se lever pour leur resservir une mesure de cognac.

— Tu m'as absolument tout dit, cette fois ?

Sourcils froncés, Kirby réfléchit un instant.

— Je t'ai déjà parlé du Van Gogh ?

— Oh, mon Dieu, non.

Adam pressa les doigts sur ses paupières. Il avait espéré — sans trop y croire — qu'elle n'aurait plus rien à ajouter.

— Quel Van Gogh ?

— Pas tout à fait un Van Gogh à proprement parler, admit-elle.

— Un tableau de ton père, donc ?

— Le dernier. Il l'a vendu à Victor Alvarez, un riche producteur de café sud-américain.

Elle ne put s'empêcher de sourire devant son air consterné.

— Tous les employés du señor Alvarez sont honteusement sous-payés. Nous ne pouvons pas faire grand-chose pour eux, malheureusement. Mais grâce à l'argent du Van Gogh, il y aura bientôt une école dans le village...

Comme Adam gardait le visage enfoui dans ses mains, elle précisa en souriant.

— Je pense que mon père sera ravi d'apprendre que tu sais tout de son « violon d'Ingres ». Il brûle d'envie de te montrer son tableau. Il en est particulièrement fier.

Adam se frotta les yeux. Et ne fut pas autrement surpris de s'entendre rire.

— J'imagine que ç'aurait pu être pire. Il n'a jamais envisagé de reproduire le plafond de la chapelle Sixtine et de le revendre à un riche industriel indien ?

— Il refuse de s'y attaquer avant sa retraite, lui assura joyeusement Kirby. Et je doute qu'il la prenne de sitôt.

Adam préféra considérer qu'elle plaisantait.

— Je crois que j'aurai besoin d'un peu de temps pour laisser décanter tout ça, Kirby.

— Je comprends tout à fait.

Et maintenant ? songea Adam, terrassé. Regagner sa chambre et rapporter cette conversation à McIntyre, comme son devoir professionnel le lui commandait ? Non. Pour le moment, en tout cas, il lui était impossible de trahir Kirby alors qu'elle s'était ouverte à lui avec confiance et simplicité.

Quels seraient ses choix à la fin, il ne le savait pas

encore. Mais il ne se sentait pas de taille, ce soir, à dialoguer avec sa conscience. Kirby avait l'art de bousculer son sens des valeurs au point de lui faire perdre tous ses repères.

Ce qu'il voulait maintenant, c'était donner, apaiser. C'était remercier Kirby de lui avoir parlé en toute liberté. Lui montrer qu'elle avait eu raison de lui accorder sa confiance.

Il n'était pas certain de la mériter, en l'occurrence. Mais il avait besoin de la tenir dans ses bras. Besoin d'elle sur tous les plans.

Sans un mot, il l'attira contre lui. Et chercha ses lèvres. D'un même mouvement, il fit descendre la fermeture Eclair de sa robe.

« Donner sans retenue. Tout ce qu'il voudrait. » Kirby n'avait pas envie de se poser de questions. Pas envie de penser à ce qui les séparait. Tout oublier serait facile. Il suffisait de fermer les yeux et de se laisser porter par la vague montante de ses sensations. Mais Kirby avait appris très jeune que les bonheurs les plus précieux étaient aussi les plus inaccessibles. Et s'il y avait un domaine où elle ne croyait pas à une heureuse facilité, c'était bien celui des relations homme-femme.

Se dégageant de l'étreinte d'Adam, elle s'efforça de ramener la situation à des paramètres plus maîtrisables.

— Ton attitude me surprend, déclara-t-elle en faisant un léger effort pour sourire.

Adam la ramena contre lui, fermement décidé à ne pas la laisser s'échapper, quoi qu'il arrive.

— Tu aimerais que je sois prévisible ?

— La plupart des femmes apprécient qu'on mette, dans l'approche amoureuse, un minimum de formes et de manières.

Bien qu'elle feignît admirablement la désinvolture, Adam n'était pas dupe. Il percevait les battements précipités de son cœur contre le sien.

— Kirby Fairchild n'a rien à voir avec la plupart des femmes, murmura-t-il.

Si elle voulait garder une certaine légèreté de ton, il était disposé à jouer le jeu. Mais seulement à condition que le résultat final reste le même.

— On pourrait appeler ça un acte spontané de ma part, suggéra-t-il en faisant glisser sa robe sur ses épaules. Je m'en voudrais d'adopter une stratégie trop classique. Je sais que mon côté conventionnel t'ennuie à mourir.

Comment aurait-elle pu lui résister ? A la fermeté de ses mains sur sa taille ? A l'appel de son sourire ? Kirby n'avait jamais hésité lorsqu'il s'agissait de prendre ce qu'elle désirait. Il était peut-être temps, désormais, d'interrompre leur partie d'échecs en acceptant de s'arrêter sur une semi-victoire — ou une semi-défaite — mutuelle.

Un lent sourire s'épanouit sur ses traits. Sa robe blanche glissa à ses pieds avec un irrésistible chuchotement de soie.

Sous ses doigts, Adam rencontra la fraîcheur du satin et la chaleur de la chair. Le corps de Kirby était parfait, sa beauté radieuse, sa générosité sans restrictions. Ouvrant les bras, elle s'offrit à lui.

Soupirs... Murmures... Peau contre peau. Les rayons de la lune pleine et le halo rose de la lampe de chevet se confondirent en un faisceau indistinct lorsqu'ils tombèrent enlacés sur le lit. Elle se noua à lui. Les bras de Kirby étaient forts ; sa bouche brûlante sous la sienne. Une telle énergie habitait ce corps menu, désirant, qu'Adam en oublia qu'elle était fragile.

« Tout. Tout de suite. » Sans attendre. Les forces qui se levaient en eux étaient puissantes et d'une nature presque archaïque. Et pourtant, sous la frénésie et l'urgence, ils découvrirent une tendresse qu'aucun des deux ne s'était attendu à trouver chez l'autre.

Il caressait; elle tremblait. Elle goûtait; il pulsait. Ils désiraient si fort qu'autour de leurs corps enlacés l'air vibrait d'une surcharge d'électricité. A chaque effleurement, à chaque baiser, ils trouvaient une satisfaction qui se muait instantanément en un besoin encore exacerbé. « Prends », semblait-elle dire à chaque soupir. Puis aussitôt : « Donne et donne et donne encore. »

Kirby n'avait pas le temps de se laisser flotter sur l'océan de sensations qui se levait en elle. Elle n'était plus que faim exacerbée. Plus qu'élancements et palpitations. Son corps était possédé. Et tout son être exigeait Adam et rien qu'Adam. Ce besoin exclusif, possessif était nouveau pour elle. Et lui n'avait qu'à la toucher pour l'élever vers des plans de réalité dont elle n'avait même jamais pressenti qu'ils puissent être explorés.

Ici était la complétude; ici était la perfection à laquelle elle avait aspiré sans oser y croire. Ce qui avait paru inaccessible était soudain juste à sa portée. Ici et maintenant. Avec cet homme-ci et nul autre. Confusément, Kirby songea que tout était accompli.

Elle sentit Adam sur le point de partir. Se raccrochant à ses reins, elle le tint de toutes ses forces et se joignit au voyage. « Ensemble. » C'était le seul mot qui résonnait encore en elle. « Ensemble. Ensemble. Ensemble. »

Puis ce fut le silence. Un silence tel que l'idée même de son devenait irréelle. Adam sentait les cheveux de

Kirby contre sa joue. Sa main fragile sur son cœur. Et il avait mal comme jamais il n'avait imaginé pouvoir souffrir.

Comment en était-il arrivé là ? Il avait eu la prétention de penser qu'il pourrait faire l'amour avec Kirby tout en restant maître de lui-même et de ses émotions. Comme s'il ne savait pas depuis le début qu'il ne contrôlait plus rien dès que Kirby entrait en jeu. Comment le phénomène s'était-il produit, il n'aurait su le dire, mais elle s'était mêlée à lui, corps et âme. Alors même qu'il entretenait encore l'illusion qu'il avait la situation en main.

Il était venu chez les Fairchild pour s'acquitter d'une tâche. Et il lui était moralement impossible de revenir sur la parole donnée. Pouvait-il mener à bien sa mission pour McIntyre tout en préservant Kirby des conséquences possibles de son enquête ? Serait-il capable de jouer sur les deux tableaux alors qu'il avait toujours préféré les routes droites aux chemins trop tortueux ?

Maudissant sa propre faiblesse, Adam jura intérieurement. Il ne lui restait plus d'autre certitude que celle de son dilemme. Un dilemme dont il sortirait sans doute perdant dans tous les cas de figure.

Une chose était sûre : la situation demandait réflexion. Et s'il voulait réfléchir calmement, il lui fallait un minimum de distance. Jugeant qu'il serait préférable pour l'un comme pour l'autre qu'il définisse rapidement ses positions, Adam voulut s'écarter. Mais les bras de Kirby se resserrèrent autour de lui. Elle leva la tête et un rayon de lune éclaira ses yeux gris. Hypnotisé, Adam se sentit frappé par la grâce.

— Ne pars pas, murmura-t-elle. Reste et dors avec moi. Je ne veux pas te perdre tout de suite.

Il ne pouvait pas lui résister en cet instant. Qui sait d'ailleurs s'il lui résisterait jamais ? Sans un mot, Adam l'attira contre lui et ferma les yeux. Pendant les quelques heures qu'il leur restait à dormir, il pouvait continuer à prétendre que tout était simple.

Un rayon de soleil insistant arracha Kirby à son sommeil. Elle tenta de s'en défendre en enfouissant la tête sous une pile d'oreillers, mais ce fut peine perdue. Résignée, elle roula sur le dos et demeura immobile, le regard rivé au plafond.

Elle n'avait pas entendu Adam se lever. Mais son absence au réveil ne la surprenait pas outre mesure. Dans un sens, elle n'était pas mécontente qu'il ait regagné sa propre chambre au petit matin. Rien de tel qu'un moment de calme et de solitude pour prendre le temps de la réflexion.

Comment expliquer qu'elle ait pu se confier ainsi à un homme dont elle ne savait au fond pas grand-chose ? Mystère. Pourquoi n'avait-elle pas éludé les questions d'Adam en trichant légèrement avec la vérité, comme elle avait si bien appris à le faire ? Mystère également.

« Comment ça, mystère, Kirby ? Si tu as pu être parfaitement franche avec Adam, tu devrais être capable de te montrer honnête avec toi-même, non ? »

La vérité, au fond, était simple : ce qu'elle avait donné à Adam, elle ne l'avait encore jamais donné à un autre homme. Elle n'avait pas seulement connu quelques heures de plaisir. Cette nuit, elle avait partagé avec lui l'essence même de son être. Et ce qui avait été partagé ainsi ne pouvait être repris — même s'ils le désiraient l'un et l'autre.

Sans le savoir, Adam avait pris son innocence. Car en faisant l'amour avec lui, elle avait perdu sa virginité sentimentale. Et le choc avait été plus grand que lorsqu'elle avait fait sa première expérience de l'amour physique.

Autant se faire une raison : les deux virginités étaient aussi irrécupérables l'une que l'autre. Avec un haussement d'épaules, Kirby sortit de son lit. Puisque l'irréversible était accompli, il ne lui restait plus qu'à espérer et à attendre la suite des événements...

Deux étages au-dessus, dans l'atelier de Fairchild, Adam examinait le paysage représenté sur la toile. Malgré la sérénité des éléments en présence, le vacillement des formes et des couleurs donnait le vertige; la violence, l'épaisseur du coup de pinceau prenaient à la gorge.

Le créateur du tableau se tenait à côté de lui et exultait.

— C'est magnifique, murmura Adam sans le vouloir.

Philip Fairchild lui adressa un sourire ému.

— N'est-ce pas ? Je crois que je me suis surpassé, là. J'aurais voulu que Van Gogh soit là pour voir ça.

— Monsieur Fairchild...

— Appelle-moi Philip, mon garçon. Pas de formalités entre nous.

Même si le fait d'appeler son hôte par son prénom pouvait apparaître comme un détail, Adam sentit qu'il s'enfonçait d'un cran supplémentaire dans une situation déjà désespérément complexe.

— Même si vous agissez pour les motifs les plus nobles, ce que vous faites n'en reste pas moins répréhensible, Philip.

— Absolument, acquiesça Fairchild. Je suis un faussaire de génie, mais un faussaire quand même. Et je le reconnais. Je suis là devant toi, démuni et privé de toute défense.

Privé de toute défense, lui ? Adam n'en croyait pas un mot. Fairchild joignit les mains devant lui.

— Adam, mon garçon, je me flatte d'être un excellent juge en matière de caractères. Et je sais qu'à côté de ton intelligence analytique et rationnelle, tu as également de la sensibilité ainsi qu'une grande ouverture d'esprit. Inutile de le nier, elles transparaissent l'une et l'autre dans ta peinture.

Adam prit la tasse de café que Cartes venait de lui servir.

— Et alors ?

— L'aide que tu nous as apportée cette nuit pour résoudre notre… euh… petit problème, ainsi que le talent dont tu as fait preuve pour retourner mon petit complot contre moi me donnent à penser que tu as les capacités nécessaires pour t'adapter à des situations que d'aucuns pourraient qualifier d'inusuelles.

— D'aucuns pourraient les qualifier ainsi, oui, ironisa Adam.

Fairchild accepta la tasse qu'il lui tendait et se renversa de nouveau contre son dossier.

— Tu me dis que Kirby t'a fourni des explications complètes sur mes activités, sans omettre aucun détail. C'est inhabituel chez elle d'agir ainsi, mais peu importe.

Fairchild en avait déjà tiré ses propres conclusions. Et ce qu'il voyait naître sous ses yeux n'était pas fait pour lui déplaire. Mais s'il était prêt à perdre sa fille pour la bonne cause, il n'avait pas l'intention de céder sur tous les plans.

— Après ce que tu as entendu à mon sujet, tu reconnais que je n'ai agi ni par cupidité ni par amour de la gloire, n'est-ce pas ?

Comédien dans l'âme, Fairchild reposa sa tasse et laissa tomber les mains entre ses genoux maigres.

— Des enfants malades, des réfugiés politiques, les victimes de catastrophes humaines ou naturelles sont les seuls à avoir bénéficié de ma petite lubie. Et je n'ai jamais rien demandé en échange, ni argent ni honneurs.

— Vous n'avez pas demandé non plus la peine de prison dont vous pourriez écoper sous peu, Philip.

Fairchild leva les bras comme s'il s'en remettait à la fatalité.

— Ce serait, hélas, le prix à payer, en effet. Mais tu connais la parabole des talents, n'est-ce pas ? C'est notre devoir à tous de faire fructifier humblement les dons que nous avons reçus en partage. Tu vois ces mains ? Elles ont cette faculté très particulière. Et je me suis efforcé d'utiliser mon talent au mieux, même si mes méthodes ne sont pas très orthodoxes. Voilà, Adam, c'est tout ce qu'un vieux fou comme moi peut avancer pour sa défense...

Fairchild courba la tête.

— Mon sort est entre tes mains, Adam. A toi de décider en ton âme et conscience si tu veux me dénoncer ou non.

Immobile et courbé, Fairchild avait l'air d'un martyr chrétien sur le point d'être jeté dans la cage des fauves : ferme dans sa foi et résigné à son destin.

Adam secoua la tête.

— Un jour, votre auréole vous glissera de la tête et vous étranglera, Fairchild.

— C'est une possibilité, admit le peintre avec un

large sourire. Mais, en attendant, si nous nous attaquions à cette appétissante panière de viennoiseries ?

Sans un mot, Adam lui tendit la corbeille.

— Vous avez songé aux répercussions pour Kirby si votre petit… « hobby » était découvert ?

Fairchild soupira.

— Kirby est mon talon d'Achille, bien sûr. Nous savons l'un et l'autre que ma fille a une personnalité suffisamment forte et fière pour surmonter ce genre d'épreuve en gardant la tête haute… Il n'en reste pas moins qu'elle fait partie de ces êtres qui éveillent en nous certaines émotions. Comme un désir de protection, par exemple. Tu es d'accord ?

Adam songea à la nuit qu'ils venaient de passer.

— Je suis d'accord.

Satisfait par la réponse, Fairchild hocha la tête.

— Je vais donc interrompre mon activité — au moins pour quelques années. Essentiellement du fait des positions de Kirby sur la question.

— Et sa position en ce qui concerne le Rembrandt de la galerie Merrick ?

— Ça, c'est encore une autre histoire. J'aurais aimé pouvoir te fournir plus de détails, Adam. Mais pour le moment, je ne suis pas libre de le faire.

Le peintre sourit en levant la tête, le regard rivé sur la porte.

— On pourrait dire que Kirby joue un rôle de figuration dans cette intrigue, précisa-t-il d'un ton énigmatique. Mais la place qu'elle tient dans le scénario est par ailleurs fort restreinte.

— Ainsi tu t'occupes du casting et de la mise en scène, Daddy ? lança ironiquement Kirby dans son dos.

La jeune femme s'approcha et cueillit promptement dans la corbeille la brioche que briguait son père.

— Tu as bien dormi, Dad ? s'enquit-elle innocemment en plantant les dents dans la brioche.

— Comme une souche, sale gamine. J'ai juste eu un peu de mal à me réveiller. Vous vous êtes sortis de votre mission haut la main, alors ?

— Comme des pros, oui... Mais je devrais peut-être te laisser seul avec Adam encore un moment ? Il a un certain talent pour nous arracher nos secrets les mieux gardés. Tu lui confierais peut-être ce que tu refuses obstinément de me révéler depuis que je t'ai surpris en pourparlers avec Stuart dans ce même atelier ?

Fairchild lui tapota la main.

— Pas d'impatience, O.K. ? Vous saurez tout en temps utile... Et maintenant, filez donc vous distraire tous les deux et laissez-moi me remettre à mon faucon.

Kirby tendit la main à Adam.

— Allons-nous-en d'ici puisque nous sommes chassés. Tu as une idée de distraction en tête, toi, Adam ?

Malgré le regard attentif de Fairchild rivé sur eux, il ne put s'empêcher de lui voler un baiser.

— Mmm... J'avais prévu une séance de pose, en fait. Il ne te reste plus qu'à aller te changer.

Elle fit la moue.

— Si c'est tout ce que tu as de passionnant à me proposer... Bon, O.K. Mais pas plus de deux heures. J'ai encore ma *Colère* à finir.

— Trois.

— Deux et demie.

Ils s'immobilisèrent dans le couloir du second étage.

— Tu ressemblais à une petite fille, ce matin, murmura-t-il en lui effleurant la joue. Je n'ai pas eu le cœur de te réveiller.

Il demeura un instant immobile à la regarder, puis il poursuivit en direction de l'atelier pendant qu'elle descendait se changer dans sa chambre. Tout en se déshabillant d'une main, Kirby composa le numéro de Harriet de l'autre.

— Harriet ? C'est moi, Kirby. Tu peux assister à l'expertise le cœur tranquille. Tout est arrangé.

Un soupir de soulagement se fit entendre à l'autre bout du fil.

— En un mot comme en cent : bravo. Tout s'est bien passé ?

— Assez, oui. Nous nous sommes débrouillés.

— Nous ? Parce que Philip est venu avec toi, finalement ?

— Non, Daddy s'est endormi sur le canapé après avoir bu le somnifère qu'il avait glissé dans le verre d'Adam.

— Oh, mon Dieu…

Kirby sourit dans le combiné.

— Bah… Daddy a pris ce revers avec philosophie. Et Adam m'a été d'une grande aide.

En quelques mots, Kirby raconta ce qui s'était passé.

— Formidable, ton Adam ! s'exclama Harriet, lorsqu'elle eut achevé son récit. Je me demande comment je pourrais lui témoigner ma gratitude. Il apprécierait mes dents de crocodile, à ton avis ?

— Je pense que ton collier lui irait à ravir.

— Sérieusement, Kirby, je ne sais comment te remercier. C'est ma faute si notre cher Titien nous est arraché pour disparaître entre les mains d'un barbare. J'aurais dû préciser à Stuart qu'il n'était pas à vendre.

— Daddy te pardonnera. Il te pardonne toujours.

— C'est vrai. Tu es merveilleuse, Kirby. Tu me comprends mieux que ma propre fille.

— Le sens moral de Mélanie est plus développé que le nôtre, rétorqua Kirby en songeant, avec une bouffée de culpabilité, au Rembrandt de Harriet qui se trouvait entre les mains de son père. Venez dîner demain soir avec Melly.

— O.K. Je lui en parle. En attendant, n'oublie pas de remercier Adam pour moi. C'est vraiment regrettable que je sois trop vieille pour lui offrir autre chose que quelques malheureux crocs de saurien.

Sur un éclat de rire, Kirby reposa le combiné.

Le soleil tombait sur la robe rouge de gitane et faisait étinceler les anneaux d'or aux oreilles de Kirby. Profitant d'une luminosité idéale, Adam travaillait dans la fièvre, sans voir l'heure tourner. Avec la clairvoyance propre aux créateurs, il traquait la vérité sous les apparences. Monomaniaque et obsédé, il ne songeait plus qu'à traduire sur la toile le caractère unique de la féminité de son modèle, fait à la fois de puissance et de fragilité, de pureté et de sensualité.

— Adam, si tu veux bien consulter ta montre, tu verras que je t'ai déjà accordé beaucoup plus de temps que prévu.

Il continua de peindre sans répondre.

— J'ai des crampes aux épaules, protesta Kirby en changeant la position de ses bras. Je sens que je vais devoir renoncer définitivement à une carrière dans le saut à la perche.

— Bon, ça va, tu peux filer. Je travaillerai sur le fond, marmonna-t-il sans même lever les yeux. Mais tu m'accorderas encore trois heures demain matin.

Renonçant à s'offusquer de ses manières d'ours,

Kirby massa ses muscles ankylosés et alla regarder par-dessus l'épaule d'Adam.

— J'aime beaucoup la façon dont tu travailles tes ombres, commenta-t-elle. Le portrait est flatteur, avec ce rouge, cette insolence, cet éclat des couleurs. Mais il y a une vulnérabilité chez cette femme que je ne reconnais pas chez moi.

— Je te connais peut-être mieux que tu ne te connais toi-même.

Kirby ne dit rien, laissant le sens de ses paroles se frayer un chemin dans sa conscience. A sa première réaction de surprise succéda une acceptation graduelle. Joignant les mains, elle s'éloigna de quelques pas.

Ce qui doit être dit doit être dit, décida-t-elle. Et le plus rapidement serait le mieux.

— Adam ?

— Mmm…

Elle s'éclaircit la voix.

— Je t'aime.

— Mmm, grogna-t-il, toujours sans lever la tête.

Une autre femme, à sa place, aurait éclaté en imprécations ou en sanglots. Kirby, elle, éclata de rire.

— Adam, tu peux m'accorder ton attention une seconde, s'il te plaît ?

Même si elle souriait toujours, ses mains étaient crispées, les jointures blanches comme de la craie.

— Je t'aime, Adam.

Cette fois, il suspendit son geste. Lentement, sans un mot, il reposa son pinceau et se tourna pour lui faire face.

— Tu n'es pas obligé de me répondre, d'accord ? Je ne cherche pas à faire pression. Ni à te pousser à te positionner de ton côté.

Son cœur battait si vite qu'elle dut s'interrompre pour s'humecter les lèvres.

— Mais je pense que tu as le droit de savoir. C'est tout. Nous nous connaissons très peu, je l'admets. Mais je suppose qu'en amour, il n'y a pas vraiment de normes. Quoi qu'il en soit, je n'attends strictement rien de toi.

Consciente qu'elle parlait trop et lui pas du tout, Kirby se tut avec un sourire forcé. Avait-elle tout gâché ?

— Je descends me changer. Tu m'as fait manquer le déjeuner, entre parenthèses.

Kirby avait presque atteint la porte lorsqu'il la rattrapa. Adam sentit les muscles de ses épaules se crisper sous ses doigts. Il savait qu'elle venait de lui faire un don immense. Un don dont il pressentait qu'elle ne l'avait encore jamais consenti à aucun autre homme avant lui.

— Kirby, tu es la femme la plus exceptionnelle que je connaisse.

— Oui, c'est ce qu'on me dit souvent, en effet... Tu as l'intention de descendre, ou tu veux que je te fasse monter un plateau ?

Il posa le menton sur ses cheveux et se demanda comment ils avaient pu en arriver là si vite.

— Je connais peu de gens capables de faire une déclaration d'amour aussi courageuse pour tourner les talons ensuite et s'en aller sans rien demander. Depuis le début, tu n'as cessé de me surprendre. Tu étais toujours ailleurs que là où je t'attendais.

Comme elle cherchait à se dégager, il resserra son étreinte.

— Tu es donc pressée à ce point ? Tu ne veux pas savoir ce que je ressens pour toi ?

— Il n'est pas nécessaire d'en parler, Adam.

— Si, c'est nécessaire.

Il la fit pivoter vers lui pour lui prendre le visage entre les paumes.

— Et je préférerais avoir les mains sur toi pour te dire que je t'aime.

Très droite, très digne, elle répondit d'une voix égale.

— Pas de déclarations charitables, Adam, s'il te plaît. Je ne pourrais pas le supporter.

Estimant que les serments classiques n'étaient pas faits pour Kirby, il haussa un sourcil.

— Si tu avais compté sur un aveu à sens unique, tant pis pour toi. Il faudra que tu t'adaptes, ma belle.

Le souffle coupé, Kirby garda le silence. Avant de réagir, elle voulait être sûre. Des risques, elle avait toujours été prête à en prendre. Mais en cet instant, il lui fallait la certitude. Pendant quelques longues secondes, elle sonda le regard d'Adam avant de laisser un sourire éclater sur ses lèvres.

— Très bien. Je tâcherai de faire un effort d'adaptation, alors.

Tout sourire oublié, elle enfouit le visage dans son cou.

— Oh, mon Dieu, Adam, si tu savais comme j'ai besoin de toi. Tu ne te rends pas compte, je crois.

Il la serra tout aussi éperdument contre lui.

— Et moi je crois que si.

9

Aimer et être aimée en retour. Kirby était à la fois effrayée et galvanisée par la nouveauté de l'expérience. Heureuse, elle l'avait toujours été. Mais elle découvrait soudain que ce bonheur pouvait s'enrichir d'une dimension supplémentaire. Prendre la forme d'éclats de rire à minuit, de mots doux chuchotés au réveil. D'une main à tenir. D'une vie à partager.

Or, pour elle, la confiance et le partage étaient l'essence du couple. Elle ne concevait le lien amoureux qu'assorti à une loyauté sans faille. Rien de ce qu'elle possédait, rien de ce qu'elle éprouvait ne serait étranger à Adam. Incapable de continuer à sculpter, elle sortit de l'atelier pour le retrouver.

Un grand calme régnait dans les couloirs du premier étage. En ce début de soirée, le personnel était regroupé dans la cuisine, occupé à échanger les derniers potins tout en assurant les préparatifs du dîner. Kirby avait toujours aimé cette heure entre chien et loup où la lumière hésitante se chargeait d'une mélancolie prégnante. C'était un moment à passer devant un grand feu de cheminée. Ou à marcher sur la falaise.

Désireuse de partager ces plaisirs avec Adam, Kirby s'immobilisa devant sa porte et leva la main pour frapper. Un murmure de voix dans la chambre lui fit suspendre son geste. Si Adam était en discussion avec son père, ne valait-il pas mieux éviter de les interrompre ? Qui sait s'il n'avait pas entrepris de lui tirer les vers du nez au sujet du Rembrandt ?

Elle hésitait toujours lorsque le heurtoir de la porte d'entrée retomba lourdement contre le battant de bois. Avec un haussement d'épaules, elle se détourna pour aller ouvrir.

Assis sur son lit, à l'étage au-dessus, Adam changea l'émetteur de main.

— Je fais ce que je peux, O.K. ? Je n'ai pas eu l'occasion de me manifester avant. Et je n'ai rien de nouveau à t'apprendre, de toute façon.

— Tu es censé te mettre en rapport avec moi tous les soirs, aboya McIntyre. Je commençais à me dire qu'il t'était arrivé quelque chose !

— Si tu connaissais les Fairchild, tu saurais à quel point ce genre d'inquiétude est vaine, Mac.

— Ils ne se doutent de rien ?

Adam jura en silence.

— Non.

— Parle-moi de Mme Merrick et de Hiller.

— Harriet est exubérante. Sympathique. Expansive.

Après les événements de la veille au soir, il pouvait difficilement affirmer qu'Harriet Merrick était blanche comme neige. Mais il ne jugea pas utile pour autant de mentionner à McIntyre le charmant « hobby » qu'elle partageait avec Fairchild. Les activités « philanthropiques » du peintre, après tout, ne relevaient pas de sa mission. Pas au sens strict en tout cas, puisqu'il était ici pour le Rembrandt, et le Rembrandt seulement.

— Hiller est mielleux, très courtois en apparence. Les dessous du personnage sont nettement plus effrayants, en revanche. Je l'ai vu s'en prendre physiquement à Kirby.

— Pour quelle raison ?

— Le Rembrandt. Il pense qu'elle sait où son père le cache. Et il n'hésite pas à cogner pour obtenir ce qu'il veut, de toute évidence.

— Charmant. Je devrais avoir quelques tuyaux bientôt sur Victor Alvarez.

Adam prit soin de garder un ton indifférent.

— Laisse tomber la piste Alvarez, elle ne mènera à rien. J'ai déjà procédé à quelques recherches de mon côté. Alvarez n'a aucun rapport avec le Rembrandt.

— Si tu le dis...

Adam connaissait suffisamment McIntyre pour savoir que ce dernier resterait à jamais incapable de comprendre le « violon d'Ingres » d'un Fairchild.

— Je le dis et je le confirme. J'ai une condition à poser, d'autre part.

— Qui est ?

— Lorsque j'aurai trouvé le Rembrandt, je veux que tu me laisses régler les choses à ma manière.

— Comment ça, « à ta manière » ? Ecoute, Adam...

— A ma manière, O.K. ? Ou bien tu prends quelqu'un d'autre pour faire le boulot. Je te trouverai le Rembrandt. Mais une fois que tu l'auras récupéré, je veux qu'on fiche la paix aux Fairchild.

L'émetteur craqua à ses oreilles lorsque McIntyre explosa.

— Mais enfin, c'est n'importe quoi ! Puisque Fairchild est impliqué jusqu'au cou dans...

— C'est ton problème. Débrouille-toi.

— Il faut dire que tu vis dans une maison de fous, marmonna McIntyre. Tu dois commencer à être gagné par la contagion.

— C'est possible, oui. *See you,* Mac.

Avec un large sourire, Adam coupa l'émetteur.

Au rez-de-chaussée, Kirby venait d'ouvrir la porte. Son regard plongea dans les yeux myopes et cerclés de noir de Rick Potts. Sachant que sa main serait moite, elle lui tendit la sienne sans une hésitation.

— Ça va, Rick ?

L'aquarelliste déglutit, serra mollement ses doigts entre les siens puis lui fourra un bouquet d'œillets fatigués sous le nez.

— Tu es très en beauté, Kirby.

— Merci.

Kirby prit les fleurs que Rick avait dû serrer si convulsivement que les tiges étaient à moitié broyées.

— Entre, Rick. Je vais te servir un rafraîchissement. Ça te délassera des fatigues de la route... Cartes ? Vous voulez bien vous occuper des bagages de M. Potts, s'il vous plaît ?

Elle poursuivit son monologue en l'entraînant dans le hall, consciente qu'il faudrait quelques minutes à Rick pour recouvrer sa voix.

— Mon père ne devrait pas tarder à descendre de sa tour, précisa-t-elle en versant un soda sur un lit de glaçons. Il a un nouveau projet : la sculpture. Je pense qu'il aura hâte d'en discuter avec toi.

Rick Potts se laissa tomber lourdement dans le fauteuil qu'elle lui désigna.

— A1ors comment te portes-tu depuis ta dernière visite, Rick ?

— Bien, bien... J'ai eu un petit refroidissement la semaine dernière. Mais je suis complètement rétabli, à présent. Je ne serais jamais venu te voir, Kirby, s'il y avait eu le moindre risque de contagion virale.

Pour dissimuler un sourire, elle se retourna sous prétexte de se verser un Perrier.

— Je te remercie de ta délicatesse.

— Tu… tu avances dans ton travail ?

— Plus vite que prévu, oui. J'ai déjà réuni suffisamment de pièces pour mon exposition, ce printemps.

— Je sais déjà qu'elle sera superbe, déclara Rick avec une absolue conviction. Tu… tu comptes séjourner à New York pendant la durée de l'expo ?

Son verre à la main, Kirby prit place à côté de lui.

— Je devrai passer au moins une semaine sur place, oui.

— Dans ce cas, peut-être… Cela me ferait un extrême plaisir, si… si tu acceptais de dîner un soir avec moi, acheva-t-il en rougissant. A condition que tu aies du temps libre, bien sûr.

— Je suis très touchée par ton invitation.

Du pas de la porte d'où il assistait à la scène, Adam vit le regard de chien fidèle de Rick Potts briller d'un mélange presque émouvant d'espoir et de passion. Dans dix secondes, estima-t-il, Kirby n'aurait plus qu'à le ramasser en tas à ses pieds.

Lorsqu'elle leva les yeux vers lui, il vit un discret soulagement se peindre sur ses traits.

— Ah, Adam, te voilà, le salua-t-elle d'une voix enjouée qui ne laissait rien deviner de ses sentiments. J'espérais que tu descendrais nous rejoindre. Rick, je te présente Adam Haines. Adam, je crois que mon père t'a déjà parlé de Rick, n'est-ce pas ?

« Sois gentil avec lui. » Adam reçut le message muet cinq sur cinq. Avec un sourire détendu, il serra la main moite du malheureux Rick Potts.

— En effet, oui, Philip m'a expliqué que vous

passeriez quelques jours ici, au château. Kirby m'a dit que vous étiez un aquarelliste de talent ?

— Elle vous a raconté ça ? s'exclama Rick, manifestement extasié que sa déesse ait pu parler de lui en son absence.

Kirby se leva.

— Nous aurons l'occasion de bavarder longuement après le dîner, Rick, déclara-t-elle en poussant son admirateur muet en direction de la porte. Mais en attendant, je pense que tu dois aspirer à un moment de calme et de repos après ce long trajet en voiture. Tu trouveras le chemin jusqu'à ta chambre, n'est-ce pas ?

— Oui, oui, bien sûr.

Kirby le suivit des yeux un instant avant de retourner rejoindre Adam. Elle noua les bras autour de lui.

— Tu as été parfait avec mon pauvre Rick. Je déteste me répéter, mais, décidément, oui je t'aime…

Plaçant les mains autour de son visage, il déposa sur ses lèvres un baiser léger, joueur, mais qui laissait augurer de félicités à venir.

— Tu peux me le répéter aussi souvent que tu veux. Je ne m'en lasserai pas.

Un petit rien dans le sourire de Kirby suffit à le transporter vers des sommets de désir. Il pressa la bouche contre sa paume avec un mélange de passion et de maîtrise qui arracha un soupir à Kirby.

— Tu me coupes le souffle, chuchota-t-il. Ce n'est pas étonnant que tu transformes ce pauvre Rick en une loque tremblante.

— C'est toi que j'aimerais transformer en loque tremblante.

Elle y parvenait au-delà de toute espérance. Ce qui n'était pas si facile à admettre. Il biaisa.

— Tu comptes vraiment lui dire que je suis un amant jaloux avec un poignard dans sa chaussette ?

Kirby récupéra son verre de Perrier.

— C'est pour son propre bien. Rick est toujours très gêné lorsqu'il perd le contrôle de lui-même. Tu as réussi à extorquer de nouveaux détails à mon père ?

Surpris, Adam fronça les sourcils.

— Non, pourquoi ?

— Je suis passée te voir, tout à l'heure, juste avant d'aller ouvrir à Rick. Et je vous ai entendus parler dans ta chambre, tous les deux.

Comme elle glissait la main dans la sienne, Adam lutta pour ne rien laisser paraître de la tempête de culpabilité qui se déchaînait en lui.

— Je ne pense pas que ce soit une bonne chose d'insister trop lourdement avec Philip.

Ce qui était la stricte vérité, se répéta-t-il, en butte avec les protestations de sa conscience. Kirby hocha la tête.

— Tu as probablement raison. Mon père a toujours cultivé l'art du secret et de l'intrigue.

Elle lui prit la main.

— Allons nous asseoir près du feu, un moment. J'ai envie d'être avec toi et de ne rien faire d'autre que regarder les flammes.

« Si seulement la vie pouvait être aussi simple », songea-t-il en accédant sans un mot à sa requête.

Après le dîner, ils retrouvèrent le petit salon, mais cette fois en compagnie de Fairchild et de Rick. Après deux verres de vin et une dose de cognac, Rick prit de l'assurance et entreprit de chanter les louanges de Kirby et de la complimenter sur son œuvre. Voyant les oreilles écarlates de Fairchild et le sourire faussement innocent de Kirby, Adam comprit qu'ils s'acheminaient vers une scène tragique.

— Merci, Rick. Je suis très touchée par tes compliments, susurra Kirby. Mais je suis certaine que tu aimerais voir la dernière en date des œuvres de Daddy. C'est une tentative de mise en forme à base d'argile. Un genre d'oiseau, je crois.

— Un « genre » d'oiseau ?

Fairchild se leva d'un bond et se mit à danser autour de la table.

— Pas n'importe quel oiseau, mais un faucon. Un oiseau noble !

En habitué des lieux, Rick s'efforça de calmer le jeu.

— Je serais ravi que vous me le montriez, monsieur Fairchild.

— Tu auras l'occasion de le voir souvent, mon garçon. J'ai l'intention de l'offrir au Metropolitan.

Kirby pouffa de rire, ce qui acheva de remonter Fairchild.

— Tu te moques de ton père, fille indigne ? Tu ne crois plus à la force créative de ces mains qui t'ont sortie, minuscule et vagissante, du ventre de ta mère ?

— Tes mains sont la huitième merveille du monde, Daddy.

Se renversant contre son dossier, Kirby prit son temps pour croiser nonchalamment les jambes.

— Ton seul problème, je crois, c'est que ton travail manque de structure. Mais peut-être qu'avec quelques années de pratique, tu acquerras un sens plus sûr de la construction ?

— Structure ? Construction ? vitupéra Fairchild. Cartes !

Kirby lui sourit avec décontraction et reprit son verre.

— Cartes ! hurla le peintre d'une voix suraiguë.

— Oui, monsieur Fairchild ?

— Cartes ! répéta ce dernier en foudroyant le majordome du regard.

— Oui, monsieur Fairchild.

— Cartes, je vous dis !

Kirby intervint avec diplomatie.

— Je crois que mon père vous demande un jeu de cartes, Cartes.

— Mais certainement, mademoiselle.

Impassible, le majordome s'inclina et disparut. Avec des gestes furieux, le peintre entreprit de débarrasser une table basse.

— Il est devenu sourd ou quoi, ce pauvre Cartes ? bougonna-t-il alors que porcelaine fine et verre de Venise atterrissaient en vrac sur le tapis. J'articule clairement quand même !

Adam faillit s'étrangler dans son verre.

— C'est difficile de trouver du personnel compétent, de nos jours, commenta-t-il, pince-sans-rire.

— Vos cartes, monsieur Fairchild.

Le majordome plaça deux jeux scellés sur la table avant de s'éloigner de sa démarche silencieuse.

— Vous allez voir maintenant si j'ai le sens de la structure ou non !

Tirant une chaise à lui, le maître entreprit de disposer des cartes en formant une arche.

— Je n'ai pas la main sûre, peut-être ? marmonna-t-il en commençant à bâtir son château.

— Voilà qui devrait canaliser son énergie un moment, déclara Kirby avec un clin d'œil pour Adam.

Elle se tourna ensuite vers Rick et lança la conversation sur des amis communs. Une heure plus tard, cependant, lorsque Montique entra et sauta sur les genoux d'Adam, Rick pâlit et se leva d'un bond.

— Vous devriez repousser ce chien, balbutia-t-il. Elle ne devrait pas tarder à arriver... Je crois que je vais monter me coucher, Kirby. J'ai l'intention de me mettre au travail tôt demain matin.

— Mais bien sûr, repose-toi, Rick... Il a une peur bleue d'Isabelle, précisa-t-elle à Adam lorsque l'aquarelliste eut quitté précipitamment la pièce. Montique est entré une fois dans sa chambre alors qu'il dormait et s'est installé sur son oreiller. Isabelle l'a réveillé brutalement en bondissant sur sa poitrine. Et d'après Rick, elle a proféré des horreurs. A propos d'Isabelle, je ferais mieux de monter voir s'il ne s'est pas fait coincer par notre terreur siamoise au détour d'un couloir.

Kirby se leva et se pencha pour l'embrasser rapidement sur les lèvres.

— C'est tout ? protesta-t-il.

Les yeux de Kirby pétillèrent.

— Nous verrons pour le reste plus tard. Viens, Montique. Allons trouver ta cruelle gardienne.

Kirby et le chien avaient déjà atteint la porte lorsque Adam la rappela.

— Quel est le montant du loyer d'Isabelle, au juste ?

— Dix souris par mois, ce qui est assez dérisoire. Mais j'ai décidé de la passer à quinze en novembre. Avec un peu de chance, elle sera partie à Noël... Allez, en route, Montique.

— Ma fille est une créature fascinante, n'est-ce pas ? demanda Fairchild derrière lui.

Adam alla le rejoindre à l'autre extrémité de la pièce et prit le temps d'examiner son château de cartes.

— Fascinante est le mot, en effet, commenta-t-il enfin. Il faut reconnaître qu'elle a une personnalité peu commune.

— Peu commune... et même déconcertante, parfois. Il arrive à Kirby d'être cruelle lorsqu'elle souffre ou lorsqu'une injustice la révolte. Je l'ai déjà vue s'en prendre à une brute deux fois plus lourde qu'elle et l'écraser comme une punaise. Mais vous noterez qu'avec Rick Potts, elle se montrera toujours d'une gentillesse sans faille, pointa Fairchild en plaçant une nouvelle carte.

Même si le peintre continuait à échafauder minutieusement son château, Adam comprit que la conversation n'était anodine qu'en apparence.

— Elle le protège beaucoup, de toute évidence.

Fairchild commença à bâtir une autre aile à son édifice.

— Elle sera toujours attentive à ne pas blesser Rick car elle sait que ses sentiments pour elle sont sincères. Kirby est une femme forte et indépendante. Mais lorsqu'elle aime, c'est une guimauve. Il y a une poignée de gens sur cette terre pour qui elle serait prête à tout sacrifier sans hésitation. Rick en fait partie. Mélanie, Harriet et ma personne figurent également sur la liste. Sa relation avec Harriet étant quasiment filiale, la question du Rembrandt perturbe beaucoup Kirby. Elle est partagée entre son affection pour moi et sa loyauté envers Harriet qui s'est beaucoup occupée d'elle après la mort de Rachel.

— Et vous ne faites rien pour la soulager ? Vous la laissez tranquillement se débattre avec ses problèmes de conscience ? accusa Adam, soudain saisi d'une colère irrationnelle contre Fairchild.

Il aurait voulu balayer la construction de cartes

d'un geste rageur. Mais de quel droit s'en prendrait-il au vieux peintre alors qu'il abusait lui-même de la confiance de Kirby ?

Il fit un effort pour plaider calmement sa cause.

— Pourquoi la laisser ainsi à son conflit de loyautés ? Qu'est-ce qui vous empêche de lui révéler au moins certains détails susceptibles de la délivrer de ses inquiétudes ?

— L'ignorance a ses avantages, rétorqua calmement Fairchild. Et dans le cas qui nous occupe, moins elle en saura et mieux cela vaudra pour elle.

— Vous avez un sacré culot, Fairchild.

— C'est vrai. Je reconnais que le culot est une de mes qualités majeures… Pour en revenir à ce qui m'occupe, beaucoup d'hommes ont tourné autour de Kirby. Elle n'a jamais eu que l'embarras du choix. Si elle l'avait voulu, elle aurait pu les prendre et les jeter, un à un, comme de vieux mouchoirs. Mais ce genre d'attitude n'est pas dans sa nature. Il y a quelques mois, Kirby s'est mise en tête qu'elle ne rencontrerait jamais l'amour. D'où Stuart et cette stupide idée de « mariage de raison ».

Fairchild porta son verre à ses lèvres et examina pensivement son château de cartes.

— Kirby a une capacité d'amour immense. Et lorsqu'elle s'éprendra d'un homme, elle l'aimera totalement et sans réserve. Ce qui, par la force des choses, la rendra vulnérable. Très vulnérable. C'est une fille qui ne fait pas les choses à moitié, Adam.

Pour la première fois depuis le début de la conversation, Fairchild leva la tête pour le regarder droit dans les yeux.

— Lorsque sa mère est morte, elle a été dévastée

par le chagrin. Et je ne voudrais pas la voir traverser une seconde fois ce genre d'épreuve.

Que pouvait-il répondre ? Moins qu'il n'aurait souhaité en dire. Mais en tout cas, la vérité.

— Je ne veux pas de mal à Kirby. Au contraire. Et je ferai l'impossible pour lui éviter toute souffrance.

Fairchild garda rivé sur lui son regard bleu pâle d'une étonnante clairvoyance.

— Je te crois et j'espère que tu feras en sorte qu'elle ne pâtisse pas de la situation. Quoi qu'il en soit, si tu l'aimes, tu trouveras le moyen de réparer d'éventuels dégâts. La machine est en marche, Adam. Et il est trop tard pour changer les règles du jeu maintenant.

Adam demeura muet un instant.

— Vous connaissez la raison de ma présence ici, n'est-ce pas ?

Avec un petit rire caquetant, Fairchild se concentra de nouveau sur ses cartes.

— Disons, pour le moment, que tu es ici pour peindre et pour… observer.

Il plaça une nouvelle carte.

— Monte donc la rejoindre, maintenant. Tu as ma bénédiction, si tant est que tu penses en avoir besoin. Le jeu touche à sa fin, Adam. Et il ne nous restera plus, bientôt, qu'à recoller les morceaux. L'amour est fragile lorsqu'il vient d'éclore, mon garçon. Si tu veux la garder, sois aussi têtu qu'elle. Considère que c'est mon conseil du soir.

Kirby se brossait les cheveux devant la coiffeuse en écoutant du jazz en sourdine. Elle soupira en entendant frapper à sa porte.

— Sérieusement, tu devrais aller dormir, maintenant, Rick. Tu seras épuisé demain matin.

Adam poussa la porte et but des yeux la vision qu'elle offrait, vêtue de sa chevelure de nuit et d'un soupçon de dentelle et de soie.

Elle se tourna vers lui avec un frisson.

— Oh, mon Dieu. Un dangereux envahisseur nocturne. Tes intentions n'ont rien d'honnête, j'espère ?

Traversant la chambre en deux enjambées, Adam la souleva dans ses bras.

— Ta vertu est en danger, pauvre innocente.

Lorsqu'elle sourit, il lui effleura les lèvres.

— Je t'aime, Kirby. Plus que tout. Promets-moi de ne jamais l'oublier.

— Je ne l'oublierai pas, murmura-t-elle d'une voix à peine audible tant il la serrait soudain à l'étouffer. Mais n'hésite pas à me le rappeler souvent quand même. Et maintenant…

Elle se dégagea pour desserrer son nœud de cravate et le débarrasser de sa veste.

— Et maintenant, comme tu as travaillé dur, aujourd'hui, tu mérites d'être dorloté, décréta-t-elle en jetant ses vêtements sur une chaise.

— Dorloté ?

— Mmm…

Le faisant asseoir sur le lit, elle s'agenouilla pour lui retirer ses chaussures. Elle les abandonna dans un coin puis entreprit de lui masser les pieds.

— C'est bon pour toi de te faire bichonner. A petites doses, en tout cas.

Il s'abandonna à une forme inédite de plaisir sous les caresses enveloppantes de Kirby. Elle avait des mains fortes et habiles, avec la sensibilité propre aux artistes. Poursuivant ses mouvements de massage, elle remonta centimètre après centimètre, le plongeant dans un état où il oscillait entre l'envie de s'abandonner à une volupté passive et celle, beaucoup plus primitive, de l'attraper par les cheveux pour la prendre sauvagement.

Avant qu'il ait pu trancher entre l'une et l'autre tentation, Kirby se leva et entreprit de déboutonner sa chemise.

— J'aime tout en toi, murmura-t-elle. Mais je te l'avais déjà dit, peut-être ?

— Pas encore, non. Mais je suis ravi de l'entendre.

Elle détacha ses boutons de manchettes et dégagea son torse.

— J'aime ton aspect physique… j'aime ta peau… j'aime la sensation de toi sous mes doigts.

Tout en parlant, elle promenait ses lèvres sur son front, sur ses joues et dans son cou.

— J'aime la façon dont tu penses…

Détachant son pantalon, elle le lui retira centimètre par centimètre.

— Il n'y a rien que je voudrais changer chez toi, Adam.

Se plaçant à cheval sur lui, elle le couvrit de baisers.

— Il y a quelque temps, alors que je m'interrogeais sur la possibilité d'aimer, j'avais fini par conclure qu'aucun homme ne me plairait suffisamment pour que je connaisse un jour les vertiges de la passion.

Sa bouche hésita juste au-dessus de la sienne.

— Mais je me trompais.

Les lèvres de Kirby étaient d'une tendresse exquise. « Dorloter… » Le mot flottait aux limites de sa conscience tandis qu'elle lui donnait ce qu'aucun homme n'attendait de recevoir et ce que peu osaient espérer : sa force mentale et physique, sa délicatesse, son extraordinaire beauté. Tout ce qui semblait si précieux et inaccessible en elle lui était offert sans qu'il ait rien à exiger. Et Kirby continuerait à lui appartenir, tant que ses bras pourraient la tenir et qu'il les ouvrirait suffisamment grand pour lui ménager une place.

Kirby n'avait plus conscience que d'aimer. Mince et ferme, le corps d'Adam brûlait sous le sien. Elle s'émerveillait de découvrir chez lui une discipline aussi bien interne qu'externe. Adam savait qui il était et ce qu'il attendait de la vie. Et il avait la force nécessaire pour avancer à son côté sans exiger qu'elle sacrifie une partie de son être pour conformer ses objectifs aux siens.

Ses épaules étaient fermes. Pas larges au point d'être intimidantes. Mais sa carrure était suffisante pour offrir une sécurité en cas de besoin. Posant les lèvres sur ses bras, elle sentit la discrète présence de biceps qui n'avaient pas été développés artificiellement pour être exhibés. Ces muscles étaient néanmoins de nature à protéger si elle choisissait d'être protégée. Mais plus que tout au monde, elle aimait ses mains. Ces mains-là ne la retiendraient pas lorsqu'elle voudrait s'en s'éloigner. Mais elles seraient là, ouvertes et accueillantes, chaque fois qu'elle choisirait de revenir à elles.

Kirby porta l'une et l'autre à ses lèvres.

Adam ferma les yeux. Aucune femme, jamais, ne lui avait fait l'amour de cette manière — avec cette patience, cette attention. Il aurait aimé continuer ainsi à jamais. L'onde de choc des caresses de Kirby se propageait par chaque pore, nourrissait chacune de ses cellules. Il voyait le rideau lustré de sa chevelure glisser sur sa peau, sentait la musique de ses lèvres vibrer au plus profond de sa chair. La grande maison reposait, silencieuse, dans le calme de la nuit. A la radio, une chanteuse de jazz gémissait des mots d'amour. La lumière était douce, propice aux amants. Et tandis qu'il s'abandonnait, elle le couvrait de plaisir, couche après couche, comme pour l'envelopper dans un cocon d'éternelle jouissance.

Sous ses doigts, il sentait la chair et la soie, et s'enivrait de l'une comme de l'autre. Touchant ses lèvres, il sut qu'il ne connaîtrait plus la faim tant qu'elle serait à son côté. Elle soupira alors, et il comprit qu'aucun autre son que celui-là ne saurait dorénavant le satisfaire. Dans les yeux de Kirby, il lisait un appel éperdu. Un appel qui ne s'adressait qu'à lui.

Petit à petit, leurs caresses perdaient de leur langueur et se teintaient d'impatience. Il la sentait vibrer et frissonner partout où il la touchait. Et une même tension presque douloureuse se dessinait en lui. Son désir se faisait impérieux, brûlant, exclusif. S'il ne lui était resté qu'une seule journée à vivre, il aurait choisi de passer chaque seconde qui lui était encore échue avec Kirby, enfoui en Kirby, noyé en elle pour l'éternité.

L'odeur de rose et de fumée de bois qui flottait dans ses cheveux le rendait fou. De sa peau moite montaient, comme un soupir, les effluves musqués de son désir. S'il en avait eu le pouvoir, il aurait arrêté le temps à cet instant précis, alors qu'elle ondulait au-dessus de lui, baignée par l'éclat de la lune, le regard noirci, avec deux cônes de feu se dessinant sur la pâleur de ses joues.

D'un geste, il lui ôta sa chemise de nuit et la contempla telle qu'aucun homme, se jura-t-il, ne la contemplerait jamais plus. Nue, sauvage, ses cheveux de nuit répandus sur ses épaules, elle était l'incarnation des fantasmes les plus débridés, un rêve de minuit. Déchaînée, magnifique. Absolue.

Avec un frisson qui la secoua tout entière, Kirby le prit en lui et imprima le rythme. Dans la vitesse et la furie. Des fragments d'images tourbillonnaient dans sa tête ; son corps, emporté, ne connaissait plus que la possession. Couleurs. Lumières. Frénésie. Le dos arqué, elle dansait avec les mains d'Adam à ses hanches, ses lèvres murmurant son nom.

La première vague la submergea, puis la suivante et d'autres encore à l'infini. Il n'y avait plus rien qu'elle ne pût obtenir ; plus rien qu'elle aurait refusé de donner. Puis, elle se laissa dissoudre dans l'océan et perdit toute conscience séparée.

Un instant encore, Adam maintint son contrôle pour la regarder, dressée sur lui comme une déesse de la nuit, parée de l'éclat de l'extase, les mains perdues dans le ruissellement de ses cheveux, le visage transporté.

Cela, jamais il ne l'oublierait.

La lumière d'une demi-lune décroissante tombait sur leurs deux corps enlacés. Avec Kirby gisant de tout son long sur lui, Adam songea à tout ce que Fairchild lui avait dit. S'interrogea sur ce qu'il pourrait et ne pourrait pas faire pour préserver Kirby.

Mais si leurs souffles et leurs battements de cœur se régularisaient peu à peu, ses questions, elles, restaient sans réponse. Avec un profond soupir, il changea de position et caressa le dos de Kirby.

Lorsqu'elle se dressa sur ses coudes, ses yeux n'étaient plus chavirés. Mais de nouveau brillants et pleins de malice.

Elle porta les doigts à ses lèvres et prit une voix rauque de fille de saloon.

— La prochaine fois que tu passeras par ici, cow-boy, pense à demander Lulu, O.K. ?

Kirby avait pensé le faire sourire. Mais, à son grand étonnement, Adam l'attrapa par les cheveux et la maintint plaquée contre lui. Il n'y avait pas d'étincelle d'humour dans son regard. Mais elle y détecta la même intensité que lorsqu'il se tenait, pinceau en main, face à son chevalet.

— Adam ?

— Non, ne bouge pas.

Il se força à relâcher ses doigts crispés pour lui caresser la joue. Il ne voulait rien gâcher de cet instant. Ne pas prononcer un mot, ne pas esquisser un geste qui pourrait altérer la poignante perfection de leurs étreintes.

— Je veux me souvenir de toi, telle que tu es, maintenant. Avec l'éclat de la lune dans tes cheveux et ton visage encore transfiguré par le plaisir.

Il ressentait une peur maladive, déraisonnable à l'idée qu'il puisse ne jamais la revoir ainsi, avec ce demi-sourire aux lèvres. Etait-ce la dernière fois qu'il sentait contre lui la chaleur de sa chair abandonnée ?

La panique qui le submergea n'avait rien d'imaginaire. Incapable de la surmonter, Adam attira Kirby contre lui et la serra comme pour ne plus jamais la lâcher.

10

Une demi-heure à peine s'était écoulée depuis le début de sa séance de pose et Kirby avait déjà le plus grand mal à rester en place. Mais elle avait promis à Adam de lui accorder deux heures. Et le respect de la parole donnée faisait partie des grands principes auxquels elle refusait de déroger. Elle tenta de fixer ses pensées sur ses propres sculptures. Sur sa *Colère* qui était désormais en voie d'achèvement.

Mais le soleil était trop chaud ; la lumière trop violente. Et malgré tous ses efforts, elle sombrait dans des états bizarres — comme des espèces d'absence où sa tête se vidait de toute pensée. Chaque fois, elle devait se reprendre en sursaut pour s'arracher à ces phases de quasi-somnolence.

— Kirby ?

Appelant son nom pour la troisième fois, Adam la vit cligner des yeux et river son attention sur lui.

— Tu pourrais avoir la gentillesse d'attendre la fin de la séance de pose avant t'attaquer ta sieste ?

Non sans effort, elle clarifia ses pensées et lui sourit.

— Désolée. Je pensais à autre chose.

— Ne pense plus, si penser t'endort, marmonna-t-il en ajoutant un grand trait d'écarlate sur la toile.

« C'est exactement ça », songea Adam. Jamais

encore il n'avait peint avec une telle justesse. Avec un sentiment d'urgence aussi marqué. Le besoin de terminer ce portrait le tenaillait avec une force obsessive.

— Lève la tête et regarde à droite, Kirby. Tu es incapable de garder la pose, ce matin.

— Esclavagiste !

Mais elle obéit et tenta de se concentrer.

— La seule façon de travailler avec toi, c'est de faire claquer le fouet.

Reportant son attention sur la toile, il revint sur les plis de la robe. Il les voulait souples et néanmoins clairement définis.

— Il faudra que tu t'habitues à poser pour moi. J'ai déjà deux ou trois projets en tête. J'attaquerai une étude en noir et blanc dès que nous serons mariés.

Le vertige saisit Kirby et ne la lâcha plus. Elle sentait les vagues déferler sur elle et ne savait plus si son étourdissement était psychique, physique ou s'il s'agissait d'une subtile combinaison des deux. Et elle avait beau tenter de reprendre pied, son esprit ne cessait de s'embrouiller. Sans réfléchir, elle laissa retomber les bras.

— Bon sang, Kirby ! Tu ne pourrais pas...

Il s'interrompit net en voyant ses yeux écarquillés.

— Que se passe-t-il ?

— Je n'avais pas pensé que... Enfin, je n'avais pas réalisé que tu...

Portant la main à sa tête bourdonnante, elle fit quelques pas pour tenter de s'éclaircir les idées. Les bracelets d'or à son poignet cliquetaient au rythme irrégulier de sa marche.

— Il me faut une minute pour me ressaisir, murmura-t-elle.

Pourquoi avait-elle le sentiment de manquer d'air ? Et l'impression que sa tête flottait quelque part, loin au-dessus de ses épaules ?

Sourcils froncés, Adam nota que ses joues étaient bizarrement empourprées.

— Tu es malade, Kirby ?

— Non.

Malade, elle ne se souvenait pas de l'avoir jamais été. Mais elle était incontestablement fatiguée. Et pour la première fois de sa vie, totalement dépassée. Elle prit une profonde inspiration.

— J'ignorais que tu souhaitais m'épouser, Adam.

C'était donc cela, songea-t-il en lui effleurant la joue du revers de la main. Il fallait reconnaître que tout s'était passé vite. Tellement vite.

— Je t'aime, Kirby.

Pour lui, la situation relevait de l'évidence. Qui disait amour disait mariage, et qui disait mariage disait famille. Mais comment avait-il pu oublier que Kirby étant Kirby, elle ne fonctionnait pas forcément selon la même logique ?

Il passa la main dans ses cheveux noirs défaits.

— Tu m'as accusé d'être conventionnel. Et je reconnais que le mariage est une institution terriblement traditionnelle.

Peut-être ne se sentait-elle pas prête à faire le pas ? S'il voulait garder une femme comme Kirby, il ne devait la priver ni de liberté ni d'espace. Mais de combien de marge, au juste, aurait-elle besoin ?

— Je veux passer ma vie avec toi, Kirby Fairchild. Cela te choque ?

Ce ne fut pas de la réticence, cependant, qu'il découvrit dans son regard. Mais de la stupéfaction. De l'incrédulité. Comme si elle avait de la peine à croire qu'il veuille réellement l'épouser. « Une femme comme elle ! » songea-t-il, sidéré. Alors qu'elle avait pour elle la beauté, la sensualité et la force. La créativité et l'élégance.

Comment avait-elle pu imaginer un instant qu'un homme puisse ne pas désirer la garder pour lui sa vie durant ?

— A toi de choisir de quelle façon tu aimerais que nous organisions notre avenir ensemble, Kirby. Mais ce n'est peut-être ni le moment ni l'endroit. Et j'aurais dû demander plutôt que de décréter d'office que nous allions nous marier.

— Ce n'est pas ça.

Secouée, les jambes tremblantes, elle porta la main à son visage. Il était si fort. Si solide. Comme les traits d'Adam se brouillaient devant ses yeux, elle s'éloigna de quelques pas.

— Ce n'est pas la première fois qu'on me demande en mariage. Et j'ai eu quantité d'autres propositions moins contraignantes sur le plan légal.

Kirby réussit à sourire. Adam la désirait. Pas seulement dans le feu du présent. Mais pour faire coïncider les chemins de leurs vies et les parcourir côte à côte. Elle sentit monter un afflux de larmes. Des larmes de gratitude. Des larmes de joie. Mais elle réussit à les contenir. Lorsqu'on réalisait le plus précieux de ses vœux, l'heure était au rire. Pas aux pleurs.

— La proposition que tu me fais aujourd'hui, Adam, est celle que j'ai attendue toute ma vie. Je n'avais pas prévu, en revanche, qu'elle me donnerait le tournis à ce point…

Soulagé, Adam la rejoignit près de la fenêtre.

— Je considère que le tournis est un bon signe. Mais je ne serais pas contre un simple « oui ».

— Tu sais que la simplicité et moi…

Elle vit la pièce tourner autour d'elle. Puis elle ne vit plus rien du tout. Adam la rattrapa par les épaules.

— Kirby… Grands dieux, il y a une fuite de gaz quelque part !

Il la redressa et la poussa en direction de la porte.

— Sors d'ici ! Il te faut de l'air. Ça doit être ce vieux chauffage.

Pendant qu'Adam se penchait sur l'appareil, Kirby se dirigea d'une démarche chancelante vers la porte. La distance lui parut interminable. Vers l'entrée de la pièce, l'air était moins chargé en gaz et elle prit une profonde inspiration avant de rassembler ses forces pour actionner la poignée. Mais elle eut beau la tourner dans tous les sens, rien ne se produisit.

— Bon sang, Kirby ! Je t'ai dit de sortir ! Vite !

Adam suffoquait déjà lorsqu'il parvint à la rejoindre.

— Le gaz sort à flots de ce truc.

— Je ne peux pas ouvrir la porte, haleta-t-elle.

D'un geste impatient, Adam poussa sa main et essaya à son tour. En vain.

— Elle est coincée ? murmura-t-elle d'une voix somnolente. C'est ennuyeux. Cartes se chargera de la réparation.

Adam serra les mâchoires. Ils avaient été enfermés. De l'extérieur.

— Reste ici. Et ne bouge pas, surtout.

Saisissant une chaise, il la propulsa de toutes ses forces contre la vitre. Le verre se fendit mais résista. Lorsqu'il porta son second coup, la vitre se brisa. Sans perdre une seconde, il alla chercher Kirby et lui plaça la tête près de l'ouverture ménagée dans le verre.

— Respire, ordonna-t-il.

Elle obéit, aspirant de grandes goulées d'air frais qu'elle rejetait en toussant et en hoquetant.

— Quelqu'un nous a délibérément enfermés ici, n'est-ce pas ?

Une fois ses idées plus claires, elle n'avait pas été longue à comprendre de quoi il retournait. Adam ne chercha ni à déguiser la vérité ni à la rassurer.

— Ça en a tout l'air, oui.

Les jambes tremblantes, Kirby prit appui contre le mur.

— Même si nous hurlons à pleins poumons, personne ne nous entendra. Il ne nous reste plus qu'à attendre que quelqu'un se décide à se mettre à notre recherche.

— Où est la vanne qui commande l'arrivée de gaz ?

Pressant les doigts sur ses paupières, Kirby lutta contre le brouillard persistant qui obscurcissait ses pensées.

— Il y a des cuves dehors, en bas. Derrière la cuisine, je crois.

De nouveau, elle se tourna vers le carreau cassé. En se demandant si elle n'allait pas vomir. Adam jeta un dernier coup d'œil à l'appareil de chauffage. Au rythme où il fuyait, ils ne tiendraient pas longtemps. Même avec l'ouverture pratiquée dans la fenêtre.

— On sort d'ici.

— Comment ?

Si seulement elle pouvait s'allonger un peu. Ne serait-ce que quelques minutes. Elle tenta de rassembler ses pensées.

— La porte est fermée, Adam. Et si nous sautons par la fenêtre, nous atterrirons en pièces détachées dans les zinnias de Jamie. Tu sais qu'il déteste qu'on abîme ses massifs.

Mais Adam ne l'écoutait déjà plus. Lorsque Kirby tourna la tête, elle le vit promener la main sur un décor de bois. Le panneau ouvrant sur le passage secret s'écarta en grinçant.

— Comment as-tu réussi à le trouver, celui-là ?

Il lui saisit le coude et la tira vers le rectangle obscur qui se découpait dans le mur.

— Ce n'est pas le moment de poser des questions. Viens.

— Je ne peux pas.

Bandant ses dernières forces, Kirby plaqua les deux mains au mur pour se retenir. La peur lui vrillait l'estomac à l'idée de pénétrer dans les entrailles obscures du château.

— Ne sois pas ridicule.

Il voulut la propulser de force, mais elle réussit à se dégager.

— Non. S'il te plaît… Vas-y tout seul. Et tu reviendras me chercher par la porte.

— Ce n'est pas possible, Kirby. Il me faudra trop de temps pour trouver mon chemin dans le noir. N'oublie pas que nous n'avons pas de lampe de poche.

— Justement. Raison de plus pour que je reste ici. Prends ton temps. Je serai patiente.

— Tu pourrais être morte, riposta-t-il entre ses dents. Ce chauffage est une antiquité. Imagine qu'il y ait un court-circuit. La pièce entière partirait en fumée. Et tu as déjà respiré beaucoup trop de gaz comme cela.

— Je ne rentrerai pas là-dedans. C'est trop noir. Je ne peux pas.

Kirby avait conscience de réagir de façon aussi irrationnelle qu'hystérique, mais c'était plus fort qu'elle.

— Je sais que c'est idiot, mais je t'en supplie, essaie de me comprendre, Adam.

— J'espère que tu comprendras ceci, surtout, murmura-t-il en lui assenant un coup à la mâchoire.

Sans même émettre un son, elle s'effondra dans ses bras. Adam ne perdit pas de temps. Il la prit sur une épaule et plongea dans le passage.

Actionnant la fermeture du panneau pour les protéger du flot de gaz, il se retrouva dans le noir total. Tout en maintenant Kirby en place d'une main, il se tint au mur de l'autre, progressant centimètre par centimètre sur le sol inégal. Avant de pouvoir ressortir par une des chambres du second étage, il devait d'abord trouver l'escalier. Puis repérer un des mécanismes d'ouverture dans l'obscurité totale. Testant le sol à chaque pas, il avançait à une vitesse de tortue. Mais il savait que la moindre imprudence pourrait leur être fatale. S'il manquait la première marche et qu'ils chutaient du haut de l'escalier en pierre abrupte, ce serait la mort assurée.

Toute une population de rongeurs invisibles grouillait à ses pieds et d'immenses toiles d'araignées lui balayaient les mains et le visage. Finalement, c'était une bénédiction que Kirby soit inconsciente. Il aurait eu encore plus de mal à la traîner hurlant dans le noir.

Cinq, puis dix minutes s'écoulèrent ainsi. Et son pied gauche rencontra enfin le vide.

Ajustant Kirby sur son épaule, il s'appuya au mur de sa main libre et entama la descente. Etroit et raide, l'escalier était difficile à négocier avec une lumière. Dans le noir, avec une femme évanouie dans les bras, il devenait mortellement dangereux. Luttant contre le sentiment d'urgence qui le poussait à vouloir faire vite,

Adam descendit marche après marche. En s'assurant de son équilibre à chaque pas.

Une fois revenu sur le plat, il continua à progresser avec d'infinies précautions, en laissant glisser sa main le long du mur dans l'espoir de repérer rapidement un des systèmes d'ouverture.

Le premier qu'il rencontra refusa de fonctionner. Adam jura avec force. Son esprit s'embrumait. Il devait se forcer pour penser à respirer, à se maintenir debout, à avancer dans les ténèbres. Parvenu à un coude à angle droit, il faillit heurter le mur devant lui. Il poursuivit son chemin à l'aveuglette et rencontra un second mécanisme sous ses doigts. Le panneau commença par s'écarter non sans mal, puis finit par rester coincé. Mais il réussit à se glisser avec son fardeau par la maigre ouverture ainsi ménagée.

La lumière du soleil le fit cligner des yeux. Zigzaguant entre des meubles endormis sous leurs housses anti-poussière, il se précipita dans le couloir et descendit à l'étage en dessous. Lorsqu'il croisa Cartes, il ne ralentit même pas le pas.

— Allez au compteur principal et coupez l'arrivée de gaz qui dessert l'atelier de Kirby, ordonna-t-il. Et que personne ne mette un pied dans la tour, surtout.

— Mais certainement, monsieur Haines.

Aussi impassible que s'il l'avait prié de lui apporter un cocktail, Cartes poursuivit son chemin vers l'escalier, sa pile de linge propre sur le bras. Rassemblant ses dernières forces, Adam coucha Kirby sur son lit et courut ouvrir une fenêtre en grand. Pendant quelques instants, il se contenta de respirer avidement, laissant l'air pur balayer son visage et rafraîchir ses paupières brûlantes. Lorsque son estomac se souleva, il se força à respirer plus calmement. Passant son buste par la fenêtre, il attendit que les spasmes se calment petit à petit.

Dès qu'il eut surmonté la nausée, il retourna vers le lit.

Toute trace de couleur s'était retirée du visage de Kirby. Elle était pâle comme l'oreiller. Et tout aussi immobile. Réalisant soudain qu'elle n'avait plus donné signe de vie depuis qu'il l'avait frappée, il pressa deux doigts à son cou. Une vague de soulagement le submergea lorsqu'il sentit le battement faible mais régulier de son pouls.

Il alla chercher un gant mouillé dans la salle de bains et le passa sur son visage en appelant son nom. Kirby commença par tousser. Violemment. Rassuré, il attendit qu'elle ouvre des yeux hagards.

— Tu es dans ta chambre, Kirby. En sécurité. Rien ne peut plus t'arriver, maintenant.

— Tu m'as frappée, articula-t-elle d'une voix encore endormie.

Son indignation le fit sourire.

— Je pensais que tu serais plus résistante que cela, avec tes yeux têtus et ton menton obstiné. Je t'ai à peine effleurée et tu es tombée comme une mouche, poids plume.

Kirby porta la main à son visage tuméfié et fit la grimace. Elle se redressa tant bien que mal et attendit patiemment que le vertige passe.

— Je suppose que ce coup-là, je l'avais vu venir, murmura-t-elle. Désolée d'avoir paniqué aussi stupidement.

Adam appuya son front contre le sien.

— Tu sais que tu m'as fichu une peur bleue ? J'imagine que peu de femmes prennent ainsi un direct au menton tout de suite après avoir accepté une demande en mariage. Le cas doit être inédit.

— J'ai toujours eu la banalité en horreur, murmura-t-elle en se laissant aller de nouveau contre ses oreillers. Oh, mon Dieu… et le gaz ? Il faudrait peut-être le couper, non ?

— Cartes s'en est chargé.

Elle hocha calmement la tête mais il vit ses doigts triturer nerveusement le couvre-lit.

— C'est la première fois en tout cas qu'on essaye de m'assassiner.

Ainsi elle avait parfaitement saisi de quoi il retournait. Adam lui effleura la joue.

— Procédons par ordre : on appelle d'abord un médecin. Et la police tout de suite derrière.

Kirby prit ses deux mains dans les siennes.

— Je n'ai pas besoin de médecin. Je suis juste un peu barbouillée mais ça passera tout seul. Quant à la police, ce n'est même pas la peine d'y penser.

Son expression butée mit la patience d'Adam à rude épreuve.

— Il y a tout de même eu tentative de meurtre, Kirby.

Elle soutint son regard sans ciller.

— Ils poseraient des questions pénibles et mettraient leur nez partout. On voit ça dans tous les films noirs.

— Ce qui vient de se passer n'est pas un jeu. Si tu avais été seule dans l'atelier, tu serais morte, Kirby. Et je refuse de courir le risque que ce fou dangereux renouvelle sa tentative.

— Parce que tu penses que Stuart a pu… ?

Kirby laissa échapper un long soupir. Et songea que si elle se forçait à être objective, elle parviendrait peut-être à faire entendre raison à Adam.

— Oui, Stuart semble être l'explication logique, reconnut-elle. Même si j'ai du mal à croire qu'il ait pu combiner un projet aussi complexe, je ne vois que lui qui soit susceptible d'en vouloir à mes jours. Mais il reste que nous n'avons aucune preuve.

— Il y aurait peut-être un moyen simple d'en obtenir.

En lui arrachant des aveux de force ? Elle lut dans le regard d'Adam qu'il se ferait un plaisir de cogner Hiller jusqu'à ce qu'il demande grâce. Touchée, elle lui caressa la joue.

— Tu as un tempérament plus primitif que je ne le pensais. Je n'imaginais pas qu'il serait agréable à ce point d'avoir un homme à mon côté, prêt à affronter les pires dragons à ma place. Que voudrais-tu que je fasse d'un stupide inspecteur de police alors que je t'ai toi ?

— N'essaye pas de me manœuvrer bassement.

— Je ne te manœuvre pas, Adam.

Une soudaine gravité se peignit sur les traits de Kirby.

— Tu ne comprends donc pas ? s'enquit-elle à voix basse. Tant que la question du Rembrandt ne sera pas réglée, je ne pourrai pas faire venir la police ici. Imagine que mon père se trouve jeté en prison ! A aucun prix, je ne prendrais pareil risque.

— Ton père n'ira pas en prison.

Comment il s'y prendrait, il l'ignorait encore. Mais il ferait en sorte que Fairchild échappe à toute poursuite.

— Kirby, crois-tu sincèrement que ton père continuerait à comploter et à intriguer s'il apprenait que ta vie est menacée ?

Envahie par la fatigue, elle poussa un profond soupir.

— Mon père peut être terriblement imprévisible

par moments. Il serait tout aussi capable de lacérer le Rembrandt dans un élan de rage que de se ruer chez Stuart pour l'affronter à mains nues. Et l'affaire tournerait à la catastrophe dans les deux cas. Je pense qu'il vaut mieux laisser décanter un peu.

Kirby ferma un instant les yeux, sans se douter que sa vulnérabilité était de loin sa meilleure arme face à Adam.

— Comment ça « laisser décanter un peu » ?

— Je parlerai à mon père. Et lui ferai part des événements à ma façon, pour éviter une réaction spectaculaire de sa part. Harriet et Mélanie dînent ici ce soir. Alors j'aime autant remettre les explications à demain.

— Comment peut-il inviter tranquillement Harriet à sa table alors qu'il lui a volé un tableau d'une pareille valeur ? Je ne comprends pas qu'il agisse ainsi avec une amie.

Juste avant que Kirby ne baisse les paupières, il vit le désarroi et l'incompréhension envahir son regard.

— Je ne le sais pas plus que toi, murmura-t-elle tristement.

— Je suis désolé.

Elle secoua la tête.

— Il ne manquerait plus que tu sois désolé. Tu as été merveilleux depuis le début.

— C'est là que tu te trompes, murmura-t-il en pressant ses mains contre ses paupières closes.

— Laisse-moi en juger, d'accord ? Et accorde-moi vingt-quatre heures de délai. Je te promets que demain à la même heure je dirai tout à mon père. Peut-être que d'ici là, la situation se sera dénouée.

Adam hésita. Mais il avait une réflexion à mener

de son côté. Et sans doute une décision à prendre en ce qui concernait McIntyre.

— Va pour le délai de vingt-quatre heures, alors. Mais pas une minute de plus. Demain à la même heure, tu racontes tout à Philip sans omettre un seul détail. Et s'il n'accepte pas de régler la question du Rembrandt sur-le-champ, je prends la relève.

Kirby hocha la tête. Elle avait une totale confiance en Adam.

— Ça marche.

— Et c'est moi qui me charge de Hiller.

— Je refuse que tu te battes avec lui, tu m'entends ?

Amusé, il haussa un sourcil.

— Ah, vraiment ?

— Je n'ai pas envie de te récupérer sanguinolent et couvert d'ecchymoses.

— C'est la haute opinion que tu as de moi ?

Avec un éclat de rire, elle se redressa pour jeter les bras autour de son cou.

— Mon héros. Il ne serait même pas fichu de mettre la main sur toi.

— Excusez-moi, mademoiselle Fairchild ?

Sans lâcher Adam, Kirby tourna la tête vers le majordome dont la haute silhouette impavide se dressait dans l'encadrement de la porte.

— Oui, Cartes ?

— Il semble qu'une chaise venue de votre atelier ait atterri malencontreusement dans les zinnias de Jamie.

— Oui, je sais. Je suppose qu'il est hors de lui ?

— En effet, mademoiselle. Il exprime une assez vive contrariété et souhaiterait des explications.

— J'irai lui présenter mes excuses. Peut-être qu'en lui offrant une nouvelle tondeuse… Vous ferez remplacer le carreau, voulez-vous ?

— Oui, mademoiselle.

— Et vous me ferez disparaître ce chauffage archaïque par la même occasion, compléta Adam.

Il vit Cartes hésiter, puis interroger Kirby du regard.

— Adam a raison, Cartes.

Le majordome hocha la tête et disparut sans un bruit.

— C'est de toi qu'il prend ses ordres, n'est-ce pas ? commenta Adam lorsqu'il se fut éloigné. J'ai remarqué qu'il ne faisait jamais rien sans te consulter discrètement d'abord.

Kirby eut un sourire innocent.

— Je ne sais pas ce qui te fait dire une chose pareille.

— Il y a un siècle, on aurait dit de lui qu'il était l'Homme de la Reine. Ton père peut ordonner ce qu'il veut, c'est à toi qu'il obéit.

Adam se pencha pour l'embrasser sur les lèvres.

— Et maintenant repose-toi ou j'appelle le médecin.

— Par principe, je ne cède jamais au chantage, mais si tu restes ici pour te reposer avec moi…

— Ma présence ne serait pas propice au repos.

— Juste une demi-heure alors.

— Parfait. Je reviendrai à ce moment-là.

Avec un léger sourire, Kirby ferma les paupières.

— Je t'attends de pied ferme.

Il était trop tôt pour les étoiles ; trop tard pour le bain de lumière de milieu d'après-midi. Debout devant une des fenêtres du salon, Adam regardait le flamboiement du couchant tenir — temporairement — les forces de la nuit à distance.

Après s'être mis en contact avec McIntyre pour lui signaler la tentative de meurtre faite sur Kirby, il avait ressenti un mélange d'exaspération et de lassitude. Combien de temps pourrait-il continuer à naviguer ainsi entre demi-vérités et mensonges par omission ?

« Demain, je lui dis tout », décida-t-il sur une impulsion. Quant à Fairchild, il le contraindrait également à jouer cartes sur table. Ainsi, Kirby saurait tout ce qu'il y avait à savoir. Et tant pis pour McIntyre, sa mission et le reste. Rien de ce qu'il avait à offrir à Kirby n'aurait de réelle valeur à ses yeux s'il continuait à lui taire la véritable raison de sa présence au château.

Le soleil descendit encore plus bas sur l'horizon, dans une explosion d'ors, de pourpres et d'oranges. Adam songea au portrait de Titien. Comprendrait-elle, avec le recul, qu'il ait pu garder le silence aussi longtemps ? Il serra les poings. D'une façon ou d'une autre, il lui faudrait la convaincre qu'il n'avait pu faire autrement.

La demi-heure étant passée, il retourna dans la chambre de Kirby pour voir si elle avait récupéré. En poussant la porte, il l'entendit chantonner dans son bain. Rassuré sur son sort, il hésita à la rejoindre. Mais il songea à sa pâleur, à sa fatigue, au gaz qu'elle avait inhalé. « Une autre fois », se promit-il en sortant de la chambre.

— Où est passée cette enfant de malheur ? s'éleva la voix exaspérée de Fairchild derrière lui. Je ne l'ai pas vue de la journée !

— Kirby prend son bain, Philip.

— Elle a intérêt à avoir une explication valable à me proposer, maugréa Fairchild en tendant la main vers la poignée.

Adam s'interposa par automatisme pour l'empêcher d'entrer.

— Une explication pour quoi ?

Fairchild lui jeta un regard noir.

— Mes chaussures.

Notant que le peintre était en chaussettes, Adam secoua la tête.

— Je ne crois pas avoir vu Kirby avec vos mocassins aux pieds.

— Je me retrouve engoncé dans ce costume étriqué avec une cravate ridicule au cou. Et je n'ai même pas une paire de chaussures à enfiler ! Tu admettras que ce n'est pas banal.

— Pas banal du tout, en effet. Vous avez essayé Cartes ?

— Cartes a au moins six pointures de plus que moi… Cela dit, c'était bel et bien lui qui avait mon costume, admit Fairchild, sourcils froncés.

— Vous voyez bien…

— Ce type est un kleptomane, maugréa le peintre en rebroussant chemin. A ta place, je vérifierais le nombre de mes caleçons. On ne sait jamais à quoi il risque de s'attaquer. L'apéritif est servi dans une demi-heure, Adam. Tu ferais mieux de te dépêcher.

Il venait juste de finir de se changer lorsque Kirby frappa à sa porte. Elle entra sans attendre sa réponse, puis s'immobilisa à l'entrée de la pièce en prenant délibérément la pose : un bras levé, la tête rejetée en arrière.

Adam prit le temps d'admirer la combinaison qui moulait ses formes, les énormes émeraudes qui scintillaient à ses oreilles, et les cinq chaînes en or qui ceignaient sa taille.

— Salut, voisin, susurra-t-elle en s'avançant vers lui d'une démarche glissante de danseuse de harem.

Adam lui prit le menton et scruta ses traits. Avec

un art consommé, elle avait fait usage de sa palette de maquillage pour effacer sa pâleur et ses cernes.

— Alors ?

— Tu as déjà moins mauvaise mine.

— C'est trop de compliments !

— Comment te sens-tu ?

— Je me sentirais beaucoup mieux si tu cessais de m'examiner comme un sujet de laboratoire en phase terminale et que tu m'embrassais comme tu es censé le faire.

Nouant les bras autour de son cou, elle ferma les paupières. Ce fut sur ses yeux clos qu'il posa son premier baiser, si tendre, qu'elle ne put que soupirer.

— Adam…

Son nom glissa dans l'air comme une prière lorsque sa bouche se referma sur la sienne. Elle voulait tout. A l'instant. Le feu et l'éclair. Le plaisir et l'emportement. La furie puis le grand calme qui suit l'extase.

— Je t'aime, murmura-t-elle. Je t'aime au point qu'il n'y a parfois plus rien d'autre.

— Il n'y a rien d'autre, affirma-t-il avec force en portant ses deux mains à ses lèvres. Nous avons une vie entière devant nous pour nous aimer, Kirby. Une vie entière et elle ne nous suffira pas.

De nouveau, le vertige la saisit. Mais elle ne chercha pas à fuir, cette fois.

— Alors commençons le plus tôt possible, chuchota-t-elle. Aujourd'hui de préférence. Même s'il nous faudra attendre le départ de Mélanie et de Harriet.

— Si j'avais le choix, je te garderais bouclée dans cette chambre et je te ferais l'amour jusqu'aux premières lueurs du jour.

— Attention, n'en dis pas plus ou je pourrais te prendre au mot.

Reculant d'un pas, Kirby finit de nouer sa cravate avec une spontanéité qui enchanta Adam.

— Depuis qu'Harriet sait que tu m'as donné un coup de main pour le Titien, elle te considère comme la huitième merveille du monde. Je ne voudrais pas casser ta réputation d'homme idéal en te faisant manquer le début du dîner.

— Dans ce cas, nous ferions mieux d'aller rejoindre tes invités tout de suite. Si je reste seul avec toi cinq minutes de plus, ce n'est pas seulement le début que nous manquerons, mais le dîner tout entier, dessert et café compris.

Glissant son bras sous le sien, il l'entraîna dans le couloir.

— Ah oui, j'allais oublier l'essentiel : ton père s'est fait voler ses chaussures.

Artiste et cosmopolite, le petit groupe réuni dans le salon évoquait à première vue le plaisir de la conversation et des distractions raffinées. Il aurait fallu un regard déjà exercé pour noter la pâleur de Kirby sous son maquillage. Et un observateur encore plus chevronné pour remarquer à quel point elle était fatiguée, tendue et inquiète. La timidité et la maladresse de Rick ne semblaient gêner personne à part Mélanie qui ne se départait pas de son discret dédain envers l'aquarelliste. Les sourires carnassiers de Fairchild et le rire exubérant de Harriet dominaient la scène.

Seul Adam avait de la peine à jouer son rôle. Il regrettait amèrement de ne pas avoir exigé que le dîner soit reporté. Malgré toute l'énergie qu'elle déployait, Kirby lui paraissait de plus en plus fragile et déchirée à mesure que la soirée avançait.

A maintes reprises, au cours du repas, il avait pu constater à quel point son attachement pour Harriet était profond et sincère. Et il la sentait tellement tiraillée entre les deux êtres qui l'avaient élevée qu'il en avait mal pour elle.

« Demain », se jura-t-il pour la seconde fois. Dans moins de vingt-quatre heures, il faudrait que Fairchild accepte de lever le voile. Et il n'hésiterait pas pour cela à taper du poing sur la table.

— Et si vous me montriez le portrait de Kirby que vous êtes en train de peindre ? suggéra Harriet en venant s'asseoir à côté de lui sur le canapé.

— Dès qu'il sera terminé, vous aurez droit à une visite privée, éluda-t-il avec un sourire.

Une chose était certaine : tant que les réparations dans la tour n'auraient pas été effectuées, il ne laisserait personne approcher de l'atelier.

Harriet fit la moue puis décida de lui pardonner.

— Approchez-vous de moi, Adam, intima-t-elle en rassemblant ses jupes écarlates autour d'elle. Kirby m'a autorisée à flirter avec vous ce soir.

Adam vit une délicate rougeur empourprer les joues de Mélanie. La jeune femme était clairement horrifiée par les libertés que prenait sa mère. Incapable de résister à la tentation, il porta la main de Harriet à ses lèvres.

— Dois-je demander une permission à mon tour ?

— Protège ton cœur, Harriet, prévint Kirby en distribuant les cafés.

— Mêle-toi de tes affaires, petite. Je m'apprêtais à annoncer à Adam que je lui offrais mon collier en dents de crocodile en témoignage de ma reconnaissance.

Mélanie faillit s'étrangler dans sa liqueur de cerise.

— Oh, mon Dieu, maman. Pourquoi offrir cette horreur à ce pauvre Adam ?

— Pour des raisons sentimentales, rétorqua Harriet sans se démonter. Adam a accepté que j'expose son portrait de Kirby en avant-première.

Le premier constat d'Adam fut qu'Harriet avait été prompte à inventer une explication plausible. Le second — qui découlait du premier — fut que Mélanie, à la différence de Kirby, ignorait tout du « hobby » partagé de sa mère et de Philip Fairchild.

Examinant la beauté froide de Mélanie, il songea qu'Harriet avait sans doute raison de garder le silence. Mélanie n'aurait pas fait preuve de la même tolérance que Kirby si elle avait été initiée à leur petit secret. Un secret qu'il partageait désormais avec le trio, songea-t-il non sans un étrange sentiment de fierté.

— Adam n'est pas obligé de le porter, poursuivit Harriet, interrompant le cours de ses pensées.

Mélanie leva les yeux au ciel.

— Encore heureux !

— C'est juste un porte-bonheur, expliqua la galeriste en tapotant la main d'Adam. Mais peut-être n'en avez-vous plus besoin ?

— Je considère que la chance est avec moi en ce moment. Mais un porte-bonheur n'est jamais de trop.

Avec un haussement d'épaules, Kirby laissa Rick parler sculpture avec son père et se percha sur l'accoudoir du fauteuil de Mélanie. Son regard glissa sur la soie rose sombre admirablement drapée sur la silhouette parfaite de son amie.

— Tu crois que tu aurais le temps de dessiner une robe pour moi, Melly ?

Surprise, Mélanie leva les yeux.

— Je ne demande pas mieux, bien sûr. Mais cela

fait des années que je te le propose et tu as toujours refusé sous prétexte que les séances d'essayage t'ennuieraient à mourir.

Kirby haussa les épaules. Pour une robe de mariée, elle saurait se montrer patiente. Mais elle garda ce scoop pour elle. Son père serait le premier à apprendre la grande nouvelle.

— C'est vrai qu'en matière de vêtements, je fonctionne surtout à l'achat impulsif, admit-elle.

— Aussi bien chez le fripier du coin que chez Saint Laurent, murmura Mélanie. J'en conclus que les circonstances doivent être particulières ?

Kirby éluda la question avec un sourire.

— Tu sais bien que j'ai toujours admiré ton talent. Mais jusqu'à présent, je redoutais un peu les épreuves préliminaires. Tu crois que tu pourrais créer un modèle qui me donnerait un air sage et modeste ?

Harriet éclata de rire.

— Sage, toi ? Mélanie a du talent, c'est vrai. Mais elle ne fait pas dans le miracle. Même petite et vêtue de mousseline blanche, tu avais l'air prête à affronter une troupe entière de Comanches… Philip, il faut absolument que tu me prêtes ce portrait de Kirby enfant pour que je l'expose à la galerie.

Les yeux de Fairchild pétillèrent.

— Mmm… Si tu le veux, il faudra que tu sois vraiment très, très gentille avec moi. J'ai toujours eu une profonde affection pour ce tableau et il me coûterait de m'en défaire, même pour quelques semaines… Sa valeur se situe bien au-delà de son apparence, conclut-il avec un profond soupir en se renversant contre son dossier.

— Mon père ne m'a toujours pas pardonné de lui

avoir facturé mes séances de pose, observa Kirby en gratifiant Fairchild d'un sourire ingénu.

— Puis-je te faire observer que Melly, elle, a posé pour moi, par pure bonté d'âme ?

— Melly est meilleure que moi, admit Kirby avec simplicité. J'ai toujours été égoïste et vénale.

Harriet leva les yeux au ciel.

— Femme sans cœur ! C'était pur égocentrisme de ta part de passer deux mois cet été à enseigner la sculpture à des enfants handicapés.

Sous le regard surpris d'Adam, Kirby émit un rire embarrassé.

— Harriet, arrête, s'il te plaît. Tu es en train de casser ma réputation.

— Kirby déteste qu'on parle de ses bonnes actions, confia Harriet à Adam.

— J'ai accepté de donner ces cours pour tuer le temps, déclara Kirby en haussant les épaules. Tu comptes aller à Saint-Moritz, cette année, Melly ?

« Quelle adorable dissimulatrice », songea Adam. La personnalité cynique qu'elle affichait si volontiers n'était qu'une façade. Et il aimait tout aussi intensément la vraie Kirby, sensible et cachée, que la Kirby provocatrice et caustique qu'elle prétendait être.

Au moment où Harriet et Mélanie se levèrent pour prendre congé, Kirby luttait contre une violente migraine. Les tensions et émotions de la journée avaient été trop fortes, même si elle avait du mal à l'admettre. « Une bonne nuit de sommeil et il n'y paraîtra plus », se répétait-elle stoïquement.

Après avoir drapé des kilomètres de châle autour de ses épaules majestueuses, Harriet lui souleva le menton.

— Tu as l'air pâle et fatiguée, Kirby. La dernière

fois que je t'ai vue avec une aussi petite mine, tu avais douze ans et une grippe carabinée. Je me souviens que tu avais juré que tu ne retomberais plus jamais malade.

— Et j'ai tenu parole. Je ne voulais pas courir le risque d'avoir à avaler de nouveau les médicaments atroces que tu m'avais forcée à ingurgiter. Tu n'as aucun souci à te faire pour moi. Je tiens tête à tous les virus.

Malgré son attitude pleine de bravoure, Kirby ne s'en réfugia pas moins un instant dans l'étreinte maternante de Harriet. Cette dernière ne dit rien, mais darda un regard préoccupé sur Fairchild.

— Va vite te coucher, mon petit, murmura-t-elle.

Dès l'instant où la porte se referma derrière leurs invitées, Adam saisit Kirby par le bras et l'entraîna vers l'escalier sans même se soucier de saluer Fairchild et Rick.

— Allez ouste ! Au lit ! ordonna-t-il.

— Tu ne crois pas qu'il serait plus simple de me traîner là-haut par les cheveux au lieu de me tirer banalement par le bras ?

— Une autre fois peut-être. Lorsque mes intentions seront moins pacifiques. Ce soir, je veux que tu dormes, ordonna-t-il en s'immobilisant devant la porte de sa chambre.

— Tu en as déjà assez de moi ?

Avant même qu'elle ait fini de poser sa question, il la prit dans ses bras et l'embrassa à corps perdu, laissant se lever en lui la clameur puissante de son désir et de sa passion.

— Tu vois à quel point j'en ai assez de toi ? chuchota-t-il en la serrant de toutes ses forces contre lui.

Kirby glissa les mains sous sa chemise.

— Mmm… Je peux peut-être faire quelque chose pour toi, ce soir ?

— Te reposer. C'est ta dernière opportunité. A partir de demain, je ne te laisserai plus dormir seule.

— Parce que ce soir, je dors sans toi ?

Adam ferma un instant les yeux. Se séparer d'elle en cet instant était une torture. Mais il s'était juré de ne pas refaire l'amour avec Kirby tant qu'il ne lui aurait pas révélé la vérité. Si elle n'avait pas été aussi pâle et épuisée, il lui aurait déballé sa confession sur-le-champ. Mais il n'avait pas le droit de lui assener ses explications alors qu'elle était clairement à bout de forces.

— Désolée d'avoir à te le préciser, mais tu n'es pas Superwoman.

— Vraiment ?

Il prit ses mains entre les siennes.

— Cette nuit, je veux que tu récupères tranquillement. Et demain nous parlerons.

— A quel sujet ?

— Demain, réitéra-t-il avant de pouvoir changer d'avis. Repose-toi, maintenant. Et si tu es toujours fatiguée au matin, tu resteras au lit et je te dorloterai toute la journée.

Malgré l'épuisement et la migraine, elle réussit à lui décocher un ultime sourire canaille.

— Chose promise, chose due, Adam Haines.

11

Une heure plus tard, Kirby dut se rendre à l'évidence : le sommeil récupérateur dans lequel tout le monde voulait la voir sombrer refusait de s'annoncer. Même si son corps épuisé ne demandait qu'à s'effondrer, son esprit restait désespérément clair, lucide… et actif.

Elle avait tout essayé pourtant. Réciter des poèmes soporifiques. Compter des moutons par centaines. Ecouter de la musique de chambre à la radio. Mais rien n'y avait fait.

Ce n'était pas la peur qui la tenait éveillée. Même si Stuart avait tenté de la tuer, il avait échoué. Et elle pouvait compter à la fois sur elle-même et sur Adam pour se défendre.

Non, ce n'était pas l'angoisse qui la travaillait, mais le Rembrandt. Encore et toujours le Rembrandt.

Elle était incapable de détacher ses pensées du tableau de Harriet. Harriet qui avait passé la soirée avec eux à rire et à plaisanter en toute confiance. Harriet qui l'avait soignée lorsqu'elle avait été malade. Harriet qui s'était chargée — bien inutilement — de lui expliquer « les choses de la vie » le jour de ses quinze ans.

Même si elle avait perdu sa mère très jeune, le souvenir de Rachel était resté clair et vivant en elle.

Harriet n'avait pas été un substitut. Harriet avait été tout simplement Harriet. Et pour cette seule raison, déjà, Kirby l'adorait.

Si seulement elle parvenait à s'endormir !

Exaspérée, Kirby roula sur le dos et scruta le plafond. Tant qu'à endurer son insomnie, pourquoi ne pas en profiter pour essayer de tirer toute cette histoire au clair ?

Elle connaissait suffisamment son père pour savoir qu'il ne chercherait jamais à nuire à Harriet de façon délibérée. S'il avait accepté de prendre le Rembrandt à l'insu de la galeriste, il devait avoir une bonne raison, mais laquelle ? Pour se venger du mal que Stuart avait fait à sa fille unique et adorée ?

Sourcils froncés, Kirby secoua la tête. Non, la théorie des représailles ne tenait pas debout. Tout avait commencé par le départ de Harriet pour l'Afrique. Et sa rupture avec Stuart avait eu lieu deux semaines plus tard seulement. Or, lorsqu'elle lui avait parlé des menaces de chantage de Stuart, son père n'avait manifesté aucune inquiétude. Il lui avait assuré au contraire que Stuart n'était pas « en position de faire des vagues » et qu'ils n'avaient aucune crainte à avoir.

On pouvait donc logiquement en conclure que l'échange de tableaux avait eu lieu avant sa dispute fracassante avec Stuart. A un moment où aucune vengeance n'était encore à l'ordre du jour.

Dans ce cas, pourquoi son père avait-il accepté le sordide marché proposé par Stuart ? Pas pour l'argent, en tout cas. Ni par convoitise, puisqu'il condamnait la possessivité en matière d'œuvres d'art. Cela dit, voler ne lui ressemblait pas non plus. Surtout lorsque la victime était une amie chère.

Avec un léger soupir, Kirby porta les mains à ses

tempes brûlantes. Elle avait beau tourner l'énigme dans tous les sens, le casse-tête restait insoluble. Puisque les motivations de son père restaient désespérément obscures, pourquoi ne pas orienter ses efforts de façon plus concrète et essayer de deviner où il avait caché le tableau ?

Le regard toujours rivé au plafond, elle tenta de se remémorer les commentaires de son père. Chaque fois qu'elle l'avait interrogé, il avait éludé ses questions en répondant par des petites phrases énigmatiques. Mais Philip Fairchild avait toujours été le grand spécialiste de l'affirmation ambiguë. Le Rembrandt était caché quelque part dans la maison. Avec « affection et respect », avait-il dit.

Restait à comprendre ce qu'il voulait dire par là. Avec un soupir découragé, Kirby roula sur le ventre, enfonça le poing dans l'oreiller et ferma les yeux. Mais juste au moment où elle allait enfin sombrer dans le sommeil, un détail lui revint à la mémoire.

Une réflexion faite par son père à Adam lorsqu'elle était venue les rejoindre dans l'atelier du peintre l'avant-veille… Quelque chose comme un « rôle de figuration » qu'elle aurait joué dans cette sombre histoire de troc de tableau.

— Par tous les démons de l'enfer, murmura-t-elle tout haut. Cela sonne comme une devinette… Qu'a-t-il bien pu vouloir dire ?

Juste au moment où Kirby allait renoncer à comprendre, la lumière se fit. Les yeux soudain grands ouverts, elle bondit hors de son lit.

— Vertubleu ! Il en serait bien capable, le bougre !

Se drapant dans un peignoir, elle sortit dans le couloir et hésita un instant devant la porte de la chambre d'Adam. Mais ce n'était qu'une théorie farfelue après tout. Et il n'avait pas eu une journée de tout repos non plus. Ce serait cruel de le tirer de son sommeil pour rien. Et si elle parvenait à un résultat, elle pourrait toujours remonter le chercher.

Si elle se trompait, en revanche, ce serait au tour de son père de vouloir l'assassiner…

Kirby commença par faire une brève incursion dans l'atelier de son père. Puis elle redescendit dans le noir et sur la pointe des pieds. Elle attendit d'avoir atteint la salle à manger pour allumer. Ici, seul Cartes était susceptible de la surprendre. Et le majordome ne se permettrait jamais de lui poser la moindre question.

Sans perdre une seconde, elle étala une couche épaisse de journaux sur la table. Puis elle décrocha son propre portrait et le posa à plat pour l'examiner. Mais son père avait un tel génie pour l'imitation qu'elle était incapable de détecter à l'œil nu s'il s'agissait de l'original ou d'une copie.

— « Sa valeur se situe bien au-delà de son apparence », murmura-t-elle.

C'était textuellement ce que son père avait affirmé à Harriet. Et il avait eu une petite lueur d'autosatisfaction dans le regard.

Avec un léger soupir, Kirby prit une bouteille contenant de l'essence de térébenthine et humecta un chiffon. Tout en demandant mentalement pardon à son père pour cet acte sacrilège, elle entreprit de retirer une première couche de peinture en bas à droite du tableau. Elle procédait par petites touches, avec d'infinies précautions, consciente que le moindre geste trop hâtif pourrait provoquer un irréparable désastre.

Sous son chiffon, la signature de son père disparut. Puis l'herbe verte au-dessous. Et là où on aurait dû trouver la toile brute, des lettres apparurent sur un fond de peinture brune.

C'était tout ce qu'elle avait besoin de savoir.

— Ainsi j'avais deviné juste, commenta-t-elle à voix basse en rebouchant sa bouteille. Le Rembrandt dort tranquillement sous mon portrait.

Incroyable. Il n'y avait décidément que son père pour avoir eu l'idée de génie de se copier lui-même.

— Brillante trouvaille, Kirby.

Kirby sursauta et se retourna pour scruter l'obscurité du couloir d'où s'était élevé ce commentaire ironique. Féminine et familière, la voix ne lui inspirait aucune crainte pour sa sécurité. Mais comment allait-elle expliquer la présence du Rembrandt chez eux en la circonstance ?

— Vous ne manquez pas d'idées dans la famille, n'est-ce pas, Kirby ?

Elle eut un pâle sourire.

— Je suppose que des explications s'imposent. Entre donc t'asseoir au lieu de rester dans le noir. L'histoire risque d'être longue…

Kirby s'interrompit lorsqu'elle vit le canon de l'élégant petit pistolet braqué sur elle. Son regard se détacha de l'arme pour plonger dans les yeux d'un bleu de porcelaine de Mélanie.

— Que se passe-t-il, Melly ?

— Tu as l'air surprise. J'en suis ravie.

Avec un sourire satisfait, Mélanie braqua le pistolet sur elle.

— Finalement, vous n'êtes peut-être pas si intelligents que ça, vous autres les Fairchild.

— Arrête de pointer ce machin sur moi.

— Je ferai plus que le pointer si tu bouges.

— Melly…

— Je ne plaisante pas.

Avec un sentiment d'incrédulité croissant, Kirby scruta les traits de sa meilleure amie.

— Range ce truc-là et viens t'asseoir. Que fais-tu ici au beau milieu de la nuit ?

— Je suis revenue pour deux raisons. Tout d'abord pour tenter de récupérer le tableau que tu as eu l'heureuse idée de retrouver pour moi. Le second but de ma visite consistera à renouveler — avec succès — la tentative avortée de ce matin.

— Ce matin ?

Kirby fit un pas en avant et s'immobilisa net en entendant le déclic de l'arme. Se pouvait-il réellement que ce truc soit chargé ?

— Melly…

La soie rose crissa avec élégance lorsque la jeune femme haussa les épaules.

— Je suppose que j'ai dû me tromper dans mes calculs, car en principe tu devrais déjà être morte. Tu sais que je connais les passages secrets comme ma poche. Tu m'y entraînais régulièrement lorsque nous étions enfants. Jusqu'au jour où ta lampe de poche est tombée en panne. C'est moi qui avais changé les piles, au fait. Je n'avais jamais pensé à te le dire, n'est-ce pas ?

Mélanie rit doucement du silence choqué de Kirby.

— Ce matin, je me suis glissée dans ton atelier pour trafiquer ton chauffage. Puis je suis ressortie par le passage secret pour aller ouvrir le gaz en bas.

La bouche sèche, Kirby passa la main dans ses cheveux.

— Si c'est une plaisanterie, elle n'est vraiment pas drôle.

— Rassure-toi, je suis sérieuse. Mortellement sérieuse, même.

— Mais pourquoi ?

— Pour l'argent, déjà, dans un premier temps.

— L'argent ?

Si elle n'avait pas eu la gorge aussi serrée, Kirby aurait éclaté de rire.

— Mais c'est absurde, Melly. L'argent est la dernière chose au monde dont tu as besoin.

— Toujours aussi péremptoire, n'est-ce pas, Kirby ? Eh bien, si, j'ai besoin d'argent justement.

Le venin qui perçait dans la voix de Mélanie lui fit courir un frisson dans le dos.

— Mais tu as refusé que ton ex-mari te verse une pension alimentaire !

— Parce que Carlyse m'a jetée à la porte en me coupant les vivres sans me demander mon avis. Comme il m'avait prise en flagrant délit d'adultère, j'ai été obligée de m'incliner et de repartir les mains vides. Nous avions pourtant toujours été discrets, Stuart et moi. Mais un hasard malencontreux a voulu que nous nous fassions surprendre.

Sidérée, Kirby porta une main tremblante à sa tempe.

— Surprendre ? Stuart et toi ?

Avec un léger rire, Mélanie fit un pas en avant.

— Tu ne comprends plus rien à rien, n'est-ce pas ? Stuart et moi sommes amants depuis trois ans. Mais pour des raisons pratiques, nous avons toujours gardé notre liaison secrète. C'est moi qui ai poussé Stuart à te demander en mariage. Il ne me reste quasiment plus rien de mon héritage. Et ton argent nous aurait permis de vivre une existence plus conforme à nos goûts. Mais ce qui m'intéressait surtout, c'était de nous rapprocher d'oncle Philip.

— Qu'espériez-vous obtenir de mon père, tous les deux ? se récria Kirby, soudain toutes griffes dehors.

— Il y a quelque temps, j'ai découvert à quel petit trafic ton père se livrait en collaboration avec ma mère. Et j'ai eu l'idée d'utiliser le talent d'oncle Philip de façon plus lucrative.

— En volant ta propre mère !

Le regard bleu de Mélanie se durcit. Kirby se demanda comment elle avait pu être aveugle au point de ne rien remarquer plus tôt.

— Epargne-moi ta morale, Kirby. Ton père l'a trahie sans se faire prier, lui aussi. Et il n'a pas hésité non plus à nous rouler dans la farine. Cela dit, tu viens de résoudre le problème en m'apportant le Rembrandt sur un plateau. Finalement, c'est une bonne chose que j'ai raté mon coup ce matin. Sinon, je serais encore en train de chercher à l'heure qu'il est.

Tant de questions se bousculaient dans sa tête que Kirby choisit d'aller droit à l'essentiel.

— Mais comment as-tu pu essayer de me tuer, Melly ? Nous avons été amies toute notre vie.

— Amies ? se récria Mélanie, comme si elle venait de prononcer une obscénité. Je ne me souviens pas d'avoir jamais éprouvé autre chose que de la haine pour toi.

— Non !

— De la haine, si, répéta-t-elle froidement. Tout tournait toujours autour de toi. Tout le monde t'adore, les hommes ne voient que toi. Même ma propre mère te préfère à moi.

— C'est faux !

La frustration de Mélanie avait-elle donc été si profonde ? Une vague de culpabilité envahit Kirby. Aurait-elle dû se montrer plus sensible, plus attentive ?

— Melly...

Mais lorsqu'elle fit un pas vers elle, Mélanie ajusta le pistolet et le braqua sur sa poitrine.

— Tu n'as pas remarqué la façon dont ma mère m'apostrophe sans cesse ? « Melly, ma chérie, pourquoi faut-il que tu sois toujours tellement coincée, tellement comme il faut ? » « Où est ton sens de l'humour, ma Melly ? » Elle n'a jamais été jusqu'à me comparer ouvertement à toi. Mais je sais qu'elle aurait voulu que je sois à ton image.

— Harriet t'aime telle que tu es. Et tu le sais.

Mélanie émit un rire cassant.

— Je me contrefiche de son amour. Ce n'est pas son affection qui met du beurre dans mes épinards. Je peux te pardonner d'avoir volé ma mère. Mais ç'a été plus difficile de supporter que tu rafles tous les hommes sous mon nez.

— Je me suis toujours tenue à distance des hommes qui t'intéressaient !

— Tu en as détourné des douzaines à ton profit, pourtant, rectifia Mélanie d'une voix soudain fragile. Il suffisait que tu souries et que tu fasses n'importe quelle réflexion stupide, et ils ne voyaient plus que toi. Techniquement, je suis plus belle que toi. Mais ton charme supposé irrésistible l'emportait toujours.

— Je n'ai jamais cherché à les attirer délibérément. Tu étais mon amie !

— Ton amitié m'a longtemps été utile. Mais je n'en ai plus l'usage, désormais.

Les larmes montèrent aux yeux de Kirby. Larmes de la trahison et de l'amitié déçue. Son évidente tristesse amena un sourire plein de fiel aux lèvres de Mélanie.

— Mon seul regret, c'est que tu ne sois pas tombée amoureuse de Stuart. J'aurais voulu te voir éperdument éprise tout en sachant qu'il n'aimerait jamais que moi et qu'il ne t'épousait que parce que j'en avais décidé ainsi. Lorsque tu es venue lui rendre visite, ce soir-là, j'ai failli sortir de la chambre rien que pour le plaisir de voir ton air déconfit. Mais je ne pouvais pas me permettre de gâcher nos projets à long terme, bien sûr.

— Tu t'es servie de moi, murmura Kirby. Directement et à travers Stuart.

— Je me suis toujours servie de toi, ma chérie. Mais je dois reconnaître que j'ai commis une grave imprudence en faisant un saut à New York pour passer un week-end en amoureux avec Stuart.

— Pourquoi, Mélanie ? Pourquoi avoir fait semblant toutes ces années ?

— Parce que tu m'étais utile, justement. Enfant, déjà, j'avais compris que je pouvais bénéficier des retombées de tes succès. A Paris, tu m'as ouvert pas mal de portes. Et la même chose s'est reproduite à New York. C'est à toi que je dois d'avoir vécu une année entière dans le luxe avec Carlyse. Tu refusais de l'épouser et tu ne voulais pas coucher avec lui. J'ai fait l'un et l'autre.

— Et c'est tout ? murmura Kirby. Il n'y a jamais eu ni affection ni amitié de ta part ?

— Jamais. Et aujourd'hui, tu es devenue un obstacle pour moi. Ta mort « accidentelle » ce matin était censée servir d'avertissement pour Philip. Mais à présent que tu sais tout, il faut que tu disparaisses de toute manière.

Anéantie, Kirby secoua la tête.

— Je ne comprends pas... Comment ai-je pu te côtoyer pendant des années sans me rendre compte de rien ? Comment as-tu pu me haïr si longtemps et ne donner aucun signe, aucune indication ?

— Ta nature est passionnée. Tu fonctionnes à l'émotion alors que je suis purement mentale… Prends le tableau, Kirby. Et attention de ne pas l'abîmer, surtout. Stuart a trouvé un acheteur qui nous a promis une coquette somme. Et inutile de crier au secours car je te tuerais sur-le-champ. Et je disparaîtrais dans le passage avant que quiconque puisse intervenir.

— Où veux-tu m'emmener avec ce tableau ?

— Nous allons faire un petit tour dans le passage secret. Malheureusement pour toi, tu vas faire une mauvaise chute, Kirby. Et tu te rompras le cou. De mon côté, je rentrerai à la maison avec le tableau et j'attendrai le coup de fil qui m'annoncera l'accident fatal.

« Gagner du temps… Il s'agit de gagner du temps à tout prix. » Si seulement elle avait réveillé Adam. Non. S'il avait été là, avec elle, il aurait eu, lui aussi, une arme pointée sur le cœur.

— Tout le monde ici sait que je ne serais jamais entrée dans le réseau de passages secrets de mon plein gré.

— On s'interrogera sur ce mystère, bien sûr. En découvrant la disparition du tableau, on fera le lien avec le Rembrandt. Les soupçons, dans un premier temps, se porteront — fort logiquement — sur Stuart. Mais on découvrira à la surprise générale qu'il était en déplacement à New York depuis deux jours. Et plusieurs personnes au-dessus de tout soupçon pourront attester qu'elles l'ont vu à un vernissage à l'heure présumée de ton décès. Quant à moi, je m'effondrerai, anéantie de chagrin par la perte de ma meilleure amie. Il me faudra des mois et des mois d'exil en Europe avant de commencer à me remettre.

Comme si ses jambes se dérobaient sous elle, Kirby s'appuya contre la table. Refermant les doigts sur la bouteille d'essence de térébenthine, elle dévissa discrètement le bouchon tout en gardant les yeux fixés sur le visage haineux de Melly.

— Tu as tout planifié avec le plus grand soin. Mais seras-tu capable de me tuer de sang-froid ?

— Tu en doutes encore, Kirby ?

— Tuer à distance, c'est facile. Mais en face à face ?

Mélanie eut un très beau sourire.

— Je préfère te voir crever de mes yeux. C'est un tel plaisir que tu saches qui te fait mourir et pourquoi. Allez, Kirby. Prends ce tableau et entre dans le passage. Il est temps de passer aux choses concrètes.

Faisant mine d'obéir, Kirby se tourna vers la table. Mais au lieu de soulever le tableau, elle s'empara du flacon de térébenthine et le projeta vers le visage de Mélanie. Celle-ci poussa un léger cri et porta la main à ses yeux par réflexe. Au même moment, Kirby se rua sur elle. Mortellement enlacées, elles chutèrent au sol, le pistolet pressé entre leurs deux poitrines.

Sourcils froncés, Adam approcha l'émetteur de ses lèvres.

— Comment ça, Hiller est à New York depuis hier ? La fuite de gaz n'était pas accidentelle. Hiller est forcément mêlé à cette histoire.

— S'il y est mêlé, il ne peut l'être que de loin. Un de mes hommes le file en permanence. Et je te garantis qu'il n'a pas quitté Manhattan depuis deux jours. Cela dit, il est fort possible qu'il ait tout planifié quand même.

Adam jura.

— Je n'aime pas ça, Mac. Hiller tout seul ne me faisait pas peur. Mais s'il a un complice sur place ou s'il a engagé un professionnel pour faire le sale boulot, Kirby n'est pas en sécurité ici. Je veux qu'elle soit mise immédiatement sous protection officielle.

— Entendu. Je ferai ce qu'il faut. En ce qui concerne le Rembrandt…

— Je me fiche du Rembrandt, vociféra Adam. Mais je m'engage à le récupérer demain au plus tard. Dussé-je pendre Fairchild par les pieds pour lui faire cracher le morceau.

McIntyre poussa un soupir de soulagement.

— Tu me rassures. Je commençais à penser que tu t'étais entichée de la fille de ce vieux fou.

— Je me suis entiché de la fille de ce vieux fou, rétorqua Adam aimablement. Autrement dit, tu as intérêt à assurer sa protection et rapidement, sinon…

Ce fut alors que le coup de feu retentit. Un seul. Net et précis. La funeste détonation se prolongea dans la tête d'Adam en un écho qui n'en finissait plus. Kirby. Oubliant McIntyre, il jeta l'émetteur sur le sol sans un mot et se rua hors de la chambre.

Il cria son nom dans le couloir, mais aucune réponse ne lui parvint. L'appela de nouveau alors qu'il traversait en courant le labyrinthe du rez-de-chaussée. Mais, là encore, il ne rencontra que le silence. Quasi aveuglé par la terreur, rattrapé par l'écho ironique de sa propre voix, il continua de courir, appuyant sur des interrupteurs au passage jusqu'à ce que le rez-de-chaussée entier étincelle comme pour une célébration.

Lorsqu'il fit irruption dans la salle à manger, il faillit trébucher sur les deux silhouettes tombées au sol.

— Kirby ! Grâce au ciel, tu es vivante… Mais que se passe-t-il ? Qu'est-il arrivé à Mélanie ?

— Je l'ai tuée… Oh, mon Dieu, Adam, aide-moi. Je crois qu'elle ne respire plus…

Les joues ruisselantes de larmes, Kirby pressait un chiffon rouge de sang contre le flanc de son amie. La tache s'élargissait rapidement, détrempant le tissu, coulant sur sa main livide.

— Maintiens la pression, surtout.

Sans perdre de temps à poser des questions, Adam arracha une pile de serviettes de table d'un tiroir du buffet. Puis il poussa Kirby sur le côté et prit le pouls de Mélanie.

— Elle est vivante.

Appliquant les serviettes sur la blessure, il attira Kirby contre lui.

— Et maintenant, dis-moi…

Sa question se perdit dans le vacarme du reste de la maisonnée déboulant au grand complet dans la pièce. Polly s'immobilisa sur place et poussa un hurlement strident qui parut ne jamais devoir finir.

— Appelez une ambulance, ordonna Adam à Cartes. Vous, Rick, arrangez-vous pour calmer Polly. Et si ça ne marche pas, faites-la sortir d'ici.

Fairchild tomba à genoux près de sa fille et prit la main inerte de Mélanie dans la sienne.

— Mon Dieu, Kirby… Mais que s'est-il passé ?

Le regard rivé sur ses doigts tachés de sang, Kirby murmura d'une voix hachée.

— J'ai essayé de lui arracher le pistolet et nous sommes tombées l'une sur l'autre. Je n'ai pas… Oh, Daddy, je ne sais même pas laquelle de nous deux a tiré… Tout ce dont je me souviens, c'est que je me suis jetée sur elle pour essayer de la désarmer, mais après, tout se mélange…

Conservant un calme impressionnant, Fairchild prit sa fille par les épaules.

— Mélanie est venue ici avec un pistolet. Pourquoi ?

Levant les yeux, Kirby soutint le regard de son père.

— Elle me hait, Daddy… Depuis toujours, en fait. Et je ne m'étais aperçue de rien. C'est elle qui a tout orchestré, pour le Rembrandt.

Les traits ravagés par le chagrin, Fairchild concentra son attention sur la pâle figure inanimée gisant au sol.

— Bon sang, c'était donc elle, chuchota-t-il, livide. Elle respire toujours, Adam ? Tu crois qu'elle va s'en sortir ?

— Je n'en sais rien, bon sang ! Je suis artiste, pas médecin.

Il y avait de la furie dans le regard d'Adam. Et du sang sur ses mains.

— Il s'en est fallu d'un cheveu pour que Kirby soit allongée morte à sa place, Fairchild ! Vous réalisez, au moins, que Mélanie était venue ici pour la tuer ?

Les mains du peintre se crispèrent sur les épaules de Kirby.

— Tu as raison.

— J'ai découvert la cachette du Rembrandt, murmura Kirby.

Elle se forçait à articuler distinctement malgré le vertige qui semblait lui vider la tête. La voyant vaciller, Tulipe poussa une exclamation impatiente. Elle repoussa Fairchild d'autorité et saisit Kirby par le bras.

— C'est bien le moment de te préoccuper de ces

vieilles croûtes ! Tu vas venir avec moi, ma puce. Je veux que tu t'allonges un moment.

Avec un sentiment d'impuissance, Adam vit Kirby s'éloigner au bras de Tulipe pendant qu'il bataillait pour contenir l'hémorragie de Mélanie.

— J'espère pour vous que vous avez une explication valable à fournir, lâcha-t-il entre ses dents en se tournant vers Fairchild.

Au loin, un bruit de sirènes se fit entendre. Le dos voûté, le peintre se remit lentement sur pied.

— Je crains que les explications ne suffisent plus, à ce stade. Je vais appeler Harriet. Et tâcher de lui annoncer la nouvelle…

Une heure s'écoula avant qu'Adam puisse enfin laver le sang sur ses mains. Toujours sans connaissance, Mélanie avait été transportée dans l'ambulance qui filait à présent vers l'hôpital le plus proche. Ne songeant plus qu'à retrouver Kirby, il pressait le pas en traversant le vestibule lorsqu'il entendit des éclats de voix à l'entrée.

— Comment faut-il que je vous le dise, nom de nom ? J'exige de voir Adam Haines ! Immédiatement !

Avec l'ombre d'un sourire, il alla se placer à côté du majordome.

— Alors, Mac ? On fait du forcing aux portes ?

De petite taille, avec un visage carré, un regard désarmant et d'épais cheveux en bataille, McIntyre paraissait au désespoir.

— Adam, Dieu merci ! Je commençais à me faire un sang d'encre. Dis à ce mur de s'écarter, veux-tu ?

Adam se tourna vers le majordome imperturbable.

— Vous pouvez le laisser entrer, Cartes. Ce n'est pas un journaliste. Je le connais personnellement.

— Très bien, monsieur.

McIntyre bondit à l'intérieur.

— Tu peux m'expliquer ce qui se passe, Adam ? Qui vient de partir en ambulance, toutes sirènes hurlantes ? Je peux te dire que je n'en menais pas large, mon vieux. Je me suis demandé si ce n'était pas toi, après la façon dont tu avais coupé la conversation !

La main sur l'épaule de Mac, Adam le conduisit tout droit dans le petit salon.

— La nuit a été mouvementée. Et j'ai besoin d'un remontant.

Il remplit deux verres de cognac et vida le sien d'un trait.

— Bois donc, Mac. Ce sera sûrement meilleur que le tord-boyaux qu'on te servait dans ton motel du bout de la rue... Ah, vous voici, Philip. J'imagine qu'une mesure de cognac ne sera pas de trop pour vous non plus ?

Sans un mot, Fairchild accepta le verre.

— Philip Fairchild, je vous présente Henry McIntyre qui enquête pour Compagnie d'assurances du Commonwealth.

— Ah, monsieur McIntyre... Nous avons pas mal de questions à aborder ensemble, je crois, commenta Fairchild en se laissant tomber dans un fauteuil. Mais avant que nous commencions, j'aimerais juste savoir comment tu t'es trouvé mêlé à cette enquête, Adam ?

Adam gratifia McIntyre d'un regard sévère.

— Ce n'est pas la première fois que Mac m'embauche pour des missions ponctuelles. Mais j'ai décidé que c'était la dernière. Il se trouve que nous sommes cousins au second degré, lui et moi.

Fairchild eut un sourire entendu.

— Ah, la famille !

— Comment aviez-vous deviné la raison de ma présence chez vous, Philip ? demanda Adam.

Fairchild vida son verre et se leva pour se resservir.

— Je m'attendais à ce que quelqu'un se présente ici sous un prétexte quelconque. Et comme personne n'est venu à part toi, l'énigme était relativement simple à résoudre.

— Et pourquoi vous attendiez-vous à…

— Quelqu'un pourrait se décider à me dire qui était dans cette ambulance ? coupa McIntyre d'un ton impatient.

Fairchild scruta le fond de son verre.

— La victime est Mélanie Burgess, expliqua-t-il d'une voix empreinte d'une profonde tristesse. La compagne d'enfance de Kirby et la fille de ma meilleure amie. Kirby a tenté de la désarmer alors que Melly menaçait de la tuer. Et le coup est parti.

— Mélanie Burgess, répéta McIntyre en hochant la tête. Voilà qui recoupe les informations que je viens d'obtenir. J'allais t'en parler lorsque tu as coupé la communication, Adam. J'aimerais que vous me racontiez l'histoire depuis le début, monsieur Fairchild. J'imagine que la police est prévenue ?

— La cavalerie est en route, oui. Je n'avais guère le choix.

Tous les regards se tournèrent vers la porte lorsque la frêle silhouette de Kirby se dessina à l'entrée la pièce. Vêtue d'un jean et d'un chemisier blanc, elle était livide, et d'une beauté à couper le souffle. En la voyant, McIntyre comprit, subjugué, que c'était le genre de femme pour laquelle un homme pouvait perdre la tête et ne plus jamais la retrouver.

— Kirby !

Adam traversa la pièce en deux grandes enjambées pour prendre ses mains glacées dans les siennes.

— Comment te sens-tu ?

— Vaguement secouée mais à peu près en état de marche. Et Mélanie ? Comment est-elle ?

— L'ambulance est partie il y a une dizaine de minutes. Apparemment, ses jours ne sont pas en danger. Va te reposer, Kirby. Et essaye d'oublier toute cette histoire pour le moment.

Kirby sourit faiblement.

— J'ai été lavée, chouchoutée et j'ai eu droit à un alcool fort pour me remettre sur pied. Et j'imagine que la police a des questions à me poser.

Son regard se posa sur McIntyre. Persuadée qu'il représentait les forces de l'ordre, elle l'aborda de front.

— Vous voulez me parler maintenant, inspecteur ?

McIntyre se leva pour lui serrer la main.

— J'aimerais d'abord entendre la version des faits de votre père, mademoiselle Fairchild.

— Nous en sommes tous là, observa Kirby avec un léger soupir... Tu as des explications rassurantes à nous fournir, Daddy ? Ou faut-il que je fasse appel aux services d'un avocat louche ?

Avec un sourire vibrant de tendresse, Fairchild serra la main de sa fille dans la sienne.

— Ce ne sera pas nécessaire, ma chérie... L'histoire, donc, a commencé quelques jours avant le départ de Harriet pour l'Afrique. Harriet est une femme distraite. Un soir tard, elle a dû faire un saut à la galerie pour récupérer des papiers qu'elle avait oubliés. Voyant de la lumière dans le bureau de Stuart, elle a voulu le gronder de s'échiner ainsi à des heures aussi tardives. Mais en s'approchant, elle a surpris une conversation téléphonique qui l'a clouée sur place.

C'est ainsi qu'elle a appris par le plus grand des hasards que Stuart projetait de voler le Rembrandt. Prenant garde de ne pas trahir sa présence, Harriet est repartie sur la pointe des pieds. Et comme c'est une femme intelligente, elle a demandé conseil à l'un de ses amis proches, connu à la fois pour son esprit vif, sa perspicacité et sa loyauté.

Soulagée d'un grand poids, Kirby se pencha pour embrasser son père sur sa calvitie.

— Ainsi Harriet était au courant ! J'aurais dû m'en douter depuis le début !

— Evidemment que tu aurais dû le deviner, fille indigne !

Se tournant de nouveau vers Adam et Mac, il poursuivit son récit.

— Nous avons mis une stratégie au point, Harriet et moi, en décidant — peut-être à tort — de ne pas mettre Kirby dans le coup. Stuart et elle étaient encore fiancés à l'époque. Ce qui compliquait notablement la situation.

Fairchild se leva et, les mains nouées dans le dos, commença à arpenter la pièce.

— Quoi qu'il en soit, Harriet et moi étions persuadés l'un et l'autre que Stuart à lui seul n'avait pas l'envergure nécessaire pour mener à bien un projet aussi ambitieux. Harriet n'avait pas réussi à obtenir la moindre indication sur le mystérieux interlocuteur avec qui Stuart s'entretenait au téléphone, le soir qui avait précédé son départ. Mais elle l'avait entendu mentionner mon nom. Stuart se préparait, disait-il, à sonder le terrain pour voir si j'accepterais de lui faire une copie du Rembrandt.

Fairchild se tut quelques instants, affichant un

mélange admirablement joué de perplexité et d'irritation.

— Dieu sait comment il a pu s'imaginer que j'accepterais de faire ce travail de faussaire !

— C'est ahurissant, en effet, acquiesça Adam.

Ce qui lui valut un sourire rayonnant tant de la part du père que de la fille.

— Harriet et moi avons décidé que je me ferais un peu tirer l'oreille, mais que je finirais par accepter la proposition de Stuart. Une fois la copie du Rembrandt effectuée, je l'ai donc remise à Stuart en affirmant qu'il s'agissait de l'original et je lui ai expliqué qu'il aurait le faux plus tard, lorsque j'aurais terminé les ultimes retouches. Nous partions de l'hypothèse que, se découvrant floué, le mystérieux complice de Stuart finirait par se manifester d'une façon ou d'une autre. Harriet, pendant ce temps, avait déclaré la disparition du Rembrandt à l'assurance mais avait refusé de porter plainte. Elle a demandé à la compagnie d'assurances de procéder avec la plus grande discrétion, au contraire. En laissant entendre qu'elle me soupçonnait d'être impliqué dans le vol. Nous nous assurions ainsi que l'enquête tournerait autour de moi et que, par ricochet, elle conduirait à Stuart et son acolyte. Par mesure de sécurité, j'avais maquillé l'original du Rembrandt en le dissimulant sous une copie d'un portrait de ma fille. Je suis sentimental à mes heures.

Déconcerté, McIntyre secoua la tête.

— Mais pourquoi Mme Merrick ne s'est-elle pas contentée de dire la vérité, tant à la compagnie d'assurances qu'à la police ?

— Sans vouloir vous offenser, bien sûr, nous craignions que l'enquête ne soit conduite de façon trop hâtive. Stuart aurait sans doute été arrêté, mais son complice, lui, aurait pu disparaître dans la nature. Je dois vous confesser d'autre part qu'Harriet et moi étions fascinés l'un et l'autre par le plaisir du jeu et de l'intrigue. La tentation était irrésistible. Vous souhaiterez sans doute voir Harriet dont le témoignage corroborera mon récit.

— Naturellement, acquiesça McIntyre en songeant qu'il était bel et bien tombé dans une maison de fous.

— Il va de soi que nous ne nous serions jamais lancés dans l'aventure si nous avions imaginé, ne serait-ce qu'un instant, que Mélanie pouvait être mêlée à cette histoire, poursuivit Fairchild. Je ne souhaite à personne de vivre l'épreuve qu'Harriet traverse en ce moment. Je vous demande de faire preuve du plus grand tact, McIntyre. Je conçois que nos méthodes puissent vous paraître peu orthodoxes.

Fairchild se tut un instant pour caresser les cheveux de Kirby.

— Mais Harriet est une mère. Même si sa fille l'a volée et trahie, l'amour reste, n'est-ce pas, ma chérie ?

Kirby se passa la main sur les yeux.

— Tout ce que je ressens, en ce moment, c'est le vide. Mélanie me haïssait. Et je crois sincèrement qu'elle souhaitait me voir morte plus encore qu'elle ne convoitait le tableau. Je me demande quelle est ma part de responsabilité dans son animosité à mon égard.

Fairchild lui prit le menton.

— Tu ne peux pas te reprocher d'être ce que tu es. Pas plus qu'on ne reproche à un arbre de grandir et de monter vers la lumière alors qu'un autre pourrira de l'intérieur. La louange et le blâme ne nous appartiennent pas. Ce n'est pas à toi de t'attribuer l'une ou l'autre.

Kirby poussa un profond soupir et se leva pour embrasser son père sur la joue.

— Il est possible que le refuge dans la culpabilité ne soit qu'une façon de nier la souffrance, admit-elle. Peut-être faut-il que j'accepte de regarder la haine de Melly en face.

Sans réfléchir, elle tendit la main vers Adam avant de se tourner vers McIntyre.

— Avez-vous besoin de prendre ma déposition maintenant ?

— Le coup de feu n'entre pas dans mon champ de compétence, mademoiselle Fairchild. Seul le Rembrandt en relève, en l'occurrence.

Vidant son cognac, McIntyre se leva à son tour.

— Je vais devoir emporter le tableau avec moi, monsieur Fairchild.

— Faites, faites, acquiesça gracieusement le peintre.

McIntyre prit congé puis se tourna vers Adam.

— Tu peux aller te coucher le cœur tranquille, je n'ai pas oublié tes conditions. Si tout s'est effectivement passé comme M. Fairchild l'a dit, ni lui ni sa fille ne devraient être inquiétés. Tu t'es finalement bien acquitté de ta mission, vu les circonstances. Inutile de préciser que je te regretterai si tu songes sérieusement à arrêter de travailler pour moi.

— Travailler pour lui ?

Les doigts gourds, le cœur paralysé, Kirby détacha sa main de celle d'Adam.

— Tu étais ici pour des raisons professionnelles, donc, observa-t-elle lentement, en détachant chaque syllabe.

« Pas maintenant, bon sang. Pas maintenant. » Cherchant désespérément les mots qu'il s'était promis de prononcer quelques heures plus tard, Adam secoua la tête.

— Kirby…

Avec une violence née de la profondeur même de sa blessure, elle le frappa au visage.

— Salaud, chuchota-t-elle d'une voix exsangue avant de quitter la pièce en courant.

12

Adam la rattrapa juste au moment où elle lui claquait la porte de sa chambre au nez. Avant qu'elle n'ait eu le temps de donner un tour de clé, il se jeta contre le battant et réussit à s'introduire dans la pièce. Un instant, ils demeurèrent immobiles, face à face, haletants, à se regarder fixement.

Sur les traits de Kirby, l'expression de douleur égarée s'était muée en colère froide.

— Laisse-moi t'expliquer, O.K. ? Si je suis venu ici…

— Garde tes excuses, Adam ! Je ne veux qu'une chose. Que tu fiches le camp. D'ici et de ma vie.

— Je ne peux pas.

Il essaya de la prendre par les épaules, mais elle darda sur lui un regard si glacial qu'il finit par la lâcher. Il était trop tard pour lui expliquer la situation comme il s'était promis de le faire. Trop tard pour prévenir et atténuer l'inévitable sentiment de trahison.

— Kirby, je suis parfaitement conscient de ce que tu peux penser, mais…

Elle fit un effort inouï sur elle-même pour ne pas hurler, pour ne rien lui envoyer à la figure. Campée face à lui, elle fit front. Froidement et sans détourner les yeux.

— Ce que je « peux penser » ? Je vais te dire, ce que

je pense, Adam. Clairement et une fois pour toutes. Je pense que je n'ai encore jamais détesté personne comme je te déteste maintenant. Je pense que tu peux en remontrer à Stuart et à Mélanie lorsqu'il s'agit de se servir de l'autre et de le manipuler. Je pense à ma propre naïveté, à ma stupidité, à mes erreurs de jugement. J'étais tellement convaincue qu'il y avait en toi une stabilité, une honnêteté — un honneur même — comme je n'en avais encore jamais rencontré chez personne. Le plus terrifiant, c'est que j'ai pu faire l'amour avec toi sans me rendre compte de rien. Cela dit, je n'ai rien vu avec Mélanie non plus. Je l'aimais et je croyais en son amitié.

Elle sentit les larmes lui monter aux yeux mais refusa d'y céder.

— Toi aussi, je t'aimais et je te faisais confiance, Adam.

— Kirby…

— Non. Ne me touche pas.

Ce ne fut pas son mouvement de recul, mais le tremblement dans sa voix qui fit qu'Adam lui obéit. Elle émit un rire tranchant.

— Je ne veux plus jamais sentir tes mains sur moi. J'ai toujours eu de l'admiration pour le talent des bons menteurs mais, toi, tu es un véritable génie en la matière. Chacun de tes gestes, chacun de tes regards était pure fabrication. Du grand art, mon cher.

D'un geste méprisant, elle désigna le lit.

— Tu t'es prostitué entre mes draps, Adam. Tu étais là, allongé contre moi et tu me murmurais tous les mots que je rêvais d'entendre. J'espère pour toi que tes talents d'acteur te rapporteront des points supplémentaires pour ta carrière. Même si tes supérieurs ne t'en demandaient sans doute pas tant.

— Arrête, maintenant.

Adam en avait assez. Assez de sa voix coupante et froide. Assez de son regard tranchant.

— Tu sais pertinemment qu'il n'y avait pas de mensonge à ce niveau-là. Ce qui s'est passé entre nous n'a rien à voir avec le reste.

— A tout à voir, tu veux dire !

— Non.

Il était prêt à endurer tous ses reproches. A écouter patiemment tout ce qu'elle avait à lui jeter à la figure. Mais pas cela. En quelques regards, en quelques mots, Kirby avait bouleversé définitivement sa vie. Et il tenait à ce qu'elle le sache.

— Je n'aurais jamais dû poser les mains sur toi, vu les circonstances. J'ai lutté contre moi-même mais j'ai perdu la partie. J'avais envie de toi. Besoin de toi. Cela, il faut que tu le croies.

Comme chaque mot qu'il prononçait lui déchirait le cœur, Kirby secoua la tête. Elle n'accorderait plus à personne le droit de la tromper et de la manipuler, désormais.

— Je vais te dire ce que je crois, Adam : tu es venu ici pour le Rembrandt et tu étais décidé à le trouver par tous les moyens. Mon père et moi étions juste des instruments.

Adam serra les mâchoires. Après le mensonge qu'il avait laissé s'installer entre eux, elle était en droit de proférer ces accusations. Mais il voulait que la vérité soit dite une fois pour toutes.

— Quand j'ai franchi la porte de ce château, c'était uniquement pour le tableau, en effet. Mais c'était avant de te connaître. Je n'étais pas encore tombé amoureux de toi.

— Ah oui ? Tu comptes m'annoncer, les larmes aux

yeux, que « tout » a changé au premier regard que tu as posé sur moi ? Pendant que tu y es, tu pourrais peut-être te tourner vers la régie et demander qu'on envoie les violons ?

Anéantie, Kirby détourna la tête. Elle avait laissé la fureur prendre le dessus. Un signe certain qu'elle faiblissait.

— Essaye de faire un peu mieux, Adam, O.K. ? Ce n'est plus du cinéma, c'est de la soupe.

Adam se raidit sous l'insulte. « Kirby peut être cruelle », lui avait dit Fairchild. Et elle l'était d'autant plus qu'elle se sentait trahie.

— Je ne peux pas faire mieux que te dire la vérité, Kirby.

Elle tourna vers lui des yeux étincelants.

— La vérité ? Tu oses me parler de vérité ? C'est ici, dans cette même chambre, que je t'ai confié sans méfiance des secrets qui mettaient en jeu la réputation et même la liberté de mon père ! Et toi, face à la plus grande preuve de confiance que je pouvais te donner, où était-elle, ta « vérité » ? Quels risques as-tu pris de ton côté ? Aucun !

— J'avais un engagement, Kirby. Et il m'était impossible de revenir dessus. Tu crois que c'était facile pour moi de tant recevoir de toi, alors que j'étais dans l'impossibilité de te donner la même chose en retour sans risquer de trahir ma mission ?

— Si ta conscience t'avait travaillé tant que cela, tu m'aurais confié ton secret, tout comme je t'avais confié le mien. Peut-être pas le jour même, mais au moins le lendemain. Si c'était de toi que j'avais appris la vérité, j'aurais sans doute pu te pardonner.

Mauvais timing, autrement dit.

Kirby elle-même lui avait dit à quel point le timing

pouvait être vital, dans la vie. Il la sentait s'éloigner de lui. Inexorablement. Et il n'avait rien d'autre pour la retenir que ses excuses pitoyables.

— J'avais l'intention de tout te raconter demain. De A jusqu'à Z.

— Demain, oui. Les lendemains sont commodes. Dommage qu'ils n'arrivent que rarement.

Le feu, la vivacité qui l'avaient attiré chez elle avaient disparu. La seule fois où il lui avait vu cette expression glaciale, c'était dans la bibliothèque de Harriet lorsque Stuart s'en était pris à elle. Stuart avait eu recours à la violence physique. Mais la pression émotionnelle qu'il tentait d'exercer sur elle en cet instant n'était guère plus reluisante.

— Je suis désolé, Kirby. Si j'avais pris le risque de tout te dire ce matin, nous n'en serions pas là maintenant.

— Je ne veux pas de tes excuses !

Renonçant à lutter contre les larmes, Kirby les laissa rouler sur ses joues. Elle avait tout perdu ce soir. Y compris, cette fois, son ultime reste de fierté.

— Je croyais avoir rencontré l'homme avec qui je pouvais partager ma vie. Je suis tombée amoureuse de toi si vite ! Sans me poser de questions. Sans ressentir un instant de doute. Je croyais ce que tu me disais. Je te donnais tout ce que j'avais. Personne, jamais, ne m'a connue comme tu me connais. Et tout ce que tu as trouvé le moyen de faire, c'est de te servir de moi !

A bout de force, Kirby se détourna pour appuyer le front contre le montant du lit à baldaquin. Adam la regarda en silence, ravagé par l'impuissance. Que pouvait-il lui répondre ? Il s'était servi d'elle, oui. Au même titre que Stuart. Au même titre que Mélanie.

— Tous les reproches que tu viens de me formuler,

je me les suis déjà adressés mille fois. Je suis venu ici pour m'acquitter d'un travail. Et je suis tombé amoureux de toi en cours de mission. Pour moi aussi, c'est arrivé sans prévenir. Je sais que je t'ai blessée. Mais le mal est fait et je ne peux plus revenir en arrière.

— Et qu'attends-tu de moi maintenant ? Que je te tombe dans les bras en t'assurant que rien ne compte, à part nous ?

Lorsqu'elle se retourna, Kirby avait de nouveau les yeux secs.

— Je ne peux pas faire abstraction de ta trahison. Ton boulot ici est terminé, Adam. Tu as récupéré ton Rembrandt. Prends-le. Tu l'as mérité.

— Je ne te laisserai pas m'écarter de ta vie.

— Tu t'es chargé de t'écarter toi-même.

— Non.

La fureur et l'impuissance prirent soudain le dessus. Il lui agrippa la main et la tira de force vers lui.

— Tu as le droit d'être en colère mais pas de couper les ponts, Kirby. Quoi qu'il arrive, je reviendrai à la charge. Il est hors de question de sacrifier ce qui existe entre nous, tu m'entends ? Jamais je ne m'y résignerai.

Il lui caressa les cheveux d'une main tremblante.

— Tu peux me faire souffrir. Tu en as le pouvoir et tu en as sans doute le droit. Mais je te promets que tu me reverras.

Avant que sa colère ne puisse le conduire trop loin, Adam se détourna et quitta la chambre à grands pas.

Fairchild l'attendait, calmement assis dans un fauteuil du petit salon.

— Je pensais que tu aurais peut-être besoin de ceci.

Sans se lever, le peintre désigna du menton le verre plein posé sur la table basse. Adam s'en empara sans un mot.

— Je suis désolé pour vous deux, reprit Fairchild. Mais elle est blessée. Profondément blessée. Peut-être t'écoutera-t-elle lorsqu'elle aura réussi à prendre un peu de distance.

La main d'Adam était tellement crispée sur le verre que ses jointures étaient blanches.

— Je lui ai dit que je reviendrai, mais je doute qu'elle veuille encore m'entendre. Je l'ai trahie... Et vous avec, ajouta-t-il en tournant les yeux vers Fairchild.

Tête basse, le peintre scruta ses mains inertes sur ses genoux.

— Tu as fait ton boulot, Adam. Et en d'autres circonstances, Kirby t'aurait sans doute pardonné. Elle est suffisamment forte et généreuse pour passer sur une offense. Mais elle a ses fragilités. Et c'est arrivé beaucoup trop vite après Mélanie.

Accablé par un sentiment d'impuissance, Adam s'avança vers la fenêtre pour scruter le vide de la nuit.

— Elle souffre et il m'est interdit de la consoler. C'est peut-être encore ce qu'il y a de plus intolérable... Le temps de faire mes valises et je disparais d'ici, annonça-t-il en se dirigeant vers la porte.

Comme Fairchild ne répondait pas, il tourna la tête juste avant de sortir.

— Je l'aime beaucoup, Philip.

Fairchild le regarda sortir en silence. Pour la première fois en six décennies d'existence, il se sentait vieux. Vieux et fatigué. Avec un profond soupir, il s'extirpa de son fauteuil et monta voir sa fille.

Il la trouva recroquevillée en position fœtale sur son lit, la tête entre les bras, la poitrine sur les genoux. Elle tressaillit à son entrée puis se détendit, petit à petit, lorsqu'il s'assit à côté d'elle pour lui caresser les cheveux en silence.

— Ne cesserons-nous donc jamais de nous couvrir de ridicule, Daddy ?

— Tu n'as jamais été ridicule.

— Oh si, hélas…

Calant le menton sur les genoux, Kirby regarda fixement devant elle.

— J'ai perdu notre pari, Dad. Tu vas pouvoir ouvrir la boîte de gros cigares pestilentiels que tu as gardée en réserve.

— Je pense que nous pouvons tenir compte des circonstances atténuantes.

Elle essaya de sourire mais échoua lamentablement.

— Tu n'as pas l'intention de rejoindre Harriet à l'hôpital ?

— Si. Bien sûr.

— Tu ferais mieux de partir tout de suite, alors. Elle a besoin de toi.

Apaisante, imperturbable, la main de Fairchild continua de glisser dans ses cheveux.

— Et toi ? Tu n'as pas besoin de moi ?

— Oh, Daddy.

Submergée par un flot de larmes, elle trouva refuge dans ses bras.

Emboîtant le pas à Cartes qui portait ses valises, Kirby traversa le vestibule. Depuis une semaine que le Rembrandt avait été retrouvé, elle n'avait toujours pas réussi à se ressaisir. Et encore moins à recouvrer un équilibre.

Ni la sculpture ni ses promenades au bord de l'Hudson ne parvenaient à la rasséréner. Comme si chaque lieu, chaque objet familier était désormais chargé de souvenirs empoisonnés. Elle dormait peu et mangeait encore moins. Consciente qu'elle était en train de perdre le fil d'elle-même, Kirby avait décidé de prendre des mesures drastiques. Il était temps qu'elle se ressaisisse. Avant de devenir totalement étrangère à elle-même.

Ouvrant la porte pour Cartes, elle se trouva face au ciel radieux d'un beau matin d'automne. Et des larmes, stupidement, lui montèrent aux yeux. Elle les essuya d'un geste vif en entendant la voix ensommeillée de son père dans son dos.

— Aucune personne normalement constituée ne se lèverait à une heure pareille pour aller se perdre dans la nature.

Chassant temporairement sa tristesse au loin, Kirby se retourna pour voir Fairchild descendre l'escalier dans sa vieille sortie de bain en éponge. Le peu de cheveux qu'il avait encore se dressaient droit sur sa tête.

— L'avenir appartient à ceux qui se lèvent tôt, rétorqua-t-elle. Je veux arriver au chalet dans la matinée pour prendre le temps de m'installer. Tu veux une goutte de café ?

— Jamais quand je dors, marmonna-t-il en l'embrassant sur la joue. Je ne sais pas ce qui te prend d'aller t'isoler dans cette cabane perdue au fin fond de l'Himalaya.

— Tu veux parler du confortable chalet de Harriet dans les Adirondacks, je suppose ?

— Ne chipote pas sur les détails. Tu seras seule.

— Ce ne sera pas la première fois. Et sûrement pas la dernière. Tu n'aimes pas me voir partir parce que tu n'auras plus personne après qui crier, à part Cartes.

— Et Cartes ne prend jamais la peine de hurler en retour, maugréa Fairchild en scrutant les traits cernés de sa fille. Tu devrais prendre Tulipe avec toi.

Que quelqu'un au moins se charge de te faire avaler un repas ici et là.

— Arrête donc de t'inquiéter parce que j'ai perdu un kilo ou deux. L'air de la montagne me creusera l'appétit.

Comme Fairchild gardait les sourcils froncés, Kirby lui caressa la joue.

— Ne te fais pas de souci pour moi, Daddy. Je vais me requinquer, tu verras.

Il soupira.

— Pour la première fois depuis que je suis père, je suis sérieusement préoccupé à ton sujet.

— Pour quelques malheureux kilos ?

Son père lui saisit le menton.

— Accepte au moins de lui parler, Kirby…

— Non ! se récria-t-elle avec une violence qui l'effraya elle-même. Je n'ai plus rien à lui dire. Tout ce dont j'ai besoin, c'est de temps et de solitude. Rien de plus.

— Ma fille qui n'a jamais eu peur de rien prendrait-elle la fuite ?

— Ventre à terre, oui. Rick m'a encore proposé de l'épouser avant de partir.

— Je ne vois pas où est le rapport. Il te demande en mariage chaque fois qu'il s'en va d'ici.

Kirby prit les mains de son père dans les siennes.

— J'ai été à deux doigts d'accepter, Daddy. Et j'aurais gâché sa vie.

— Et la tienne, de vie ? Tu y penses ?

— Le temps de recoller les morceaux et il n'y paraîtra plus. C'est Harriet qui a besoin de toi en ce moment.

Fairchild songea à l'amie qui lui était si chère. Au chagrin qu'ils partageaient tous.

— Mélanie doit s'installer définitivement en Europe, dès sa sortie de clinique.

Kirby hocha la tête en s'efforçant d'oublier le regard bleu meurtrier. Le canon du pistolet braqué sur elle.

— C'est ce que m'a dit Harriet, oui.

— Mélanie refuse de voir sa mère. Cette fille est consumée par la haine. Plus tôt elle s'en ira, mieux cela vaudra pour nous tous.

Kirby contempla son père avec tendresse. Elle savait qu'il se retenait de laisser éclater sa violente colère contre Mélanie. Purement par considération pour elle et pour Harriet. Il les avait réconfortées et soutenues l'une et l'autre en gardant sa fureur pour lui.

Consciente que les mots étaient inutiles, elle le serra fort dans ses bras.

— Nous avons tous besoin d'un peu de temps, Daddy.

Elle réussit à sourire lorsqu'elle s'écarta de lui.

— Je sculpterai dans ma cambrousse pendant que tu continueras à faire des ravages sur ton faucon.

— Comment peut-on avoir un minois d'ange et une langue plus acérée qu'une rapière ?

Kirby vérifia distraitement le contenu de son sac à main.

— Daddy… Si tu vends un tableau, ce sera en ton nom propre, n'est-ce pas ?

Comme il ne répondait pas, elle lui jeta un regard menaçant.

— Daddy ?

— Tous mes tableaux seront des Fairchild. Je t'ai donné ma parole, non ?

Il avait une mine tellement vertueuse que Kirby prit peur pour de bon.

— Cette soudaine passion pour la sculpture…

Tu n'aurais pas par hasard décidé de te lancer dans un « hommage » à Rodin ? Ou de nous concocter quelques petits Giacometti maison ?

— Tu poses trop de questions, bougonna-t-il en la poussant vers la porte. Allez, ouste, en route ! Et n'oublie pas d'écrire.

Kirby se retourna sur le perron.

— Dans le meilleur des cas, il te faudra des années et des années pour y parvenir. Allez, va, joue avec ton faucon, après tout…

Elle l'embrassa sur le front.

— Je t'adore, Daddy.

Fairchild la regarda dévaler l'escalier et monter dans sa voiture.

— On ne devrait jamais intervenir dans la vie de ses enfants, marmonna-t-il.

Il fit de grands signes d'adieu à sa fille jusqu'à ce que la Porsche ait disparu au détour de l'allée. Puis, avec un large sourire, il se dirigea vers le téléphone.

Kirby avait toujours aimé la forêt. Surtout en automne où elle bruissait de vie. Dans leur intense flamboiement, les feuillages livraient un dernier baroud d'honneur avant la chute hivernale. Elle avait toujours accepté l'ordre immuable des cycles de la nature : naissance, croissance, déclin et renaissance. Et pourtant, même après trois jours passés en immersion totale dans la montagne et le silence, elle n'avait toujours pas recouvré son élan de vivre.

Par rapport à Mélanie, elle avait fait du chemin, pourtant. Elle savait désormais que c'était de maladie que souffrait son amie d'enfance. Une maladie qui la rongeait depuis toujours et dont elle ne guérirait peut-être jamais. Ce qu'elle avait vécu comme une trahison n'avait été que le symptôme d'un grave désordre intérieur. De son spectaculaire passage à l'acte, Melly n'avait pas été plus responsable qu'elle n'aurait été coupable d'une embolie ou d'un cancer.

Kirby soupira en foulant les feuilles mortes du chemin. En elle aussi, l'expérience avait laissé comme une tumeur maligne. Une tumeur qu'il lui fallait à présent extraire. En prenant des distances définitives avec Melly.

Mais si elle avait trouvé une forme de paix en ce qui concernait son amie, il n'en allait pas de même avec Adam. Lui ne souffrait pas de problèmes psychiatriques. Lui n'avait pas passé une vie entière à accumuler rancœurs et jalousie. Adam Haines, lui, avait simplement eu un travail à accomplir. Et ce motif était trop froid, trop désincarné pour qu'elle puisse en prendre son parti.

Les mains enfoncées dans les poches de son blouson, Kirby s'assit sur une souche et regarda les eaux claires du torrent dévaler de la montagne. Sa vie, il fallait bien l'admettre, était un vaste chaos. Et elle en avait assez de se heurter toujours aux mêmes impasses.

Couper le contact avec Adam n'avait pas suffi à résoudre son problème de fond. Peut-être parce que leur histoire lui laissait un arrière-goût d'inachevé en bouche. Elle ne saurait jamais, par exemple, quelle avait été la nature réelle des sentiments d'Adam pour elle.

Mais cela ne valait-il pas mieux ainsi, au fond ?

Les nerfs à vif, Kirby se releva d'un bond et reprit sa marche désenchantée dans les bois. Elle était fatiguée d'elle-même. Ce qui constituait une première. « En voilà assez ! » décida-t-elle sur une impulsion.

Quel que soit l'effort à fournir, elle voulait retrouver l'ancienne Kirby Fairchild et la remettre sur pied.

Et sans attendre.

Le chalet avec son grand toit en pente et ses baies vitrées l'accueillit au cœur de la clairière ensoleillée. Kirby entra par la porte qui donnait sur l'arrière. Pour commencer, elle allait travailler. Puis elle se confectionnerait un repas de roi et mangerait jusqu'à satiété totale.

Jetant son blouson en peau de mouton sur une chaise, Kirby se dirigea droit vers le coin atelier qu'elle avait improvisé dans le séjour. Elle ne prit même pas le temps de regarder autour d'elle. Elle s'empara d'une pièce de bois encore vierge, elle la fit rouler entre ses mains. C'était à partir de cette forme brute qu'elle sculpterait sa *Passion*. Aujourd'hui, plus que jamais, elle avait besoin de donner une forme à cette ravageuse.

S'imprégnant du silence, elle chercha la vie du bois sous ses doigts et laissa son esprit vagabonder. Elle revit Adam. Les nuits. Les caresses. Le vertige des regards. Très vite, vint la douleur. La passion comme dépossession de soi. La passion comme souffrance... Ses émotions, peu à peu, trouvaient une forme, des couleurs. Elle s'empara de ses outils et se mit à sa sculpture.

Une heure passa ainsi. Ce n'est que lorsque les crampes lui paralysèrent les doigts qu'elle reposa ses outils et massa ses mains douloureuses. Avec un soupir de satisfaction, Kirby releva la tête. La guérison avait commencé. Elle sentait en elle les premiers signes d'une réparation intérieure.

— C'est un début, murmura-t-elle pour elle-même.

— Tu travailles à ta *Passion*. On la voit déjà qui se dessine.

Le ciseau lui tomba des mains, lorsqu'elle se retourna en sursaut. A l'autre extrémité de la pièce, calmement assis dans une liseuse aux couleurs fanées, se trouvait Adam.

Si son premier réflexe fut de courir à lui, Kirby le contint rapidement. Il ressemblait à l'homme qu'elle avait cru aimer. Vertigineusement même. Mais elle savait désormais que l'appel qui émanait de lui n'était qu'une illusion trompeuse. Adam ne serait jamais qu'un imposteur.

— Comment es-tu entré ici ?

Pendant une fraction de seconde, Adam avait pu lire dans les yeux de Kirby tout ce qu'il avait espéré y trouver. Mais elle s'était ressaisie très vite, et sa voix était calme et glaciale. Il se leva pour la rejoindre.

— La porte n'était pas fermée à clé. Je suis entré pour t'attendre à l'intérieur. Mais lorsque tu es arrivée, tu t'es précipitée vers ta table de travail avec un air tellement déterminé... Je n'ai pas voulu couper ton inspiration.

Comme Kirby ne disait rien, il prit l'amorce de sculpture et l'examina. Il eut le sentiment que ce simple morceau de bois lui brûlait les mains.

— C'est incroyable, cette force d'expression que tu as dans les doigts.

Reposant la sculpture, il examina Kirby.

— Bon sang, mais qu'est-ce qu'il t'est arrivé ? Tu n'as plus que la peau sur les os !

— N'importe quoi.

— Suis-je responsable de ça aussi ?

La voix d'Adam était grave. Grave et douce. Jamais

elle n'avait pu lui résister lorsqu'il s'adressait à elle sur ce ton.

— Tulipe t'a envoyé ici pour vérifier que je m'alimente correctement ?

Elle était trop mince. Trop fragile. Et toujours aussi arrogante. Il avait envie de la serrer contre lui. De la supplier. Mais les supplications n'étaient pas faites pour Kirby. Trop d'hommes l'avaient déjà suppliée. Glissant les mains dans ses poches, il regarda autour de lui d'un air approbateur.

— Sympa, ce petit chalet. J'ai fait le tour des lieux pendant ton absence.

— Je suis ravie que tu te sentes chez toi, ironisa-t-elle.

— Harriet me l'avait déjà décrit.

Elle haussa les sourcils.

— Tu as vu Harriet ?

— J'ai apporté ton portrait à la galerie.

De nouveau, Adam vit une flambée d'émotion luire puis s'éteindre dans ses yeux. Elle prit un pélican en étain et l'effleura d'une main distraite.

— Mon portrait ?

— Je lui avais promis qu'elle pourrait l'exposer dès que je l'aurais terminé. Je n'ai pas eu de mal à le finir, même en l'absence de mon modèle. Je te voyais partout, de toute façon.

Kirby se détourna un peu trop brusquement et déambula jusqu'à l'immense baie vitrée qui donnait sur la forêt. La vue des arbres l'aida à se stabiliser.

— Harriet passe par une phase difficile, commenta-t-elle.

— Elle accuse le coup, en effet. Mais je pense qu'il n'est pas plus mal que Mélanie ait coupé les ponts, finalement. Comme elle ne tient pas à prendre quelqu'un pour remplacer Stuart, elle passe beaucoup de temps à la galerie. Et c'est ce qui la sauvera, sans doute.

— Le travail est une distraction ; l'art une consolation. Et Daddy est là pour la soutenir.

Adam scruta intensément son dos tourné.

— Pourquoi refuser de porter plainte, Kirby ?

Avec un léger haussement d'épaules, elle reposa le pélican auquel elle avait continué de se cramponner. Une béquille restait une béquille. Et elle ne pouvait se raccrocher indéfiniment à des supports artificiels.

— Quel sens cela aurait-il ? Stuart et Mélanie sont bannis à jamais de l'élite qui représente tout pour eux. La publicité faite autour de cette histoire a été implacable. Ils n'ont plus d'argent et leur réputation est détruite. A quoi bon les punir plus sévèrement encore ?

Soudain ulcéré par le ton calme de sa voix, Adam la saisit par les épaules et la fit pivoter de force vers lui.

— Mélanie a tenté de te tuer. Par deux fois. Et elle a été à deux doigts de réussir, bon sang ! Elle aurait fait n'importe quoi pour te détruire.

Elle conserva son ton égal mais recula d'un pas.

— C'est elle qui a failli mourir. Pas moi. La police a été obligée d'accepter ma version, même si personne ne veut croire que le coup est parti accidentellement. Il est vrai que j'aurais pu envoyer Melly en prison. Mais à part faire souffrir Harriet, qu'aurais-je obtenu de plus en termes de réparation ?

Songeant que ce n'était ni le lieu ni le moment de poursuivre ce débat, Adam réprima stoïquement son élan de fureur.

— Harriet se fait du souci pour toi, Kirby.

— Elle a tort. Tu lui diras, quand tu la reverras, que je me porte à merveille.

— Nous le lui dirons ensemble à notre retour.

— Nous ? reprit-elle avec une pointe d'exaspération qui le réjouit. Je n'ai pas l'intention de rentrer de sitôt.

— Aucune importance. J'ai tout mon temps.

— Je ne me souviens pas d'avoir émis une invitation.

La voyant fulminer, Adam sourit.

— Harriet s'est déjà chargée de m'offrir l'hospitalité : je peux rester ici aussi longtemps qu'il me plaira, m'a-t-elle dit. Et il y a largement de la place pour deux, à première vue.

— C'est là que tu te trompes. Mais loin de moi l'idée de compromettre tes vacances.

Pivotant sur ses talons, Kirby se dirigea vers l'escalier. Il la rattrapa en deux pas et la retint par le poignet. Lorsqu'elle se retourna, il retrouva sa gitane aux yeux de braise.

— Tu ne pensais tout de même pas sérieusement que je te laisserais partir ? Tu me déçois, Kirby.

— Tu n'as aucun droit sur moi. Et tu ne m'empêcheras jamais de faire ce que je veux.

— Je ne te contraindrai qu'en cas d'absolue nécessité. Comme aujourd'hui, par exemple. Tu vas m'écouter, cette fois. Mais d'abord ceci...

Il s'empara de ses lèvres comme il rêvait de le faire depuis quinze jours. Elle ne lui opposa aucune résistance. Mais ne coopéra pas pour autant. La sentant lutter entre la tentation de se pendre à son cou et celle de le gifler à la volée, Adam ne chercha pas à pousser l'avantage plus loin.

Ils se mesurèrent du regard.

— Tu as presque fini de me faire souffrir, murmura-t-il. Chaque nuit sans toi a été un enfer. J'ai payé le prix, Kirby. Alors quand cesseras-tu de me punir ?

— Je n'ai pas envie de te punir.

C'était la stricte vérité. Elle lui avait déjà pardonné. Mais sa confiance en elle était cruellement entamée. Et elle se sentait démunie sans cette assurance qui avait toujours été la sienne. Cette fois, lorsqu'elle recula d'un pas, Adam ne chercha pas à la retenir.

— Je sais que nous nous sommes séparés dans de mauvaises conditions, Adam. Le mieux serait peut-être d'admettre que nous avons commis une erreur mutuelle et de nous arrêter là. Tu as fait ce que tu avais à faire. Je peux le comprendre. Mais il est temps maintenant que nous reprenions le cours de nos vies chacun de notre côté.

Adam connut un instant de peur panique. Elle était si calme, si lointaine. Si détachée, déjà.

— Dis-moi en face que tu ne ressens rien pour moi, ordonna-t-il d'une voix rauque qu'il reconnut à peine.

Les yeux plongés dans les siens, Kirby ouvrit la bouche pour lui assurer qu'il n'était rien pour elle. Mais, au dernier moment, une faiblesse l'envahit et elle dut dévier légèrement le regard.

— Je ne t'aime pas, Adam.

Si elle n'avait pas détourné la tête à la dernière seconde, il aurait renoncé et serait parti sans un mot.

— Je te croyais meilleure menteuse.

D'un seul mouvement, il abolit la distance entre eux et l'attira contre lui. Kirby ferma les yeux. Ses bras étaient autour d'elle. Sûrs. Solides. « Rien n'a changé, finalement, songea-t-elle. Rien du tout. »

— Je t'ai donné deux semaines, Kirby. J'aurais dû t'accorder plus de temps, sans doute. Mais je n'en peux plus.

Il enfouit son visage dans ses cheveux. Elle songea à Mélanie. A son aveuglement. Elle s'était trompée au sujet de son amie. Trompée au sujet de Stuart. Se pouvait-il qu'Adam, lui, ait de l'authentique à lui offrir ?

— Adam, s'il te plaît…

— Assez, maintenant.

Il l'écarta de lui, résistant non sans peine à la tentation de la secouer sans merci par les épaules.

— Je t'aime, un point c'est tout. Et il faudra t'y faire. Car mes sentiments ne changeront pas de sitôt.

Elle lui jeta un regard menaçant.

— Tu redeviens prétentieux, je crois ?

— A ça aussi, il faudra que tu t'habitues, femme !

Il prit son visage entre ses mains.

— De combien de façons aimerais-tu que je te demande pardon ?

Secouant la tête, elle s'écarta.

— Je n'attends pas d'excuses de toi, Adam.

Il n'en fut pas surpris. Elle avait en elle cette générosité, cette aptitude au pardon. Toute mesquinerie était étrangère à la nature de Kirby Fairchild.

— Ton père et moi avons eu une longue discussion avant que je vienne ici.

Elle concentra toute son attention sur des pétales séchés dans un bol en émail.

— Ah vraiment ? Comme c'est charmant.

— Il m'a donné sa parole qu'il ne ferait plus de copies de tableaux.

Le dos toujours tourné, Kirby se surprit à sourire. Sans même qu'elle l'ait sentie partir, sa souffrance s'était évanouie. Et ses doutes avaient suivi le même chemin. Ils s'aimaient. Et si peu d'autres choses comptaient réellement dans la vie.

Toujours souriante, Kirby décida d'attendre encore un peu avant d'informer Adam des nouvelles ambitions de son père en matière d'hommages et d'imitations.

— Je suis heureuse que tu aies réussi à le convaincre, répondit-elle gravement.

— Il a accepté de me faire cette concession. Comme une sorte de cadeau de bienvenue dans la famille, en somme.

Elle se tourna vers lui en battant des cils.

— Tu entres dans la famille ? Quelle heureuse nouvelle ! Daddy a décidé d'entamer des démarches pour t'adopter ?

Sur un éclat de rire, Adam la reprit dans ses bras. Et cette fois, il sentit l'abandon, la force. Le partage.

— Dis-moi encore que tu ne m'aimes pas.

— Je ne t'aime pas, murmura-t-elle en attirant son visage contre le sien. Je ne veux pas de toi. Je n'ai pas envie de toi, de tes bras autour de moi, de ta bouche sur la mienne.

Tout en parlant, elle se raccrochait à son cou, cherchait ses lèvres, s'ouvrait à son baiser.

— Tu es la dernière des obstinées, n'est-ce pas ?

— Par nature, oui.

— Mais tu m'épouseras quand même ?

— Ça pourrait se faire, oui. Mais il y aura un prix à payer.

Il enfouit les lèvres dans la blancheur de son cou.

— Un prix élevé ?

— Je suis facile à obtenir, mais pas gratuite pour autant.

Avec un rire amusé, Adam l'écarta de lui. Elle était sienne, désormais. Quoi qu'il arrive, elle serait à lui. Amante et compagne.

— Tu ne penses donc jamais à autre chose qu'à l'argent, femme vénale ?

— J'adore l'argent. Et nous n'avons toujours pas défini le tarif de mes séances de pose, entre parenthèses. Mais en l'occurrence, mes conditions sont d'une autre nature. Je veux quatre enfants.

— Quatre ?

Il avait beau commencer à connaître Kirby, elle ne cesserait jamais de le surprendre.

— C'est une clause suspensive, confirma-t-elle en s'humectant les lèvres. Non négociable.

Le fin visage levé vers lui s'illumina d'une soudaine tendresse. Dans les yeux de Kirby brûlaient l'éclat inaltéré de sa jeunesse, la flamme de ses rêves, la fougue de son désir.

— Je veux des enfants dans ma vie, Adam. Des enfants de toi… de nous.

Chaque fois qu'il pensait l'aimer totalement, il découvrait qu'il pouvait l'aimer encore plus. Toujours plus.

— Quatre alors ? répéta-t-il en hochant gravement la tête. C'est ton prix définitif ? Et au niveau du sexe, tu as des préférences ?

Le souffle qu'elle retenait s'exhala sous la forme d'un grand éclat de rire. Non, elle ne s'était pas trompée. Ils s'aimaient. Et il n'y avait pas grand-chose d'autre qui importait au final.

— Pour le sexe, je suis flexible. Disons que j'apprécierais un assortiment.

Elle rejeta la tête en arrière pour lui sourire.

— Qu'est-ce que tu en penses ?

Adam la souleva dans ses bras et se dirigea vers l'escalier.

— J'en pense, ma chérie, que nous ferions mieux de nous mettre au travail tout de suite.

Composé et édité par HarperCollins France.

Achevé d'imprimer en décembre 2019.

CPi
BLACK PRINT

Barcelone

Dépôt légal : janvier 2020.

FSC
www.fsc.org
MIXTE
Papier issu de sources responsables
FSC® C108412

Pour limiter l'empreinte environnementale de ses livres, HarperCollins France s'engage à n'utiliser que du papier fabriqué à partir de bois provenant de forêts gérées durablement et de manière responsable.

Imprimé en Espagne.